Joseph von Westphalen:

Das Drama des gewissen Etwas

Über den guten Geschmack und andere Vorschläge zur Verbesserung der Welt

Alles Liebe zu Weih. 94.

Christine u. Stefan.

Deutscher
Taschenbuch
Verlag

dtv

Von Joseph von Westphalen
ist im Deutschen Taschenbuch Verlag erschienen:
Im diplomatischen Dienst (11614)

Neuausgabe
Januar 1994
Deutscher Taschenbuch Verlag GmbH & Co. KG,
München
Erstveröffentlichung in Buchform in:
Joseph von Westphalen, ›Moderne Zeiten. Blätter zur Pflege der Urteilskraft‹, Zürich 1989

Umschlaggestaltung: Klaus Meyer
Gesamtherstellung: C. H. Beck'sche Buchdruckerei,
Nördlingen
Printed in Germany · ISBN 3-423-11784-2

Das Buch

Neben der einzigartigen Definition des guten Geschmacks finden sich hier unter anderem die lehrreichsten Auslassungen über den Mechanismus der Vermehrung oder die Qualen der Vaterschaft, die hohe Kunst des Seitensprungs, die Verführung von Frauen mit einem Strauß Dill statt der ewigen Blumen, sogar eine unerläßliche Anleitung für Führungskräfte, ferner ein offener Brief an den englischen Thronfolger. Sämtliche Bereiche des Daseins werden gestreift oder auch getroffen, und zwar immer aus der Sicht eines notorischen Schandmauls: Das Beste aus Westphalens legendären ›Modernen Zeiten‹, den sogenannten ›Blättern zur Pflege der Urteilskraft‹. Im Anhang geben üppige, für diese Ausgabe erheblich erweiterte und aktualisierte Kommentare Auskunft über das Zustandekommen und das Weiterleben der einzelnen Texte. »Es eignete seinem Schimpfen und zeitweise Belfern etwas durchaus Reinigendes und Erfrischendes und insofern auch Tröstliches in dieser äußerst trostbedürftigen Zeit.« (Eckhard Henscheid)

Der Autor

Joseph von Westphalen, geboren am 26. Juni 1945 in Schwandorf, studierte Germanistik und Kunstgeschichte und lebt heute als freier Schriftsteller und Journalist in München. Buchveröffentlichungen u. a.: ›Warum ich Monarchist geworden bin‹ (1985), ›Warum ich trotzdem Seitensprünge mache‹ (1987), ›Trotzdem herzliche Grüße. Ein deutsch-deutscher Briefwechsel‹ (zus. mit Monika Maron; 1988), ›Sinecure von David Elphinstone‹ (1989), ›Von deutscher Bulimie‹ (1990), ›Im diplomatischen Dienst‹ (1991), ›Das schöne Leben‹ (1993).

Inhalt

Im Auswärtigen Amt
Ein Lauschangriff

»Halt's Maul«, sagt Duckwitz, als der Bundeskanzler zu reden beginnt, »halt's Maul, du Schleimsack!« Nach diesem Ausfall lehnt sich der ehemalige Vortragende Legationsrat im auswärtigen Dienst, Dr. Harry Freiherr von Duckwitz, in seinem Sessel zurück, als wolle er mehr Abstand gewinnen, und hört sich voller Verachtung den Kanzlersatz über die Stabilität der Regierung zu Ende an. »Schwachsinn, Schwachkopf«, murmelt er dabei leise vor sich hin, um dem Kanzler dann schließlich noch einmal jenes unvergleichliche »Halt's Maul!« entgegenzuschleudern.

»Was hören wir uns den Affen länger an!« Duckwitz springt entschlossen auf, geht auf den Bildschirm zu und stellt die Tagesschau ab. Jetzt, nicht mehr bedrängt von den Zumutungen der Mattscheibe, gewinnt er seine Fassung zurück. Während er sich bemüht, eine Espressomaschine auseinanderzuschrauben, preßt er mit angestrengtem Gesicht die Erkenntnis hervor: »Es hat keinen Sinn.«

Es habe keinen Sinn, ihn über das Auswärtige Amt zu befragen, er sei ein völlig untypischer Diplomat gewesen, sein Werdegang untypisch; wirklich, er wolle nichts verbergen, nichts beschönigen, schlimmer nämlich: er wisse gar nicht, was er erzählen solle; überhaupt habe er sich nie richtig für »diesen Laden« interessiert, geschweige denn sich je damit identifizieren können. – Im übrigen sei er kein Diplomat, sondern ein suspendierter Diplomat. Doch auch als solcher sei er untypisch; es gebe keinen, der aus ähnlichen Gründen in den vorzeitigen Ruhestand befördert worden sei, nein, mit ihm sei kein Staat zu machen.

Wer etwas über das Auswärtige Amt wissen wolle, möge sich nach Bonn begeben: »Knöpfen Sie sich so einen knackigen Karriere-Diplomaten vor, der kann Ihnen was erzählen.« – Der Einwand, daß dies bereits geschehen sei, daß die aber doch alle nur redeten wie der Bundeskanzler, befriedigt ihn sichtlich. Er schlägt nun vor, es doch mit einem der suspendierten Botschafter zu versuchen, die Walter Scheel nach seinem Amtsantritt als Außenminister feuerte, weil sie selbst für einen Liberalen politisch nicht mehr tragbar waren: »Die leben doch sicherlich teilweise noch und züchten wahrscheinlich Doggen oder Schäferhunde, die müßten doch aufzutreiben sein, das wäre doch amüsant.« Äußert man den Verdacht, daß die doch alle nur reden wie Strauß, gibt sich Duckwitz lächelnd geschlagen: »Es ist *Ihr* Interview«, meint er.

»Glauben Sie nicht, lieber Herr, daß ich Ihnen etwas verschweigen möchte«, sagt Duckwitz nach dem ersten Schlürfen an seinem Espresso, jetzt schon ganz genüßlich. Er könne keine Geheimnisse enthüllen, weil er nämlich keine wisse. Er hege allerdings den Verdacht, daß es überhaupt keine Geheimnisse mehr gebe, in der Politik.

Harry Freiherr von Duckwitz wohnt in einer alten Fachwerkvilla im Taunus, eine Autostunde von Wiesbaden oder Frankfurt. Sein vorzeitiges Ausscheiden aus diplomatischen Diensten vollzog sich ohne größeres Spektakel. Er war zuletzt Vortragender Legationsrat (was dem Rang eines Regierungsdirektors entspricht, Besoldung A 15, die Sonderzuschläge nicht zu vergessen), als ihm das Auswärtige Amt und er demselben gleichermaßen so unerträglich wurde, daß eine Versetzung in den vorzeitigen Ruhestand die Folge war – eine Lösung, die gewöhnlich ranghöheren politischen Beamten vorbehalten ist und die hier nur möglich wurde, weil Duckwitz juristisch raffiniert und renitent seine Vorteile zu nutzen wußte. Seitdem lebt er in Erwartung eines Ruhegehalts, das nicht ganz die Höhe seiner Pension hat, die ihm vom fünfundsechzigsten Lebensjahr an ungeschmälert zufließen wird. Duckwitz ist Ende Dreißig. Er hat das Leben noch vor sich.

In Bonn kann sich keiner so recht an Duckwitz erinnern. »Wer zählt die Völker, nennt die Namen«, zitiert ein befragter Pressemann fröhlich. Man habe schließlich 1700 Mitarbeiter in der Zentrale, 4800 im Ausland. Allein 1200 im höheren Dienst – »Ist doch höherer Dienst, von Duckwitz, oder?« 125 Botschaften, dazu 60 bis 70 Konsulate, Generalkonsulate, ganz zu schweigen von den weit über 200 Honorargeneralkonsuln, Honorarkonsuln und Honorarvizekonsuln, dazu die zig multilateralen UNO-, NATO- und EG-Leute bei den internationalen Vertretungen ... zu viele Dienststellen, da fällt ein suspendierter Duckwitz nicht weiter auf. Zu viele Adelige auch. »Duckwitz – na klar«, sagen manche im Auswärtigen Amt, und dann stellt sich heraus, daß sie von Studnitz, von Lobkowitz, von Minkwitz, von Wallwitz oder Graf Bassewitz meinten.

Duckwitz, der hier von seinen Nachbarn »Herr Baron« genannt wird, ist eher groß als klein, hat dunkle, unordentliche Haare – ein Hamlet-Darsteller ohne Engagement. Er trägt ein weißes Hemd mit seidenem Halstuch, wirkt sauber, aber verlottert, wie auch sein Haus. Seine heftigen Ausfälle geben ihm etwas durchaus Unglaubwürdiges, er erinnert eher an bestimmte Romanfiguren als an einen Mann, der noch vor kurzer Zeit die Bundesrepublik im Ausland repräsentiert haben soll.

Kein Mensch hat sich je für seine Entlassung interessiert, nun schwankt er zwischen Mißtrauen und Schmeichelhaftigkeit. Das Beziehen des nicht unfürstlichen Ruhegeldes macht ihn ängstlich. Er ist beruhigt, als er erfährt, daß es keinesfalls um seine goldene Frührente geht, sondern um eine politische Institution, und zwar in ihrer ganzen Fragwürdigkeit. Es gefällt ihm, zu hören, daß mit ihm als Ausnahme die Regel sichtbar gemacht werden soll. Er ist nun gern bereit, über seine Laufbahn etwas zu erzählen und über das Auswärtige Amt, den „Saftladen«, wie er es meist nennt, wenn es auch, wie schon gesagt, nichts zu enthüllen gebe, weil alles so scheußlich transparent sei. Dabei würde er nichts lieber tun als enthüllen, möglichst Politiker zu Fall bringen. Nichts sei ihm so angenehm wie der Anblick eines stürzenden Politikers, nur stürzend seien sie erträglich, »diese Kotzbrocken«.

Dann plagen ihn wieder die Bedenken: Ich solle doch lieber nach Bonn fahren und dort Erkundigungen einholen. Ich solle mir einen Ordner mit Dienstaufsichtsbeschwerden geben lassen, möglichst Urlaubsquartal Juli–September. Das sei amüsant. Dabei springe was raus: Bestohlener Oberlehrer aus Kempten beschwert sich dort auf vier säuberlich getippten Seiten, daß der Botschaftssekretär in Kampala ihn zunächst mal drei Tage habe warten lassen mit dem Verweis auf die Sprechzeiten der Botschaft, um ihm dann, statt zu den erwünschten 4000 Mark für die stilvolle Beendigung des Afrikaurlaubs, nur zu einem Rückflugticket und 50 Mark Taschengeld zu verhelfen. »Wissen Sie«, sagt Duckwitz, »das Problem ist, daß sie eben beide den Arsch offen haben, die Botschafter *und* die Oberlehrer.«

Die Botschaft bekloppt, die Reisenden bekloppt, die Politiker sowieso total bekloppt und vernagelt – es ist nicht leicht, sich dem Freiherr-von-Duckwitzschen Schema zu entziehen. Obwohl dies doch Feststellungen sind, die an vielen Bier- und Weintischen der zivilisierten Welt täglich und tausendfach getroffen werden, wirken sie fundierter aus dem Mund eines Mannes, der mit einigen der »ganz großen Idioten« zu Abend gegessen und Worte gewechselt hat, was ihm, wenn man ihm Glauben schenken darf, stets Ekel und Brechreiz verursachte. Solange man mit einem »Stinktier wie Alexander Haig« oder einer »faulen Pflaume wie Genscher« wie mit Menschen rede, werde sich nichts ändern. Mit Sprache könne man in diesen Köpfen nichts mehr auslösen, das habe die Geschichte doch lange genug gezeigt. Wenn das berühmte Umdenken, von dem alle quatschten, wirklich nötig sei, dann müsse man die Ausdrucksmittel radikal ändern. Die zivilisierte Umgangsform habe uns an den Rand des Abgrunds gebracht. Dabei habe das Auswärtige Amt auch sehr dichterisch mitgewirkt.

J. v. W.: Was heißt »dichterisch« in dem Zusammenhang?

H. v. D.: Nun, die müssen die richtigen Worte finden, die Diplomaten. Ihre Sprache ist nicht sehr reich, trotzdem müssen sie Nuancen hervorbringen. Es gibt Leute im Auswärtigen Amt, die sind darin Künstler.

J. v. W.: Fällt Ihnen ein Beispiel ein? Ich kann mir unter dieser Kunst so wenig vorstellen.

H. v. D.: Als die Amis damals in Persien ihre Geiseln freiknallen wollten, Unternehmen »Blue Light« hieß das, glaube ich, da schrillten hier – ich sag noch »hier« –, da schrillten im Auswärtigen Amt die Telefone: Alle Journalisten wollten wissen, was die Bundesregierung davon hält. Auch die Bundesregierung wollte es wissen, es ist ja schließlich eine auswärtige Angelegenheit. Und jetzt kommt die Stunde des Dichters: Ein sogenannter Spitzendiplomat, in diesem Fall war es ein gewisser Herr von Staden, tritt auf und verkündet das rechte Wort zur rechten Stund': Das war eine *humanitäre Aktion*, sagt er. Jetzt hatten alle was in der Hand. Ich hätte es zwar *John-Wayne-Manier* genannt, aber ich wurde nicht gehört...

J. v. W.: Schade!

H. v. D.: Was, glauben Sie, war los, als voriges Jahr die Polen-Sache passierte! Da stritt man sich tagelang herum, ob man Sanktionen oder Maßnahmen androhen solle. Und dann die innenpolitischen Konsequenzen. Sagt man »Maßnahmen«, beschießt einen die Opposition, sagt man »Sanktionen«, erhöht die DDR den Mindestumtausch – da tickt es doch nicht richtig bei den Brüdern.

J. v. W.: Haben Sie sich auch »dichterisch« betätigt?

H. v. D.: Sehr experimentell. Ich habe denen einen Würfel vorgeschlagen. Statt der Augen die sechs möglichen Gemütsverfassungen der Regierung bei Einmärschen, Besetzungen, Massakern, angeschossenen DDR-

Flüchtlingen und so weiter: *verstört, betroffen, entsetzt, fassungslos, entrüstet, empört.* Da spart man sich einen Dichter und hat immer ein richtiges Wort. Man muß nur aufpassen, daß die Opposition nicht dasselbe benutzt.

J. v. W.: Ganz schön zynisch...

H. v. D.: ... sind *die*! Ich wollte ja diesen Zynismus sichtbar machen, aber das wird sofort alles zur Satire. Genscher droht dann neckisch...

J. v. W.: Was können Sie auch anderes erwarten!

H. v. D.: Ich kann erwarten, daß die durch die Satire ihren Zynismus erkennen. Aber nein! Die verstümmeltsten Leiber, die schreiendsten Mütter lösen zwar den Wortschatz von Lyrik-Rezensionen aus, aber kein Gefühl. Das Gefühl der Betroffenheit löst man bei einem Politiker nur aus, wenn man ihn persönlich und öffentlich besudelt, mit Speiseresten bekleckert, ihn buchstäblich ankotzt, warm und sauer auf die Schenkel, verstehen Sie, wenn man seinen inneren Zustand äußerlich sichtbar macht, da kapiert der vielleicht ein bißchen was – ich meine das ernst!

Solche Phantasien sind des Freiherrn liebstes Thema. Stundenlang improvisiert er seine Theorie der Gegendiplomatie. Manchmal erschrickt er sanft über seine eigenen, allzu analen Verwünschungen. Traumhaft die Rollen, die er den Diplomatinnen bei der Besudelung der politischen Männerwelt zugedacht hat; sie könnten Buñuel als Drehvorlage dienen. Duckwitz geht von der Voraussetzung aus, daß Politiker immer die Unwahrheit sagen. Der Kardinalfehler des Journalismus sei, die Lügen widerlegen zu wollen, das sei reine Energieverschwendung. Man könne sich doch nicht fair mit jemandem auseinandersetzen, der einen ständig anlüge. »Man muß die unter der Gürtellinie angreifen.« Nur mit archaischen Ausdrucksmitteln sei noch etwas zu retten.

Es ist nicht leicht, Duckwitz von der Leidenschaft seiner Ausführungen in den Bereich seiner konkreten Erinnerungen an das Auswärtige Amt zurückzuführen.

»Wie wollen Sie die Funktionen einer Institution beschreiben, die völlig funktionslos ist!« ruft er begeistert und räumt doch gleich ein Thema ein: »Das wahrhaft Tollste am Auswärtigen Amt ist seine Belanglosigkeit.«

Warum er eigentlich die diplomatische Laufbahn eingeschlagen habe? Es stellt sich heraus, daß anfangs auch bei ihm, wie bei vielen seiner Kollegen, eine heroisch-ästhetische Geschichtsauffassung vorhanden gewesen war, allerdings in einer überspitzten, literarisch-sublimierten Form. Das Bild vom Diplomaten als elegantem Chirurgen weltpolitischer Verletzungen hatte auch in seinem Kopf heftig gespukt.

In großartiger Mißachtung der rheinhessischen Südhänge, die ihn so mild umgeben, entkorkt er einen Chianti aus dem Supermarkt, fragt, wo er stehengeblieben sei, und setzt seine Lebensgeschichte in etwas penetranter Ausführlichkeit fort.

Dr. Harry von Duckwitz war 29 Jahre alt, als ihn an einem der wenigen wirklich heißen Sommernachmittage das Elend überkam. Er saß an dem schmalen Schreibtisch einer unbedeutenden Heidelberger Anwaltskanzlei und versuchte, sich in eine Scheidungssache einzuarbeiten. Die Mandantin war vermutlich beim Baden. Er notierte den Satz *Die Mandanten sind immer beim Baden* auf die Rückseite seines Kontoauszugs und legte den Zettel in eine Schublade mit persönlichen Notizen. Allzuviel war nicht darin. Er blätterte im ›Spiegel‹, in der ›Süddeutschen‹, in der ›FAZ‹. Sein Auge fiel auf ein mittelgroßes Stellenangebot: Auswärtiges Amt sucht Juristen mit erstem oder zweitem Staatsexamen, die sich für Laufbahn im höheren auswärtigen Dienst interessieren ... Duckwitz wartete, bis seine Sekretärin gegangen war, setzte sich an deren Schreibmaschine, suchte eine Viertelstunde nach normalem weißen Briefpapier und schrieb knapp:

Nehme Bezug auf Ihre Anzeige in der ›FAZ‹ vom 26. Juni 1972...

Ein halbes Jahr später fand sich Duckwitz zusammen mit etwa 60 gleichaltrigen Herren und wenigen Damen in Frankfurt zu einer Diplomatenauslese ein. Nach einer schriftlichen Prüfung würde eine Vorauswahl getroffen werden. Man könne nicht durchfallen, hieß es, jeder bestünde hier, doch würden nur die Besten genommen werden. Den Abgewiesenen stünde es frei, es im nächsten Jahr noch einmal zu versuchen.

Harry durchwanderte die Bewerberschar, die sich jetzt zu einzelnen Grüppchen zusammengeschlossen hatte. Viele schienen sich vom Studium her zu kennen, erkannten sich johlend hier wieder. »Hey, Graf, altes Haus, was machen die Borussen!« rief ein Stimmbrüchiger einem Eton-Boy zu. Für die Jahreszeit trug Duckwitz allzu sommerlich-helle Kleidung. »Aha, tropentauglich!« witzelte freundlich ein Mitbewerber. Er war froh, niemanden zu kennen.

Er dürfte ein ganz anderes Studentenleben geführt haben als die meisten hier. Kein Corps, keine Feten, keine Paukerei. Seine Examen waren miserabel, aber sie waren ihm fast tatenlos zugefallen. Im übrigen war seine Studentenzeit bestimmt worden von dem Verhältnis zu einem Mädchen, das 1967 zusammen mit einer kleinen Theatergruppe in eine Vorlesung über Strafrecht eingedrungen war, um, errötend vor Mut, den Professor als »rechte Sau« zu beschimpfen. Duckwitz hatte ihr sofort einen Liebesbrief geschrieben. Vier Wochen später lebte er bereits in ihrer Wohngemeinschaft. Äußerlich blieb er konservativ: Er gehörte zu den ganz wenigen dieser Studentengeneration, die keine Parka, keine Bluejeans, nicht einmal eine Cordjeans besaßen. Er lernte, was und wer eine »rechte Sau« ist.

Dabei ließ er den Kontakt zu seiner sehr konservativen Familie keineswegs abbrechen. Insofern mochte er, ohne daß er sich dessen bewußt war, so etwas wie einen diplomatischen Charakter haben. Mit Annalena, seiner Flamme, und den anderen der Wohngemeinschaft war er sich einig in der Verachtung der bürgerlichen Parteien. Große politische Hoffnungen lehnte Harry allerdings ab. Er erfand den Spruch *Ohnmacht adelt – Macht macht gemein*, für den sich damals keiner erwärmen konnte. Nachts in den Wohnküchen beharrte er auf dem Postulat, daß *alle* Politiker Schwachköpfe seien. Nach fünf Jahren, als er seine Doktorarbeit schrieb, ging die Sache mit Annalena auseinander. »Ich war ihr zu unernst«, sagt Duckwitz und grinst.

Die Frage, warum Duckwitz die Neigung verspürte, sich einer Berufsgruppe zuzuordnen, für die er nur Spott übrig hatte, kann hier nur gestreift werden. Bezeichnend sein Satz: »Glauben Sie, daß ich mich in einer Ausbildungsstätte für Dichter wohler gefühlt hätte! Oder unter 60 Filialleiter-Bewerbern für die Aldi-Kette!« Duckwitz hatte eine Theorie parat, die er in seiner Studienzeit bei Diskussionen mit marxistischen Kommilitonen entwikkelte: Es gibt keine unentfremdete Arbeit. Für den, der Bewußtsein hat, kann es keine Arbeit geben, die er vorbehaltlos akzeptiert. Was immer man tut, es ist auch fürchterlich.

Unter diesem Gesichtspunkt strömte Duckwitz zusammen mit den anderen Bewerbern für den höheren Dienst in den vom Auswärtigen Amt gemieteten Saal, während in fünf anderen Städten der Bundesrepublik weitere Akademiker in andere Säle strömten, ihr Wissen testen zu lassen. Etwa 300 pro Jahr sind es insgesamt, die sich dem Auswahlritual unterziehen, keiner älter als 32 Jahre; etwa 100 bleiben nach der schriftlichen Prüfung übrig. In persönlichen Gesprächen mit den Bonner Ausbildungsleitern wird später der schöne harte Kern von 30 bis 40 Leuten herausgeschält, der dann, im Ausland eingepflanzt, deutsche Früchte zu tragen verspricht. Manchmal ist von Damen und Herren die Rede, denn gelegentlich befindet sich im Kreis der Auserwählten auch eine

Frau. »Wenn die dann später wenigstens Smokings trügen und Zigarettenspitzen benützten«, sagt Duckwitz; aber ihre Figur und der Schnitt ihrer Kleider übersteige das Maß des Erträglichen. Er habe sich immer vorgenommen, einmal einer Diplomatin ins Ohr zu spucken.

Duckwitz bestand die schriftliche Prüfung. Offenbar hatte er die Texte aus dem Englischen und Französischen über Butter-Preispolitik und die französische Atombombe zufriedenstellend hin und her übersetzt. Auch sein Gefasel über das Verhältnis zwischen China und der UdSSR, mit dem er eines der Aufsatzthemen beantwortete, schien niemanden gestört zu haben. Nicht leicht war das Ausfüllen der Fragebögen gewesen: »Begründen Sie, warum das Deutsche Reich als Völkerrechtssubjekt nicht untergegangen ist« – das ging ja noch; aber: »Nennen Sie vier Themen, die auf der UN-Seerechtskonferenz zur Debatte standen«, oder: »Mit welchem Instrumentarium werden die Agrarmärkte der EG vor billigen Importen geschützt?« – das war haarig. Gottlob besaß Harry die überaus aristokratische Eigenart, nur nach einstündiger Zeitungslektüre zum morgendlich-befreienden Stuhlgang fähig zu sein, und so war er zwangsläufig auch über Dinge informiert, die ihn überhaupt nicht interessierten. Da er schließlich auch noch wußte, wer Paul Klee und Karl Jaspers waren, wer die ›Vier Jahreszeiten‹ und wer ›Cosi fan tutte‹ komponiert hatte, erzielte er mehr Punkte, als nötig waren.

Zwei trübe Monate lang versuchte er, ein paar Scheidungen voranzutreiben und eine Räumungsklage abzuwehren. Dann, Anfang Februar, folgte er einer Einladung ins milde Bonn – zum fünftägigen mündlichen Teil des Auswahlverfahrens. Als das Taxi aus der Bundeshauptstadt herausgefahren war und sich der »Aus- und Fortbildungsstätte des Auswärtigen Amts« in Ippendorf näherte, wurde es Harry von Duckwitz blümerant. Man konnte sich Menschen entziehen, die man nicht mochte, der

Architektur war man ausgeliefert. War schon die Lage beklemmend peripher, so löste das zackige Betonbauwerk in seiner schauerlichen Mischung aus Stilelementen der fünfziger und sechziger Jahre die übelsten Assoziationen aus: Solche hinterfotzigen Riesenbungalows mochten fanatischen Jesuiten zur Heimstatt dienen oder auch hellrosa Collegeboys aus Connecticut oder Stabsoffizieren der NATO oder schwammigen und drahtigen Managern einer transzendentalen Managerschule oder einer Brutstätte für Lebensmittelchemie. Riesige leere Parkflächen mit hilfloser Bepflanzung, die Außenwände des Gebäudes befleckt vom Regen mit dunklen Wasserklecksen; was hier nur fehlte, war die rote Sprühdosenaufschrift: *Sie verlassen den Westsektor.*

In der Begrüßungsansprache schwärmte der Ausbildungsleiter von eben jenem Gebäude, das nun endlich fertiggestellt worden sei und das einen störungsfreien Ausbildungsablauf garantiere. Jahrelang sei die diplomatische Elite in nichtswürdigen Baracken herangebildet worden, das habe nun ein Ende; zudem werde hier im Haus auch der gehobene Dienst ausgebildet, »also jene Herren, pardon Damen und Herren, die ohne Studium, gleich nach dem Abitur zu uns kommen«. Von dem Kontakt mit den Personen des gehobenen Dienstes, der ja später in den Botschaften und im Amt selbst zum Alltag gehöre, verspreche man sich einiges. Da sei es an der Zeit, Schranken und Vorurteile abzubauen.

Heute kann Duckwitz nicht mehr verstehen, warum er damals nicht postwendend kehrtgemacht hat. Mit Liebeskummer und der Langeweile seines Anwalts-Jobs allein sei doch nicht zu erklären, daß er sich auf einen Weg begeben habe, der ihm höchst fragwürdig erschien. Nach einer Blitzanalyse am Fuße der Chiantiflasche räumte er ein, daß er die Diplomatenlaufbahn auch seinem Elternhaus zuliebe angesteuert habe, denn dort hielte man auch im letzten Drittel des zwanzigsten Jahrhunderts noch unverdrossen an der Meinung fest, ein Adeliger ohne Geld sei am stilvollsten beim Militär oder im diplomatischen Corps aufgehoben. Er sei ja auch bei der Bundeswehr gewesen, obwohl er dieser Einrichtung nur Haß entgegenbrachte. – Was seiner Ansicht nach die meisten Bewerber für den auswärtigen Dienst und späteren Diplomaten auszeichne, sei Folgsamkeit. Folgsamkeit und Treue gegenüber der Familie und gegenüber dem Staat, was insofern fast dasselbe sei, als die meisten aus konservativen Beamtenfamilien kämen. Duckwitz wird einen Augenblick lang reumütig: Auch er sei folgsam gewesen.

Die mündlichen Auswahlverfahren und der einwöchige Aufenthalt in der Diplomatenschule waren für Duckwitz außerordentlich aufschlußreich. Er begriff nun vollends, was er beim Anblick der Horrorbungalows schon geahnt hatte und was ihm in Form von geschmacklosen Schlipsen, schillernden Anzügen und säuerlicher Jovalität fünf Tage lang bestätigt wurde: daß hier jeder Hauch von dem, was man sich gemeinhin unter Diplomatie vorstellt, ängstlich vermieden wurde. Grandseigneurales Auftreten, Zigarettenetuis, gekonnte Lubitsch-Film-Flirts und ein extra bestellter Piccolo zum gemeinsamen Mittagessen erregten Verdacht. Erwünscht waren sicheres, bescheidenes Auftreten in unauffälliger Kleidung und ein braver Kopf voll staats- und völkerrechtlichem, historischem, politischem und volkswirtschaftlichem Wissen. Erwünscht war der Macher- und Vertretertyp, wie ihn die Personalchefs aller großen Firmen suchen, der ›FAZ‹-Leser, gesund und einsatzfreudig, vielleicht nicht ganz so knallhart wie für Esso oder Hoechst. Man verhehlte den Bewerbern taktloserweise nicht, daß die *Spitzenleute* hier rar seien, weil sie leider, leider von der Industrie, von den großen Banken aufgesogen würden. Prompt fühlten sich alle klein und zur zweiten Garnitur gehörig. Vor allem die stellungslosen Englisch-, Französisch- und Geschichtslehrer, die wegen der unvorhergesehenen Lehrerschwemme kühn die Diplomatenlaufbahn angepeilt hatten, rutschten oft unwohl auf ihren Stühlen hin und her.

Auch Duckwitz hatte Schwierigkeiten. Durch seinen Adelstitel und durch sein Jurastudium erfüllte er genau jenes Klischee des Diplomaten, von dem sich das Auswärtige Amt gerade trennen wollte. In diversen Gesprächen gelang es ihm allerdings, glaubhaft zu versichern, daß er den auswärtigen Dienst für einen »reinen Dienstleistungsbetrieb« halte (»Nicht nur«, warf der Ausbildungsleiter lächelnd zwischen die mustergültige Antwort), es sei ihm völlig klar, daß man heute nicht Cocktailgläser anfassen solle, sondern etwas anderes. Trotz mancher klugen Antwort war sich Duckwitz nicht sicher, wie er im Rennen lag.

Obwohl ihn die Psychologie des Ausleseverfahrens stark an seine abscheulichen Bundeswehrlehrgänge erinnerte, interessierte man sich hier eigenartigerweise kein bißchen für die militärische Vergangenheit der Kandidaten. Beim *Bund* gewesen zu sein, konnte dem *Amt* nicht imponieren. Nie würde man auf die Idee kommen, mittels Einsicht in Bundeswehrzeugnisse das Charakterbild des Bewerbers zu ergänzen, obwohl dies doch sicherlich, zumindest im Fall von Duckwitz, interessante Facetten auf den Prüfling werfen könnte. Es war wohl das ministeriale Kompetenzdenken und auch eine gewisse Ministerrivalität, die hier dezenten Datenschutz übten. Beim *Bund* gewesen zu sein, war für das *Amt* nur insofern von Vorteil, als der Mann dann vom *Bund* nicht mehr geholt werden konnte. Man machte zwar keinen Hehl daraus, daß sich im Fall einer solch schikanösen Späteinberufung das *Amt* schützend über den künftigen Diplomaten werfe, nicht unbedingt aber erfolgreich. Erst im vorigen Jahr sei ein Attaché mit hervorragendem Abschluß statt nach New York zur UNO in den Bayerischen Wald zu den Panzergrenadieren gekommen, sagte der stellvertretende Ausbildungsleiter verbittert. Duckwitz' helles Auflachen an dieser Stelle des Vortrags wurde betreten übergangen.

Prunkstücke unter den Bewerbern waren ein Landwirt, der nur in Bluejeans und Tennisschuhen einherging, sowie ein Kriegsdienstverweigerer mit Vollbart. Da an deren Exotismus das Amt seine Toleranz und Aufgeschlossenheit messen konnte, war es klar, daß diese Herren, an deren Verfassungstreue keinerlei Zweifel bestanden, auserwählt werden würden.

Duckwitz schaffte es schließlich bei einer Podiumsdiskussion, die Vorbehalte, die wegen seines Unernstes und seiner angeblichen Dünkelhaftigkeit auf ihm lasteten, beiseite zu wischen. Das Thema war die amerikanische Intervention in Vietnam, und das Gespräch kam nicht in Gang, weil alle der einen Meinung waren, daß diese Einmischung staats- und völkerrechtlich völlig in Ordnung sei, moralisch sowieso. Die Diskussion stockte, dem Landwirt, der den Diskussionsleiter spielen mußte, brach der Schweiß aus. Er warf zaghafte Köder aus, ob denn nicht eine kriegerische Intervention vielleicht doch Nachteile haben könne, und schielte entschuldigend zur Prüfungskommission in der letzten Reihe des Hörsaals. Keiner biß an. Da raffte sich Duckwitz auf und fing an, über Nixon herzuziehen. Er sah die Küche der Wohngemeinschaft vor sich, und Annalenas wilde Worte strömten nun feurig aus seinem Mund. »Wir können«, schloß er, »hier doch nicht allersturste Rechtsauslegung betreiben, wo es sich um eine Sache handelt, die von der Bevölkerung völlig emotional beurteilt wird. Das Ausmaß der Emotion zwingt uns, über die Emotionen zu reden und nicht über das elfenbeinerne Recht!«

Nun endlich kam Leben ins Gespräch, man hackte auf Duckwitzens Argumenten herum, gab allerlei zu bedenken, man dürfe das Gleichgewicht der Kräfte doch nicht ganz vergessen, und der Kriegsdienstverweigerer sagte, daß er sich immer für den freien Westen einsetzen würde, eben ohne Waffengewalt. Jeder tat sich hervor, jeder mußte jetzt vor den Augen des Psychologen und der Ausbildungsleiter Geist und Lebendigkeit beweisen, jeder wurde eins, zwei, drei zum Minister des Äußeren, zum Kanzler des Bundes. Doch keiner konnte an diesem

Tag Duckwitz erreichen. In der anschließenden Beurteilung der Diskussion lobte der Psychologe dessen Mut und Geschick, im richtigen Augenblick die Diskussionsleitung in die Hand genommen zu haben, und der Ausbildungsleiter drohte schmunzelnd: »Ich will hoffen, daß das nicht wirklich Ihre Meinung ist.«

Während der eineinhalbjährigen Lehrzeit hieß man »Attaché«. Das schneidige Wort stand in einem seltsamen Gegensatz zu den Plastikstühlen der Hörsäle, in denen man juristische und völkerrechtliche Vorlesungen verfolgte und Sprachkurse über sich ergehen ließ. Jeder hatte sein Zimmer im Ausbildungsgebäude, auch Verheiratete, die allerdings meist außerhalb wohnten, wenn ihre Ehe intakt war. Wenn ein Staatssekretär des Auswärtigen Amts zu einem Plauderstündchen nach Ippendorf hinauskam, zog auch der Landwirt seinen Anzug an. Die Internatssituation bewirkte bei den meisten einen Rückfall in pubertäre Verhaltensweisen. Man muß sich das vorstellen, sagt Duckwitz, 40 Volljuristen, Voll-Lehrer, Voll-Volkswirte auf der Schulbank – »Vollidioten«, ruft er schallend, »die kicherten nicht einmal, wie die sonstigen Konservativen, wenn sie das Wort ›hinterfragen‹ hörten, die kannten es gar nicht.«

Das waren Leute, die ihre Kühnheit an der Länge ihrer Koteletten maßen. Selbst zu einer Zeit, da die Koteletten von Willy Brandt und F. J. Strauß gewaltig büschelten, galt bei den Attachés das ungeschriebene Gesetz: nicht unter das Ohrläppchen hinaus. Das war vulgär. Während die freie Welt sich über die Klitoris unterhielt, sprach man in Ippendorf über den Ohrläppchenansatz. Und der Höhepunkt an Originalität war, als auf einem Sommerfest in Bad Godesberg ein Atttaché mit seinem Smoking um Mitternacht in den Swimmingpool sprang. »Vermutlich erzählt der noch heute seine Großtat.«

Wie er sagt, konnte Duckwitz diese Zeit nur ertragen, weil er Liebeskummer hatte. Als sich die Ausbildung dem Ende näherte und die Attachés pro forma Wünsche für Ihren ersten Auslandseinsatz abgeben konnten, sagte er nur: »Weit weg!«

Das war ein schöner Tag für den Personalmann. Das war noch nie dagewesen, daß hier keine Rücksicht genommen werden mußte auf Gesundheit, auf Frau und Kind und Einschulung.

Der wohltätige Einfluß der amerikanischen Filmstars hat nicht nur bewirkt, daß Politiker wie Schauspieler auftreten, sondern auch, daß eine Scheidung dem politischen Ansehen nicht mehr schadet. Die Anzahl der Scheidungen bei den Angehörigen des Auswärtigen Amts ist höher als die in anderen Ministerien. Fast prahlt man damit. Die Scheidungsquote wird gleichsam als Beleg für die harte und anstrengende Arbeit im auswärtigen Dienst gewertet, der auf die Dauer keine Ehe gewachsen sei. Alle paar Jahre umziehen, die Kinder in neue Schulen, das erträgt keine Frau. Geschieden sein heißt daher: Man war gut und fleißig, das Wohl der Bundesrepublik ging einem über das der Familie. Was sein muß, muß sein. Mit den zweiten Frauen geht's dann meistens. Da suchen sich die Legationsräte schon die richtigen aus.

Als Duckwitz zu seinem ersten Auslandseinsatz aufbrach, war er unverheiratet. Dies hatte für das Amt den Vorteil, daß man ihn beruhigt ans Ende der Welt verschicken konnte, der Nachteil aber war, daß ein Diplomat ohne Frau irgendwie kein voller Repräsentant ist. Nicht, daß er womöglich als homosexuell verdächtigt werden könnte, aber eine galante Botschaftergattin, die sich beim Small talk in Daressalam um die unbeholfene Gattin des Abgeordneten kümmert, ist Gold wert.

Duckwitz war nur wenige Wochen in Jakarta, als er sich völlig hoffnungslos in eine dunkelhäutige Schönheit verliebte, in die sich alle weißen Männer und Frauen verliebten. Sei es, daß sie seine Liebe erwiderte, sei es, daß Jane (die Tochter eines Ministers, der für Jane Mansfield schwärmte) meinte, durch die Heirat mit einem deutschen Diplomaten würden die Aussichten auf ein Musikstudium in Europa sich verbessern – sie erhörte ihn, und alsbald gab es eine kaffeebraune Freifrau von Duckwitz, die der Gotha, das Handbuch des deutschen Adels, in seiner nächsten Auflage pflichtgemäß und ohne jede Rassendiskriminierung als geb. Awasamatala verzeichnen würde.

Duckwitz wußte, daß allzu innige politische oder persönliche Kontakte mit dem Gastland stets mit einem mütterlichen Rückruf des Auswärtigen Amts in Bonn enden. Zwar war man sich in der Zentrale bewußt, daß gute Verbindungen einiges wert sind, doch fürchtete man auch ein Verwässern bundesdeutscher Interessen, wenn die Botschafter mit den Militärs und Großgrundbesitzern um die Wette tranken und ihre Geschäfte trieben. So erwies sich dieses ungeschriebene Anti-intim-Gesetz als segensreich bei den in Saus und Braus lebenden Botschaftern in lateinamerikanischen Diktaturen, wo sich die Exzellenzen oft oligarchischer benahmen als die dortigen Herren, wie aus den Aussagen gehobener Dirnen eindeutig hervorgeht. Da sich solche Diplomaten wie Zecken in ihren noblen Residenzen in Santiago und anderswo festbissen, war ihre Abberufung oft langwierig.

Harry von Duckwitz erhielt die Weisung, nach Bonn zurückzukehren und sich zur Fortsetzung des ersten Auslandseinsatzes zur Verfügung zu halten. Da die vom Auswärtigen Amt für den Umzug bereitgestellten Schiffscontainer halb leer blieben, erstand Duckwitz für einen Teil seiner diversen Sonderzulagen eine prachtvolle Stereoanlage, ein riesiges japanisches Motorrad und allerlei indonesische Möbel und Antiquitäten.

»Seien Sie nicht so fein, lieber Duckwitz«, rügte der ergraute Botschafter den zögernden Käufer, »in unserem Beruf bietet sich der Handel als Nebenerwerbsquelle doch förmlich an.«

Da man in Bonn nicht so recht wußte, wohin mit einem jungen Diplomaten, dessen Auslandseinsatz wegen Heirat mit der Tochter des indonesischen Wirtschaftsministers abgebrochen werden mußte, ordnete man ihn einstweilen dem Referat 700 zu, dem Protokoll. In dem ohnehin schon sehr durchadelten Auswärtigen Amt war hier die Adelsquote am höchsten.

Ansonsten war es eng und scheußlich wie überall. Weit nur die endlosen Linoleumflure, winzig die Stuben der Diplomaten, die *draußen* kolonialistische Großzügigkeit gewohnt waren; hier im *Amt* wurden sie zu Beamten, zu Dienern einer deutschen Behörde. Sie saßen auf Drehstühlen, deren Lehnen tiefe Kratzspuren in die nahe Zimmerwand geschabt hatten, und starrten auf eine Weltkarte, den üblichen Zimmerschmuck. Duckwitz macht eine verdrießliche Handbewegung, und dann hat er's: »Feudalspießer«, sagt er, »alles Feudalspießer.«

Zwei Frauen betreten heiter plaudernd das Zimmer durch die Terrassentür. »Ich habe ein Interview«, sagt Duckwitz mit gespieltem Ernst. »O Gott, was wirst du erzählen«, sagt die etwa vierzigjährige Frau und streicht mit ihrem Zeigefinger über Duckwitzens schmalen Nasenrücken. Die andere, dunkelhäutige, wird als Jane vorgestellt, kichert ironisch, geht nach oben und probiert die nächsten Stunden an einem Chopin-Prélude herum. »Meine Frauen«, erklärt Duckwitz mit einer gewissen Begeisterung.

Die ältere Frau, die sich als die Studienfreundin Annalena entpuppt, empfiehlt schnippisch, Harry kein Wort zu glauben. »Ein Möchtegern-Anarchist, ein ehemaliger Diplomat als Möchtegern-Anarchist«, sagt sie, nicht ohne Stolz. Und Harry entgegnet: »Du warst an meiner Suspendierung nicht ganz unbeteiligt, Baby, ich könnte schon Botschafter in Rom sein.«

Duckwitz ist zweifellos eine zwiespältige Persönlichkeit. Er kritisiert das Auswärtige Amt wegen seiner teuren Nutzlosigkeit, hat aber offensichtlich vor, auf Kosten eben dieses Amts sich ein höchst angenehmes Leben zu machen. Darauf angesprochen, wird er ernsthaft zornig. »Das machen wir doch alle«, schreit er, »wir hacken auf dem System rum, von dem wir leben – was ist dabei?« Er hacke jedenfalls lieber und nehme in Kauf, als »schizo« zu gelten, das gefalle ihm besser, als das Dasein einer »realpolitischen Kröte« zu führen. Im übrigen sollte man ja nicht glauben, er kompensiere mit seinem Schimpfen das Scheitern seiner Karriere. Nein, es sei mit seiner Beurlaubung überglücklich.

Das Göttliche am Auswärtigen Amt sei sein unergründlicher Ratschluß. Mit der Willkür des alttestamentarischen Herrn schickt es seine Mannen ohne jede Vorbereitung in alle Ecken der Welt. Und mit der Tumbheit der Söhne Abrahams nehmen selbst die Väter großer Familien die Weisungen hin und verlassen die Bundesrepublik als deren Diener, um woanders als deren Vertreter ihr Wesen zu treiben, das meist mit dem Ausfüllen des Antrags auf Gewährung eines Zuschusses für den Kauf neuer Vorhänge beginnt, ein Gesellschaftsspiel, das alle deutschen Diplomatenfamilien nach Umzügen in Atem hält. Hängt dann der Brokatstoff, steht den Parties nichts mehr im Wege.

Nach einem halben Jahr Bonn wurde Duckwitz sehr plötzlich nach Quito/Ecuador versetzt. Dem dortigen Legationsrat war nach mehreren Anträgen endlich die Höhenluft-Untauglichkeit attestiert worden, und Duckwitz übernahm den Posten. Er verzichtete auf das Vorhanggeld. Der Verkauf der indonesischen Möbel und Antiquitäten, den er in letzter Minute in Köln abgewickelt hatte, weil ihm deren Mitnahme nach Südamerika zu absurd erschien, hatte ihm wider Erwarten 40000 Mark eingebracht. Zudem floß jetzt in Quito das Gehalt reichlich, von Steuern keine Spur, Zulagen aller Art, da war kein Mangel, zumal er nicht, wie die meisten Diplomaten, die Überschüsse in einen Bausparvertrag leitete.

Aufgrund ihrer zwar nicht übermäßigen, aber doch satten Einkünfte wußten die Diplomaten oft gar nicht, wohin mit dem Geld. Die LBS, Wüstenrot und etliche Spezialkassen für den öffentlichen Dienst boten sich da als dankbare Geldschränke an. Das Dumme war nur, daß die Kredite wegen der Sondervergünstigungen für Beamte viel zu schnell bezahlt waren. So hatten sie bald alle ihre schrecklichen kleinen Reihenhäuser und ihre Komfortbetonwohnungen in Bad Godesberg. Duckwitz weigerte sich zu sparen, aus ideologischen Gründen, wie er schon damals behauptet haben muß. Solche Kapricen dürften ihm übrigens zu einem gewissen Respekt verholfen haben. Denn waren die Diplomaten auch größtenteils Bausparer, so hatten sie doch noch genug Adel im Leib, um die Verachtung solch bürgerlicher Angewohnheiten, wie sie von Duckwitz praktiziert wurde, charmant zu finden.

Duckwitz hatte wieder Pech mit der Architektur: keine Freitreppen, keine Loggien, keine Säulenfassaden und Alleen. Die Botschaft in Quito befindet sich in einer Etage des Bürohochhauses der Firma Hoechst, die in Ecuador einen großen Teil ihrer pharmazeutischen Produkte herstellen läßt. An den Wänden hingen Hoechst-Kunstkalender, auf den Empfangstischen lagen kulturell ambitionierte Hoechst-Zeitschriften. Das alles war nicht schön, aber es hatte doch den Vorteil, daß man sehr schnell den wahren Sachverhalt der Dinge begriff, der einem in einer prachtvollen bolivianischen Barock-Residenz vielleicht nicht so schnell zu Bewußtsein gebracht worden wäre: daß das Auswärtige Amt in Bonn zwar wunderschön langweilige Broschüren über die »Menschenrechte in der Welt« kostenlos abgibt, daß aber seine ganze Politik in erster Linie von den Interessen bundesdeutscher Unternehmen geleitet wird, in deren Räumen man dann auch noch Unterschlupf findet. Das alles wird natürlich nicht bösartig betrieben, es geschieht sozusagen von selbst.

Wenn Siemens dem Auswärtigen Amt mitteilt, daß es ein paar Direktoren nach Ecuador schicken will, die dort die Erweiterung einer Anlage überprüfen sollen, dann wird der Diensthabende in Bonn, sofern ihm nicht morgens der Siemens-Toaster durchbrannte, nach Quito funken lassen, daß da ein paar Leutchen unterwegs seien – Ende. Der Botschafter wird Duckwitz fragen, ob er Lust habe, die Siemens-Leute vom Flughafen abzuholen. – »Müssen wir das denn?« – »Das nicht, aber es wäre doch ganz freundlich!« Wenn Duckwitz nicht fährt, wird der Botschafter selbst fahren. Das wäre noch übertriebener. Also fährt Duckwitz.

Die Siemens-Leute gehen im Pulk auf das Flughafengebäude zu. So gehen Häuserspekulanten, die es ganz eilig haben, den Mietern das Haus unter dem Arsch wegzukaufen, denkt Duckwitz. Als er dem Rottenführer die Hand schüttelt, sagt er: »Wer empfängt Sie eigentlich in Deutschland?« – »Da wissen wir selber, wo die besten Puffs sind«, lacht der Siemens-Mann, »jetzt mal raus mit der Sprache: Wo sind sie hier? – Spaß beiseite«, sagt er dann, »wir brauchen ein Gespräch mit dem Ingenieursverband und mit dem Innenministerium; Gewerkschaft wäre auch noch interessant, oder ist die verboten hier?«

Bald wußte der arme Duckwitz nicht mehr, wen er mehr verabscheuen sollte, die anreisenden Industriechefs oder die anreisenden Bonner Politiker. Diesen sollte er Gespräche möglichst mit dem Präsidenten ermöglichen, während ihre Frauen von Jane auf die Märkte geführt werden wollten, um dort Souvenirs zu kaufen. Was er längst wußte, füllte sich hier mit lebendiger Erfahrung: Alle wichtigen politischen Entscheidungen liefen am auswärtigen Dienst vorbei. Zu den ranghöchsten Aufgaben zählte das Präparieren von Tennisplätzen für sportliche Minister. Als eine Delegation des deutschen Fußballbunds die Organisation einer Rundreise erwünschte, weigerte sich Duckwitz mit der Bemerkung: *Sport ist Mord*, was ihm eine Dienstaufsichtsbeschwerde einbrachte, über die man in Bonn lächelte.

Über seine Berichte lächelte man nicht, weil man sie

vermutlich nicht las. Vermutlich hatte deswegen der Botschafter auch nichts dagegen, wenn darin stand, daß unter bundesdeutscher Unternehmensleitung Menschenrechtsverletzungen stattfänden. Und daß auch hier jederzeit ein Fall denkbar sei wie jüngst in einer deutschen Schuhfabrik in Lima, wo peruanisches Militär auf streikende Arbeiter schoß, auf daß der Fabrikant keine Ausfälle habe. Und daß auch in den Straßen Quitos schon die unverwechselbaren Flüche im La-Plata-Spanisch zu hören seien, wie sie nur von argentinischen Folterkommandos verwendet würden. All das führte nicht einmal zu einer Kleinen Anfrage im Bundestag, die ja auch nichts bewirkt hätte. Bestenfalls kam die Antwort eines Kenners der Lage: daß der Bundesregierung keine Einzelheiten bekannt seien.

Es war also einerlei, ob man politische Beobachtungen berichtete oder die Hinfälligkeit des Landrovers, der allmählich dringend durch einen neuen ersetzt werden müßte. Deshalb begann Duckwitz plötzlich, an seine alte Freundin Annalena zu schreiben, die seine Briefe nicht nur las, sondern auch beantwortete. Und eines Tages war sie da und blieb auch, Frau von Duckwitz freute sich über die Gesellschaft, und Herr von Duckwitz kam nun noch später in die Botschaft.

Im übrigen schienen die lateinamerikanischen Regierungen ohnehin nur die Militärattachés bzw. deren Uniformen ernst zu nehmen. Bei einem Empfang in der amerikanischen Botschaft beugte sich ein argentinischer General zum schwerhörigen Ohr eines bundesdeutschen Artillerie-Obersts und sagte laut und heiser, was er von den zivilen Botschaftern hielt: »Ellos no entienden nada de la vida!« (Sie verstehen nichts vom Leben!)

Auch Jahre enden immer eines Tages. Eines Tages tönte aus dem fernen Bonn der Rückruf, und die Zeit des ersten Auslandseinsatzes war vorüber. Duckwitz füllte die zur Verfügung stehenden Umzugscontainer. Waren es wegen seiner Dienstjahre mehr geworden? Oder hatte irgendein gelangweilter Verwaltungsmensch in der Zentrale die Bestimmung durchgeboxt, daß bei Versetzungen mehr Ladevolumen zur Verfügung gestellt werden müsse? Oder exportierten die deutschen Firmen ihre Waffen jetzt in solchen Behältern, weswegen so viele als Leergut in Lateinamerika auf die friedliche Rückreise warteten?

Wie alle Diplomaten in der Heimat litt Duckwitz an der Bonner Depression. Da er sich immer von anderen unterscheiden wollte und sich auch tatsächlich unterschied, hatte er natürlich andere Gründe. Natürlich litt auch er unter der Enge der winzigen Büros, noch mehr aber unter dem Gejammer der Kollegen über diese Enge. Da saßen die Legationsräte und die Vortragenden Legationsräte und die Vortragenden Legationsräte 1. Klasse auf ihren Drehstühlen und strichen sich Brotkrümel von der Anzugweste. Eben waren sie noch Konsuln und Generalkonsuln und Botschafter gewesen, als schneidige Exzellenzen hatten sie in feudalen Sitzen hofgehalten, und nun war jäh ihre Tropenbräune verblaßt, und die pubertäre Kindlichkeit der Enddreißiger bis Mitvierziger kam wieder zum Vorschein. Manche, die an großen Botschaften Chefs oder Gesandte gewesen waren, hießen nun plötzlich in der Zentrale, so wollte es die Bestimmung, »Ministerialdirigent«, was ihre ganze verkappte Beamtenhaftigkeit sehr schön enthüllte. Sie alle saßen vor gelochten Aktendeckeln und beschäftigten sich mit der Frage, wer den Bundeskanzler auf seiner Reise nach Spanien begleiten solle, mit welchem protokollarischen Aufwand der stellvertretende Ministerpräsident von Thailand, Herr Dawee Chulasap, zu empfangen sei, ob man den angekündigten Privatbesuch des Außenministers von Katar, Sheik Suhaim Bin Hamad Al-Thani, offiziell zur Kenntnis nehmen solle, und wenn ja, wie er anzureden sei. Andere saßen da und kontrollierten, ob die Diplomaten in den multilateralen Botschaften in Brüssel und New York den Preis der holländischen Hühnereier im EG-

Rahmen richtig kalkuliert hatten und ob das Gutachten des Vortragenden Legationsrats von Hennersdorff von der UNO-Botschaft in New York über die völkerrechtlichen Verpflichtungen der UdSSR nun in den Papierkorb geworfen oder dem sowjetischen Botschafter zur Kenntnisnahme überreicht werden solle.

Einer vertrieb sich die Zeit damit, zu zählen, in wie vielen Ländern wie viele Leute Deutsch lernten; und eine ganze Menge Leute waren mit den 114 Goethe-Instituten in 69 Ländern beschäftigt, deren »Überwachung« dem Auswärtigen Amt als eine seiner vornehmsten Aufgaben oblag.

Alle, die Stockschwarzen und die Schwarzen und die Farblosen, die da in den Parzellen der Konrad-Adenauer-Allee 99–103 saßen, schimpften beim Mittagessen in der Kantine auf Bonn, daß man ja nirgends hingehen könne hier. Andere erzählten im Fronturlauberstil von ihren »Härteposten« in Brazzaville und Jaunde, dieser Tropendünnschiß! – Aber bitte, lieber Sachtleben, wir sind bei Tisch! – Und die Neger hätten geklaut wie die Raben, die Fahrräder habe man nachts in der Botschaft einschließen müssen. Kein Zuckerlecken, aber doch jedesmal eine unheimliche *challenge*, in so ein Land zu kommen. Graf Sachtleben knallte mit der rechten Faust in die linke Handfläche: Mit den Jungs vom gehobenen Dienst habe er Glück gehabt, die seien mit ihm durch dick und dünn gegangen.

Immer gab es natürlich auch Kollegen, die gerade frisch vom Aufenthalt in einem Ostblockland zurückkamen und schaurige Geschichten von den Schikanen der kommunistischen Querköpfe erzählten, von den Hintereingängen zu Läden, durch die sich Funktionäre mit Westwaren versorgten, von den Abhöranlagen in den Botschaften und Privatwohnungen der Botschaftsangehörigen und vom Elend der Bevölkerung. Er habe früher wirklich sozialistische Sympathien gehabt, sagte ein ungeheuer protestantisch aussehender Landwirt, der jetzt im Referat 701 (Orden, fremde Missionen) beschäftigt war. Nach zwei Jahren im Generalkonsulat Leningrad seien sie ihm vergangen.

Das Geschwätz der Kollegen über die Enge Bonns und die Verdorbenheit des Ostblocks war Duckwitz oft unerträglich; statt mittags in die Kantine, wo dann auch noch auf das Essen geschimpft wurde, ging er häufig zum Rhein hinunter, wo er auf einer bemoosten, von Weiden und Erlen eingewachsenen Plattform aus der Zeit der Jahrhundertwende, über die Balustrade gebeugt, auf den Strom blickte. Eine von Annalena aufgenommene Fotografie (der einzig ruhige Punkt im chaotischen Bücherregal) zeigt Duckwitz in dieser Pose und läßt vermuten, daß sich der Freiherr damals als melancholischer Tschechow-Held begriff, dessen Zeit entweder vorüber oder noch nicht gekommen war. Dieses kleine Refugium am Ende der Tempelstraße war der einzige Ort von Niveau im Bereich des Auswärtigen Amts; alles andere war Parkplatz und Bürohochhaus und hätte auch eine miese Großversicherung beherbergen können. Nur die Stacheldrahtspiralen und die Grenzschutzsoldaten mit den Maschinenpistolen, die seit der Terroristenhysterie ein fester optischer Bestandteil waren, wiesen auf die scheinbare Bedeutung des Gebäudes hin.

Harry Freiherr von Duckwitz war dem Referat für Öffentlichkeitsarbeit zugewiesen worden. Nun bestand ein Teil seiner Arbeit darin, Manuskripte von Broschüren zu lesen, die das Auswärtige Amt, mit einem schönen schwarz-rot-goldenen Streifen auf dem Umschlag, herausgab. Es waren dies Schriften über »Menschenrechte in der Welt«, »Dritte Welt«, »Auswärtige Kulturpolitik« und anderes, die dann gelegentlich von interessierten Sozialkundelehrern für ihre uninteressierten Schüler bestellt wurden. Eine Broschüre über die »Hilfestellungen des auswärtigen Dienstes bei Aktivitäten deutscher

Firmen im Ausland« gab es nicht, weil die wirklich wichtigen Dinge auch ohne Leitfäden und Dokumentationen funktionierten.

Anfangs ärgerte sich Duckwitz über nationale Großspurigkeiten, über fettgedruckte Sätze wie: »Die Sprachförderung im Ausland muß verstärkt und verbessert werden.« Offenbar war man mit den 19 Millionen Deutschlernenden in aller Welt immer noch nicht zufrieden. Die Bundesregierung, so hieß es, wolle sich »nachdrücklich für die Berücksichtigung des Deutschen als Amts-, Konferenz- und Arbeitssprache« einsetzen. »Größenwahn!« schrieb Duckwitz daneben; und: »Was ist eine Arbeitssprache?«

Der Abteilungsleiter, mit dem er dann die Korrekturen durchging, sagte ihm lächelnd, daß er doch nicht den Bericht der Enquete-Kommission verstümmeln könne; er solle nur schauen, ob das Deutsch gut verständlich sei. »Aber ›Arbeitssprache‹ ist nicht gut und verständlich«, sagte Duckwitz. Ob er deswegen die Kommission noch einmal zusammenrufen wolle, fragte der Abteilungsleiter mit dem Spott des Pragmatikers.

Duckwitz hatte es abgelehnt, wieder eines der üblichen Reihenhäuser in Bad Godesberg zu beziehen, das ihm vermittelt worden war. So nie mehr! Annalena hatte die Wohnungssuche in die Hand genommen und unweit von Bonns geschmähtem Zentrum eine große Altbauwohnung im Gastarbeiterviertel aufgetan. Noch nie hatte ein Diplomat in dieser Gegend gewohnt. Duckwitz war entzückt. Es muß irgendeines seiner geheimen Rachegefühle dem Auswärtigen Amt gegenüber befriedigt haben, diese Wohnung zu beziehen.

Es dauerte nicht lang, da bat man Duckwitz, durchaus milde und höflich, eine angemessenere Wohnung zu beziehen. Gerade ein Mann der Öffentlichkeitsarbeit, der auch mit häuslichem Besuch rechnen muß, sollte doch repräsentativer wohnen! (Auf die »Bekannte«, die sich mit dem Ehepaar Duckwitz die Wohnung teilte, sprach man ihn nicht an; dieser Bereich schien sich dem Formulierungsvermögen des Auswärtigen Amts zu entziehen .)

Duckwitz reagierte prompt: Er sorgte für ein sauberes Treppenhaus und für Ordnung in seinen fünf Zimmern, bat Jane und Annalena, hübsche Kleider anzuziehen, und lud ein, wer im Auswärtigen Amt Rang und Namen hatte. Er hielt zu Beginn seiner Housewarming Party eine Rede, deren triefende Ironie sich ständig in Aufrichtigkeit verwandelt haben muß. Er wies darauf hin, daß er ganz bewußt hierher gezogen sei, er sei gegen die Isolation der Diplomaten in bestimmten Vierteln, er befürworte den Stil der Integration, es erscheine ihm auch wichtig, gerade in einem Gastarbeiterviertel zu wohnen, um der Ausländerfeindlichkeit auch von seiten des Auswärtigen Amts ein deutliches Zeichen entgegenzuhalten, und so weiter. Schließlich verwies er die Gäste auf die Stuckdecken und beschämte sie vollends mit der Bemerkung, daß er diese Räume repräsentativer und weltmännischer finde als die Reihenhäuser Bad Godesbergs, in die ja nicht einmal ein Flügel passe. In diesem Augenblick begann Jane mit einem Chopin-Prélude.

Die Gäste waren begeistert. Onkel Eberhard aus dem Protokoll-Referat war hingerissen von der Gewandtheit seines Neffen, und schon nach wenigen Tagen waren sich die maßgebenden Herren einig, daß ein Mann wie Duckwitz ins Pressereferat gehöre.

Duckwitz zog ins Souterrain des Auswärtigen Amts. Von seinem Zimmer aus konnte er alle zwanzig Minuten die Beine eines Grenzschutzsoldaten vorbeigehen sehen. »Wir sind nicht zimperlich«, sagte der neue Chef und wippte mit dem Fuß. Hier seien keine Nadelstreifen nötig. Die Zeit der verstaubten Diplomaten sei vorüber. Man wolle der Presse und den Medien moderne Diplomatie präsentieren. Es sei an der Zeit, ein positives Image des Diplomaten zu kreieren. Man müsse aufräumen mit der Legende vom Diplomaten als vertrotteltem adeligen

Volljuristen. Das Auswärtige Amt sei kein Cocktail-Verein, sondern ein dynamisches Instrument. Man müsse sich aus der Starre lösen. »Panta rhei«, sagte er in Richtung Rhein. »Keine Angst vor Selbstkritik! Wollen Sie mitmachen, jau?«

Duckwitz kichert bei der Erzählung dieser Szene. »Der Typ muß gerade eine Aufbauschulung mitgemacht haben«, meint er. Vermutlich seien in diesem Schädel gerade die Früchte eines Image-Beraters gereift, der den abteilungsleitenden Ministerialdirektoren und den Staatssekretären des Auswärtigen Amts wieder einmal klar gemacht hatte, daß dieses Ministerium nicht mit dem Smoking ins 21. Jahrhundert gehen dürfe; daß es an der Zeit sei für Frischluft, wenn man nicht weiter als Zielscheibe für boshafte Protokollverächter vom Schlag eines Brzezinski herhalten wolle. Dieser, damals Carters Sicherheitsberater, hatte doch tatsächlich, als der US-Präsident zu einer Gipfelkonferenz nach London kam und dabei der heimischen Botschaft keinen Besuch abstattete, den entrüsteten Botschaftsangehörigen erklärt: »Wenn es Außenministerien nicht schon gäbe, würde man sie heute nicht mehr erfinden.« Auch in den Regierungskreisen Bonns spukten solche Ansichten, die sich von den Duckwitzschen oft nur durch ihre mildere Formulierung unterschieden: Jeder Stadtverordnete leiste mehr als ein Diplomat des höheren Dienstes; nicht ohne Grund heiße der Laden seit Bismarcks Tagen Auswärtiges Amt und nicht Außenministerium, weil er eben nichts weiter sei als ein Hilfsinstrument des Kanzlers, das in Zeiten moderner Nachrichtenübermittlung seinen politischen Sinn verloren habe; ein guter Touristenhilfsdienst wäre heute angebrachter; Auslandskorrespondenten des Fernsehens, auswärtige Ausschüsse und nicht zuletzt der Bundesnachrichtendienst seien wirklich effektiver.

Gleichsam als äußeres Zeichen der neuen Diplomatenfrische und der fröhlichen Selbstkritik hingen in jedem Raum der Presseabteilung Karikaturen des Außenministers, der es mit seinen riesigen Ohren und seinen Dakkelfalten den Zeichnern leicht genug machte. Vor allem in dieser Form war der Außenminister im Amt präsent. Mancher will auch den Hausherrn leibhaftig gesehen haben, wie er eilig auf Konferenzräume zuschritt, das mochte vorkommen. Im allgemeinen aber stattet der Minister des Äußeren dem Ausland Besuche ab, und diese Besuche werden nach Staatsmannsart Weltpolitik. Duckwitz und seine Kollegen hatten damit wenig zu tun – der Minister und seine Berater entschieden ganz undiplomatisch, über die Köpfe der Auswärtigen Amtsherren hinweg.

Die Versetzung des Herrn von Duckwitz in die Presseabteilung verrät, daß auch eine klotzige Behörde zu so etwas wie Instinkt fähig sein kann. Mit seiner saloppen Redeweise auf einem nicht ganz so verantwortlichen Stellvertreterposten war Duckwitz eine ideale Besetzung im Sinne des neuen Stils. Rief das Bonner Büro der ›FAZ‹ an, um zu fragen, mit welchen Ehren Bruno Kreisky empfangen werde, dann sagte er etwa: »Weiß der Geier, wollen Sie das wirklich wissen? Dann verbinde ich Sie mit dem Protokoll, mich interessiert der Zirkus nicht so sehr.« – Mit solchen Sätzen und mit seiner eigenen Titelverachtung (Lassen Sie bloß den Dr. und den Freiherrn weg!) erweckte Duckwitz das Vertrauen der Journalisten.

Die Presseberichte, die über den auswärtigen Dienst erschienen, gingen in letzter Zeit ohnehin schon ganz in Richtung des neuen Image und brachten hinter einer dünnen, liebevollen Ironie gleich das neue Macher-Pathos: Natürlich habe sich die Bedeutung der Botschaften als Informationsquelle geändert, weil die Medien-Korrespondenten in der Lage seien, viel schneller zu berichten, hieß es da immer; natürlich werde heute Weltpolitik von den Regierungschefs und den Außenministerien über die Köpfe der Diplomaten hinweg gemacht; dennoch bleibe »enorm viel zu tun« für »unsere« Botschafter; der Nachwuchs bestünde aus »ungeheuer cleveren Jungs«, da werde »enorm gesiebt«; und für Botschafter Herrn von S. sei das »ein ganz normaler Beruf mit einem 10- bis 14-Arbeitsstundentag«, das Repräsentieren sei »seine Sache nicht«; und was schließlich die Adeligen betreffe: da gebe es »nicht mehr als in anderen Ministerien auch«.

Es dauerte eine Weile, bis Duckwitz begriff, daß er durch seine schnoddrige Art nicht kritisch oder gar subversiv war, sondern völlig flott und aufbaufreudig. Von da an begann er, die Schraube bewußt zu überdrehen. Er erzählte den Journalisten, daß das Auswärtige Amt durch sein tatenloses Zusehen das klassische *Mitläuferministerium* sei; die *Mitläufermentalität*, mit der es bei Völkermorden zusehe, sei schon fast nazihaft, nachher werde es dann auch nichts davon gewußt haben, obwohl es ja nachweislich einen schwungvollen Waffenhandel dulde. Das Protokoll sei gar nicht spürbar reduziert worden; er sei dafür, daß Staatsbesucher nicht Ehrenfronten abzuschreiten, sondern vor Sozialhilfeempfängern auf den Knien zu rutschen hätten.

Er gab die schönsten Stich- und Reizworte und mußte feststellen, daß keiner der Journalisten anbiß. Die hätten ihn doch wortwörtlich zitieren und damit untragbar machen können, aber die hatten gar nichts gegen ihre Diplomaten. Endlich griff eine Boulevardzeitung eine ziemlich belanglose Bestechungsgeschichte auf und bauschte sie zu einer Schlagzeile: *Deutscher Diplomat in Bestechungsaffäre verwickelt.*

»Da ist Ihnen was rausgerutscht«, sagte der Chef zu Duckwitz, verständnisvoll. »Lassen Sie das Geschmier doch bitte dementieren, der Ordnung halber.« – »Wieso?« fragte Duckwitz, »das stimmt doch alles.« Jetzt trat der Umschwung ein, und Duckwitz' politische Glaubwürdigkeit begann sehr schnell zu zerbröckeln. War vorher alle Kritik in Satire umgekippt, so verwandelte sich nun jeder Witz in eine destruktive Bemerkung. Jetzt plötzlich bekam er zu hören, was er vorher zu seinem Erstaunen nie gehört hatte: daß es zwar *seine* Sache und *sein* Privatleben sei, aber eben doch nicht die feine englische Art, mit zwei Frauen zusammenzuwohnen. Und sicher seien die Kleidervorschriften nicht mehr so streng und bindend, aber ob es denn nötig sei, daß Frau von Duckwitz und ihre Bekannte immer in schwarzen Lederhosen aufkreuzten, wenn die anderen Damen Abendkleider trügen?

»Die sehen jedenfalls besser aus als eure Stinkmorcheln in ihren asexuellen Klamotten!« hatte Duckwitz geantwortet. Ein halbes Jahr später legte man ihm nahe, seinen Abschied zu nehmen.

Es ist drei Uhr morgens. Duckwitz grinst übernächtigt. Nein, seine Memoiren will er nicht schreiben. Doch, er habe Material, jede Menge, keine Dokumente, aber Material. Er deutet auf einen Karteikasten. »Wissen Sie«, sagt er, »da stehen ganz gute Sachen drin, aber wenn ich das veröffentliche, dann rutscht das unweigerlich in die Ecke *Diplomatengeflüster.* Ich habe wirklich keine Lust, daß da so ein Geschenkbüchlein daraus wird, wo alles zur schnurrigen Anekdote gerinnt. Nehmen Sie«, er gähnt, »nehmen Sie ruhig ein paar Karteikarten mit, vielleicht können Sie etwas damit anfangen. Aber nennen Sie keine Namen von Politikern und Diplomaten, mag sein, daß ich doch noch Lust bekomme, ein paar Leuten selbst vors Schienbein zu treten.«

Athen, 1972. – Tischgespräch in der Botschaft der BRD: »Dieser Böll hat heute den Nobelpreis bekommen!« – »Doch sicher nicht für seine Schreiberei!« – »Die Sozis nehmen wirklich langsam überhand!« – Wenig später ruft Böll, der von der Nachricht der Preisverleihung in Athen überrascht wurde, in der Botschaft an: Was er jetzt tun solle? – »Sagen Sie ihm, wir sind nicht zuständig!«

Santiago/Chile, 1973. – Nach dem Sturz Allendes sammeln sich im Garten des hochherrschaftlichen Botschaftsgebäudes der Bundesrepublik politisch Verfolgte.

»Was ist denn hier los«, sagt der Botschafter mit einem Blick aus dem Fenster. Von einem Amnesty-International-Mann aufgefordert, den Bedrängten Asyl im Gebäude zu gewähren, erwidert der Missionschef, er habe keine Befugnis, diese kommunistischen Revoluzzer, diese Tupamaros, aufzunehmen. Der Amnesty-Mann ist mit Heinemann und Brandt befreundet und erwirkt eine *Weisung* aus dem fernen Bonn, die sehr rasch das Herz des störrischen Beamten und die Türen seiner Botschaft öffnet. Wenige Tage später spricht Exzellenz zärtlich von seinen *Tupas:* »Meine Tupas machen sich großartig!«

Havanna/Kuba. – Bundestagsabgeordneter T. ist zu einer Informationsreise (die jedem Parlamentarier einmal jährlich zusteht) nach Kuba gekommen. In der Botschaft der BRD möchte er sich ein paar Tips für seine Rundreise holen. »Glauben Sie, ich fahre in einem kommunistischen Land herum?« sagt ihm der Botschafter und springt in seinen Swimmingpool.

Neu-Delhi/Indien, 1976. – Ein Angehöriger des gehobenen Dienstes hat sich drei Monate lang in vorbildlicher Weise für die Freilassung des wegen Haschisch-Besitzes inhaftierten deutschen Industriellensohns Peter F. gekümmert und durch geschicktes Intervenieren bei den indischen Behörden schließlich sein Ziel erreicht. Der Botschaftsangehörige wird für eine Aufnahme in den höheren Dienstes vorgeschlagen.

Nikosia/Zypern. – »Seid doch nicht verrückt, Jungs«, meint der Botschafter der BRD zu den Mitgliedern eines DDR-Streichorchesters, das auf der Insel gastiert. »Jetzt seid ihr im Westen, und jetzt bleibt ihr gefälligst auch da. Nach Leipzig könnt ihr immer noch nach der Wiedervereinigung zurück!« – Der sofort nach Bonn zitierte Botschafter muß sich sagen lassen, daß man sein Übertrittsangebot zwar menschlich respektiere, politisch aber sei das leider »ein Hammer«.

Buenos Aires/Argentinien. – Amnesty-Bericht: In den frühen Morgenstunden wurden am Stadtrand die verstümmelten Leichen von vier Männern und einer Frau gefunden. Sie konnten nicht mehr identifiziert werden. Es dürfte sich um Mitglieder der verbotenen Gewerkschaft CGT handeln, die vor drei Jahren verschleppt wurden. Im Verlauf des Tages wurden im Stadtgebiet die Verschleppungen von 23 Menschen bekannt. – Offizielle Reiseberichte der MdB H. E. (CDU), A. M.-E. (SPD) und T. W. (FDP): Mittags folgten wir einer Einladung zu einer Estancia. Dort Vorführung von Rinderrassen. Dann Einladung zum Mate-Tee und zu einem dort allseits beliebten Rostbratenessen, asada (»asado« natürlich, H. v. D.) genannt. Gewohnte Herzlichkeit, wie man es (sie! H. v. D.) in Argentinien allgemein empfinden konnte. Konversation mit hohen Persönlichkeiten des ökonomischen und politischen Lebens. Riesige Salatschüsseln wurden gereicht. Immer wieder trat deutlich die Meinung hervor, daß einfach wieder Ruhe hätte einkehren müssen. Nach drei Wochen Reise mit viel Eindrücken und viel Strapazen froh, wieder nach Hause zu kommen. Deutschland ist doch schön. – Bericht der Botschaft an das Auswärtige Amt: Die Herren Abgeordneten fuhren auf das Land hinaus, um Eindrücke zu sammeln. Ihre Aufgeschlossenheit politischen Fragen gegenüber ist zu begrüßen. Für die Botschaft stellen sich in solchen Fällen immer personelle und finanzielle Probleme. So mußte, da zwei Angehörige des mittleren Dienstes auf Heimaturlaub sind, ein argentinischer Chauffeur angemietet werden. Dringend empfiehlt sich die von uns schon mehrfach beantragte Handkasse. Auch sollte für alle Fälle verbindliche Weisung erteilt werden, ob der Verzehr von Speisen in öffentlichen Lokalen von der Botschaft oder vom Spesenkonto der Abgeordneten beglichen werden soll. Es wäre auch ratsam, den Abgeordneten schon vor Antritt der Informationsreise mitzuteilen, daß die Botschaften nicht immer die gewünschten Gespräche mit den Ministern und dem Präsidenten vermitteln können und daß häufig auf deren Stellvertreter zurückgegriffen werden muß.

H. . D.: Die Fakten kennen wir doch alle. Jetzt kommt es nur noch darauf an, für die Sauereien die richtigen Worte zu finden.

J. v. W.: Sie schimpfen ja nicht nur blumig. Wenn ich Sie recht verstanden habe, propagieren Sie diesen Stil auch als politischen Umgangston ...

H. v. D.: Ganz recht! Stellen Sie sich vor, die englische Königin hätte während des Falkland-Konfliktes eine Stellungnahme abgegeben, worin sie Galtieri als »Hurensack« und Mrs. Thatcher als »Puffkröte« bezeichnet hätte – das wäre doch wirklich eine Sternstunde der Geschichte gewesen. Und wenn Helmut von Schmidt, den ich jetzt mal rasch adeln will, um meine Theorie zu verdeutlichen, den Reagan öffentlich nur mal wenigstens »Schmierencowboy« nennen würde, dann käme man politischen Lösungen viel näher als mit den öligen Presserklärungen des Herrn Bölling. Nur müssen Schimpfworte von der richtigen Höhe kommen und natürlich auch sparsam – Ihr abscheuliches Tonband dreht sich ja schon wieder! Können Sie eigentlich nicht schreiben!?

Der Geschäftsfreund
Eine Anleitung für Führungskräfte

»Natürlich erinnere ich mich!« sagte er. Er sagte es halb großzügig, halb beleidigt, als sei er gebeten worden, für eine gute Sache zu unterschreiben. Auch ein Vorwurf war in der Stimme: Wie konnte ich es wagen, an seinem Gedächtnis zu zweifeln! Ich bereute sofort, angerufen zu haben. Ein dummer Einfall. Eine Sentimentalität. Hannover ist keine schöne Stadt für einen Fremden, aber man muß nicht gleich Kontakt mit einem ehemaligen Studienfreund aufnehmen, um sich am Nachmittag die Zeit zu vertreiben. Das kann nicht gutgehen.

Er war angeblich mitten in einer Besprechung, und ich hatte nicht weiter nachbohren wollen. So wichtig war es auch wieder nicht. Als aber dann die Sekretärin meinen Namen wiederholt hatte, um ihm meinen Anruf auszurichten, mußte er offenbar in Hörweite gewesen sein. »Geben Sie ihn her! Legen Sie ihn rüber!« hatte er gerufen. Legen Sie ihn rüber – übers Knie, oder was! Der Ausdruck war ja schon schlimm genug, aber richtig übel war der Tonfall: eine Mischung von aufgeräumt und schneidend. Sehr unangenehm. Eine Befehlsänderung. Die Sekretärin hatte wieder einmal nicht erkannt, daß dies ein Ausnahmefall war. Dann war ich durchgestellt worden.

»Wo bist du denn?« fragte er jetzt. Ich war in irgendeiner Telefonzelle in der Innenstadt. Es war heiß. Mit dem Fuß hielt ich die Tür auf. Er ging mir auf die Nerven, weil er es so genau wissen wollte. Ich erinnerte mich jetzt wieder deutlicher an ihn. Er hatte immer alles ganz genau wissen wollen. Ich spürte, wie es ihm jetzt auf die Nerven zu gehen begann, daß ich meinen Standort nicht präzise angeben konnte oder wollte. Bohrende Nachfragen haben mich noch nie geöffnet.

Damit es nicht zu unerfreulich würde, überblickte ich

von meiner Zelle aus die Straße. »Vis-à-vis ist Woolworth«, sagte ich. »Woolworth, Woolworth«, murmelte er. Er war still wie einer dieser furchtbaren Computer, in die irgend etwas eingetippt wird, und dann dauert es. Ich half nach: Daneben sei ein Lokal, chinesisch, Fung Long oder so ähnlich.

»Fung Long«, wiederholte er, und dann rasselte er los: In diesem Fall solle ich lieber kein Taxi nehmen, da bräuchte ich jetzt im Berufsverkehr mindestens eine halbe Stunde bis in sein Büro. Ich solle die Straßenbahn nehmen, da sei ich in zwölf Minuten bei ihm. Ein Tip.

Ich wollte gar nicht mehr. »Paßt es dir denn? Man kann die Sache doch auch verschieben!« sagte ich. Aber er war unerbittlich. »Na hör mal!« sagte er. Er klang nicht so, als ob er viel Zeit habe. Aber um mich zu sehen, würde er ein Dutzend Termine wegpusten. So klang er. »Logo«, sagte er plötzlich in einem nicht ganz erkenntlichen Zusammenhang.

Anfangs war ich den Eindruck nicht losgeworden, daß er nur deswegen mit mir telefonieren wollte, um irgendeinem Verhandlungspartner an seinem Konferenztisch zu zeigen, für wie bedeutungslos er die Besprechung hielt; wieviel wichtiger jeder Privatanruf sei. Jetzt merkte ich, daß er das Gespräch zu Ende bringen wollte. Ich hatte die Hoffnung noch nicht aufgegeben, es bei dem Telefonanruf zu belassen und den Besuch in eine diffuse Zukunft zu verschieben. Daher erkundigte ich mich, um alle Themen gestreift zu haben, ob er verheiratet sei. Nach so langer Zeit eine Frage der Höflichkeit. Aber er verstand es geschickt, das Gespräch durch seine Einsilbigkeit und einen unaufmerksamen Ton zu beenden. Ich sah ihn vor mir, den Hörer eingeklemmt zwischen Kinn und Schulter wie eine kleine Violine. Ich solle jetzt vorbeikommen. Dann sehe man schon. Bis gleich.

Natürlich würde ich nicht die Straßenbahn nehmen. Ich folge nicht gern präzisen Empfehlungen. Nur zu Fuß gewinnt man Klarheit und Überblick.

Mein beiläufiges Interesse hatte sich in eine Art aggressive Neugier verwandelt. Ich war nun entschlossen, mich nicht mehr über mein unbedachtes Lebenszeichen zu ärgern, und versuchte mir einzureden, daß es doch spannend sei nachzusehen, was aus alten Bekannten geworden ist.

Während des Studiums hatte mich eine vage Freundschaft mit diesem Menschen verbunden. Ähnliche Ansichten, ausgetauscht ab und zu bei einem Glas Bier – gut, *Freundschaft* konnte man das nicht nennen. Andererseits mag ich die Bezeichnungen Kommilitone und *Studienkollege* nicht; und so zimperlich sollte man mit dem Wort *Freundschaft* nicht umgehen, als dürfe es nur den echtesten und herzlichsten Bekanntschaften zugebilligt werden.

Überhaupt, fiel mir ein, als ich verdrießlich durch die häßliche niedersächsische Hauptstadt schritt und das rechthaberische Hochdeutsch der Passanten mein Ohr peinigte, überhaupt ist die Vorstellung von Freundschaft womöglich noch verkitschter und noch verlogener als die Vorstellung von Liebe. Und wenn schon Kitsch, dann bitte lieber Liebe.

Aber wir können doch Freunde bleiben – keine Hollywood-Ehe zerbricht ohne diese tränenreiche Wendung, dieses poplige Sonderangebot, das der Mann von Welt in seinem Liebeskummer stolz zurückweist. Keine Illustriertenserie über die geschiedene Frau kommt ohne den versöhnlichen abschließenden Hinweis aus: *Heute sind die beiden gute Freunde.*

Weil die Liebe als wendisch und vergänglich gilt, wird die Freundschaft vom Volksmund als besonders verläßlich gepriesen. Ein Freund ist nach Botschaft der Comedian Harmonists gar das Beste auf der Welt. *Liebe vergeht, Freundschaft besteht* singen sie inbrünstig im Männerchor. Kein Wort wahr! Freundschaften versikkern, zerbrechen und schlafen ständig ein. Auf die besten Freunde ist kein Verlaß, auf falsche vielleicht eher, die hinter Geld und Beziehungen her sind, da weiß man, woran man ist.

Männerfreundschaft – das ist auch so ein Wort und so eine Sache: Saufen und Bündnisbildung, und irgendwann ein irgendwie schüchterner Händedruck und ein irgendwie ungeschickter Zuspruch. Rauhe Schale, weicher Kern. Wie schön dagegen eine verunglückte Liebe, dachte ich und nahm mir vor, der nächstbesten Frau hinterherzulaufen und auf die Begutachtung meines ehemaligen Studienfreundes zu verzichten. Aber ich sah in diesem verdammten Hannover, dieser trostlosen Hauptstadt norddeutsch-verklemmter Korrektheit keine einzige weibliche Gestalt, der ich auch nur drei Schritte folgen wollte. Selbst Gastarbeiterfrauen schien es nicht zu geben, die sonst so oft mein Herz erfreuen und die mich oft noch rasender machen als Claudia Cardinale, weil sie womöglich noch unerreichbarer sind als diese.

Ohne einzelne Gestalten der niedersächsischen Landesregierung in meine Überlegungen einzuschließen, fiel mir nun ein, daß zu der penetrantesten Sorte Freund zweifellos die *politischen Freunde* gehörten, vor allem *unsere amerikanischen Freunde.* Und das allerpenetranteste war der *Parteifreund.* Bei diesem Wort mußte es jedem anständigen Menschen den Magen umdrehen. Und fast so schlimm wie Parteifreund war der *Geschäftsfreund.* Und jetzt wurde mir plötzlich klar, daß aus meinem ehemaligen Studienfreund ein Geschäftsfreund geworden war.

Ein Geschäftsfreund ist ein Typus für sich. Im Gegensatz zu einem Freund oder auch nur Studienfreund ist der Geschäftsfreund in gewisser Weise autonom. Ein Freund nämlich ist immer der Freund eines anderen. Auch ein Studienfreund ist eines anderen Studienfreund. Man kann nicht sagen: Dieser Mann ist ein Freund. Und auch nicht: Dieser Mann ist ein Studienfreund. Wessen Freund? Wessen Studienfreund? Der Satz ist nicht fertig. Wohl aber kann man sagen: Dieser Mann ist ein Geschäftsfreund. Und schon zaubert der Ausdruck einen ganz besonderen Typus vor unser Auge.

Ein Mann zwischen 36 und 48. Der dunkelblaue Anzug von tadellosem Schnitt, durch das viele Sitzen allerdings zerknittert. Das aber wird als Ungeschlecktheit wohlgelitten. Man ist schließlich kein Trevira-Typ. Die Trevira-Typen haben nichts als Spesen im Kopf und Bordell. Und Kilometergeld. Die hängen in den Speisewägen der Intercitys in Gruppen zusammen und reden wichtigtuerisches Zeug. Die sind unsicher und verklemmt. Wenn sie aufstehen, knöpfen sie vorsichtshalber oder auch nur mechanisch ihre Jacketts vor dem Bauch zu und sagen lieber einmal zuviel als zuwenig *Mahlzeit.* Volkswirtschaftler und Betriebswirte, die in den Vertriebs- und Anzeigenabteilungen gelandet sind und die von ihren Kunden wie von einem Phantom reden. Die Formel *Nach Diktat verreist* benutzen sie immer noch mit einer gewissen Genugtuung. Das sind die Geschäftsfreunde der B- oder Mittelklasse, bügelfrei und hasenherzig.

Der Geschäftsfreund, dem ich mich jetzt näherte, entsprach zweifellos nicht diesem simplen Klischee. Das war schon daran erkennbar, daß die Sekretärin es nicht für nötig befand, beim Vermitteln des Telefongesprächs den respektlosen Anrufer durch unnachgiebiges Vorsprechen des korrekten Doktor-Titels darauf hinzuweisen, daß der Chef promovierter Akademiker sei.

Leute wie mein Geschäftsfreund sind nicht so kleinkariert. Sie sind salopp. Sie mußten kein Körperspracheseminar besuchen, um sich natürlich zu bewegen. Ihre Deformationen sind subtiler. Sie haben eine Zeitlang das Flugzeug, das sie häufig benutzen, als *Flieger* bezeichnet. Nun aber, wo die Erste-Klasse-Eisenbahn-Fahrenden – nur selten fliegen Trevira-Geschäftsleute der Mittelklasse – schon ständig vom *Flieger* reden, gewöhnt sich der First-Class-Geschäftsfreund diesen kindheitssprachlichen Ausdruck wieder ab.

Solche Gewöhnungs- und Entwöhnungsvorgänge geschehen allerdings bei allen Geschäftsfreunden unbewußt. Die Zeit hat keiner, da auch noch lang drüber nachzudenken. Vereinzelt sind in letzter Zeit schon Geschäftsfreunde gesehen worden, die das bis dato unerläßliche Attribut nicht bei sich trugen: das Aktenköfferchen. Statt dessen benutzt diese Avantgarde Umhängetaschen. Vielleicht aus Mailand. Aber wegen solcher kecken Neuheiten braucht man den Geschäftsfreund nicht zu verspotten. Das würde er nämlich nicht verstehen. Für derlei Feinheiten hat er weder Zeit noch Sinn. Die Wahl der Accessoires ist Sache seiner Frau. Einmal hat er treffsicher eine Frau gewählt, die nun treffsicher Anzüge und Taschen für ihn auswählt. Das nennt man Delegieren, das gehört zu den Standardfähigkeiten des gehobenen Geschäftsfreunds.

Früher mochte er noch Sinn für bezeichnende Äußerlichkeiten gehabt haben. Er war ja nicht dumm. Als er seine erste Stelle nach dem Studium antrat, amüsierte er sich über die Wendung *Nach Diktat verreist.* Er gebrauchte die Formel ironisch. Es war die Formel der Etablierten. Er spielte mit ihr. Freunden, denen er damals noch aus dem Büro Briefe schickte, unterschrieb er mit »Vor Diktat verreist«. Er machte sich über diese Geschäftsfreunde mit ihren ewigen Spesenabrechnungen lustig. Das machte es ihm leichter, Spesenabrechnungen zu machen. Im Schutz der Ironie betrieb er sein Handwerk. Dann wurde die Ironie dünn. Das Geschäft hat ihn abgestumpft. Seine Frau erkennt ihn nur noch selten wieder.

Nach Diktat verreist – das hat für ihn nicht mehr die geringsten Spuren der Komik. Das ist der ganz normale Alltag. Auch das Wort *Geschäftsfreund* gebraucht er ohne Ironie. Ein Geschäftsfreund ist ein Mann, mit dem man gut zu Mittag ißt und dabei bequem das Geschäftliche bespricht. Was ist daran komisch?

So erkennt man einen Geschäftsfreund daran, daß er es ganz in Ordnung findet, Geschäftsfreund genannt zu werden. Logo. Indem er diese Bezeichnung als eine ihm gemäße akzeptiert, stellt er eben jene fehlende Sensibilität und jenen Pragmatismus unter Beweis, die den Geschäftsfreund auszeichnen.

Der Geschäftsfreund ist eine pseudoindividuelle Variante des neutralen Geschäftsmanns. Zum Geschäftsfreund wird man in der Regel erst im Lokal. Hier wollen alle Geschäftsfreunde zahlen. Alle leiden darunter, daß ihre Großzügigkeit nicht echt ist. Einladen kann jeder, denn alles wird ersetzt. Mit Einladungen kann man sich nicht erkenntlich zeigen. Wohl aber mit dem möglichst heißen Tip, wo man gut ißt. Ein guter Geschäftsmann zeichnet sich dadurch aus, daß er, wenn man sich über den Termin im klaren ist, sofort ein ruhiges, teueres, gutes Restaurant vorschlägt. In diesem Augenblick zögernd oder unwissend zu sein, schwächt die Verhandlungsposition von vornherein. Und unklug ist es nicht, das Begleichen der Rechnung taktvoll dem anderen zu überlassen. Dem tut man damit einen größeren Gefallen als mit einer Einladung.

Am Montag sitzt der Trevira-Geschäftsfreund im Büro und tüftelt mit verbohrter Lust an seiner Spesenabrechnung herum. Er macht sich zu seinem eigenen Sachbearbeiter, der jeden Kilometer zählt. Ganz anders der Geschäftsfreund mit dem am Montagmorgen noch nicht ganz so verknitterten Anzug aus Bologna. Er macht seine Spesenabrechnung irgendwie großzügiger. Das heißt, zuallererst leidet er darunter, daß er nicht großzügiger ist. Er sollte es einfach bleiben lassen. Aber das wäre auch dumm. Soll er sein Geld verschenken? Also macht er es wenigstens pauschal. Pauschal spart Zeit. Anders ist es gar nicht mehr zu schaffen. Das Fatale ist, daß er in verschiedenen Funktionen in London oder Tokio war. Sonst lohnt sich eine solche Reise nicht. Da ist zuerst die eigene Firma. Da ist dann die Redaktion einer Fachzeitschrift, die eine kleine Marktanalyse von ihm haben will. Und schließlich ist da noch die Partei. In Spendenangelegenheiten und über den Schutz vor internationalem Terrorismus hat er schließlich auch mit Parteifreunden gesprochen. Natürlich Liberale. Geschäftsfreunde sind, wenn sie sich überhaupt politisch definieren wollen, liberal.

Der Geschäftsfreund sitzt an seinem Schreibtisch, und die Belege quellen aus seiner Brieftasche. *Speisen und Getränke.* Auch der Besuch im Nachtklub mit diesem infantilen Geschäftsfreund aus Texas taucht abgestempelt und unterschrieben als *Speisen und Getränke* auf. Ziemlich jammervoll, was sich danach mit der hübschen Schwarzen abspielte. Der Geschäftsfreund seufzt. Er arbeitet zuviel, das geht auf Kosten der Kondition. Er ruft die Sekretärin an und bittet sie, ob sich das Arbeitsessen am nächsten Mittwoch nicht umpolen läßt in ein Match im Squash-Center mit anschließendem Besuch in der Sauna. Geschäftsfreunde von heute können sich auch nackt begegnen. Das Frotteetuch lässig über der Schulter und ausgeschwitzt läßt sich prima und in der vom Arzt empfohlenen Entspannung über die Lösung von Knebelverträgen reden.

Jetzt ruft er noch einmal die Sekretärin an. Er ist doch nicht blöde und rechnet diesen ganzen Mist zusammen. Er ist kein Pfennigfuchser. Er bittet die Sekretärin, die Spesenabrechnung pauschal zu machen. Schönen Gruß an die Buchhalterin. Belege habe er verloren. Drei Tage je über zwölf Stunden. Höchstsatz. Flugkosten könne sie bei der Pan Am erfragen. Hotel habe pro Nacht knapp 200 gekostet. Dann knapp 10mal Taxi à knapp 20 Mark. Dann etwa 50 Mark Telekopien und Ferngespräche. Danke.

Dann geht der Geschäftsfreund zu seiner selten benutzten Schreibmaschine und hebt die häßliche Schutzhaube ab. Er sucht weißes Papier ohne Firmenbriefkopf und findet es nicht. Er wartet, bis die Sekretärin in der Kaffeeküche verschwindet, und entnimmt dem Papierspeicher des Fotokopierers ein paar weiße Blätter. Dann tippt er zwei pauschale Spesenabrechnungen: eine an die Redaktion der Fachzeitschrift, eine an die Abrechnungsstelle der Partei. Die Belege schickt er doch lieber seinem Steuerberater. Damit nächstes Jahr bei der Einkommensteuererklärung genug zum Absetzen da ist. Jetzt kann gearbeitet werden.

Nun bin ich angelangt. Guter Altbau. Der Name der Firma gediegen auf stattlichem Messingschild. Nobles Treppenhaus. Hübsche Sekretärin. Neid. »Einen Augenblick bitte noch!«

Ich warte. »Bitte«, wird die Sekretärin gleich sagen und mir die Tür aufhalten. Ich sehe ihn schon vor mir, wie er am Schreibtisch sitzen wird: Die Füße vielleicht sogar auf dem Schreibtisch. Er war schon immer ein Großtuer und ein Liebhaber amerikanischer Lebensgewohnheiten. Mit dem Hintern schraubt er in hospitalistischen Bewegungen seinen Drehstuhl hin und her. Telefonierend blättert er im Terminkalender und schreibt etwas hinein. Mit einem Blick gibt er mir gleich zweierlei zu verstehen: daß er sich über das Wiedersehen freut, aber rasch noch dieses Gespräch führen muß. Gleichzeitig deutet er auf eine weißlederne Sitzgruppe und fordert mich mit dem Zeigefinger auf, dort Platz zu nehmen. Dann schaut er zur Sekretärin und führt eine unsichtbare Tasse zum Mund, um den Wunsch nach Kaffee anzudeuten.

Eine reine Klischee-Vision. Man muß der Wirklichkeit zugute halten, daß sie lebendiger ist. Die Tür geht auf, und er stürmt mir entgegen, ergreift meine rechte Hand, packt mit seiner linken noch meinen Unterarm dazu und schüttelt. So zieht er mich in sein Zimmer. Er strahlt. »Mensch, Junge«, sagt er. Das Telefon klingelt. »Jetzt nicht mehr«, sagt er, nicht einmal unfreundlich, notiert aber ganz rasch doch noch eine Kleinigkeit.

Und dann ist er ganz für mich da. »Was kann ich für dich tun?« sagt er. Ich bereue jetzt nicht mehr, daß ich gekommen bin. Dieser Geschäftsfreund verleiht nämlich meinem Bild vom Geschäftsfreund die schönsten neuen Facetten. *Was kann ich für dich tun* – was für ein wunderbarer Geschäftsfreund-Satz. Den hätte ich nicht erfinden können.

Geschäftsfreunde platzen vor Hilfsbereitschaft. Sie kommen gar nicht erst auf die Idee, daß man sich ohne Hintergedanken mit ihnen treffen möchte. Ein solches Treffen wäre außerhalb des Spesenbereichs und ist damit auch außerhalb des Vorstellungsvermögens.

Als ich meinem Geschäftsfreund versichere, daß er nichts für mich tun solle, mache ich mich sekundenlang verdächtig. Dann siegt die Erinnerung an die alte Studienfreundschaft. Nun beschließt er von sich aus, was alles für mich getan werden soll. Ich muß seine Familie kennenlernen, und ich muß mit ihm essen gehen. Vor allem essen gehen. »Wir hau'n einen drauf«, sagte er. »Wir gehen richtig fressen«. Jetzt finde ich ihn rührend.

Noch ehe ich versuche, seine Aktivitäten zu bremsen und meine Abreise in spätestens zwei Stunden vorzutäuschen, zerplatzen allerdings die meisten seiner Pläne an seinem Terminkalender ganz von selbst. Abends habe er ein Treffen, *mit einem Geschäftsfreund*, sagt er. Wirklich. Ich muß lachen. Sekundenlang ist er irritiert, glaubt dann bedauern zu müssen: ein unvermeidliches Essen, leider. Dumm ist das.

Mit seiner Frau scheint irgend etwas nicht so zu sein, wie es sein soll. Sonst sehr präzise, drückt er sich hier sehr undeutlich aus. Ich bin auf Mutmaßungen angewiesen. Ist sie depressiv oder nur ein bißchen zu emanzipiert, so daß er sie nicht vorzeigen will? Oder macht sie sich nichts aus seinen Geschäftsfreunden? Ich bin ja nicht sein Geschäftsfreund. Aber das kann man alles gar nicht mehr unterscheiden.

Wortkarg zu werden beim Thema Frau ist typisches Merkmal von Geschäftsfreunden. Sie können von Natur aus oder durch Wochenendschulungen die heute überall so begehrte Offenheit ausstrahlen, wenn aber das Thema sich den Frauen nähert, werden sie reserviert. Die Trevira-Geschäftsfreunde flüchten sich zu vorgerückter Stunde in miese Witze und lassen sich Etablissements empfehlen. Der Geschäftsfreund mit dem verknitterten Anzug aus Bologna gibt über sein Sex-Leben oder seine Sehnsucht keinerlei Einzelheiten preis. Versteinert sieht er zu, wie seine Ehe zu Bruch geht oder die Frau sich mit seinen Lebensgewohnheiten arrangiert. Sein Privatleben versteht er nicht mehr. Oft genug holt er die Kinder vom Kindergarten oder von der Schule ab. Diesen Beitrag erkennt seine Frau ungerechterweise nicht an. Begegnet der Geschäftsfreund am Schultor einem anderen Geschäftsfreund, dann weichen die beiden verlegen ihren Blicken aus. Sie kennen sich nicht, aber sie wissen, daß sie zur selben Gattung gehören. Sie, die sich im rauhen Geschäfsleben oft genug wie die Wölfe benehmen, fühlen sich durch ihr friedliches Warten irritiert. Endlich kommen die Kinder und verschwinden in den Fonds der großen Mercedes- und BMW-Limousinen. Die Türen schlagen satt, die schweren Wagen setzen sich in Bewegung. Alles ist wieder im Griff.

Mein Hannoveraner Geschäftsfreund hat mittlerweile ein paar Statements zur Messe abgegeben und irgendwelche Planungsbüros der schlechten Organisation bezichtigt. Zwischendurch schimpft er auf den miserablen Service irgendeiner Hotelkette. Ich kann nicht weiter zuhören, weil ich die Idee bekomme, einen Essay über die Infamie des Service-Gedankens zu schreiben: Service als Angelpunkt einer reichlich korrupten Leistungsgesellschaft. Plötzlich hat auch er eine Idee: Ich soll mir von seiner Tochter Hannover zeigen lassen. Er leuchtet wieder. Ob es Wochenendseminare gibt, auf denen sie einem das Leuchten beibringen? Ich wehre die Sache mit seiner Tochter ab.

Irgendwann bin ich an der Reihe, Auskunft zu geben. Er fragt mich, was ich mache, aber immer, wenn ich antworte, hackt er mir die Anfänge ab und fängt an zu nikken, als wisse er schon alles. Sein Kopfnicken begleitet er mit einem kurzen, knappen »Ja«. Immer wieder: »Ja«.

Ein Ja, das bestätigend und verständnisvoll wirken soll, das mir aber ungeduldig klingt. Als hätte er keine Zeit, sich die Antworten anzuhören. Als sei ich langatmig. Eine Unverschämtheit.

»Du wolltest doch nie Lehrer werden oder Kriminalbeamter«, sage ich. Lehrer? Kriminalbeamter? Wieso? Da sei Gott vor, sagt er. »Aber du fragst die Leute ab«, sage ich. »Du verhörst.« Das verstehe er nicht. Er wird unsicher. »Wir haben uns doch so lange nicht gesehen«, sagt er. »Ja«, sage ich. Ich versuche ihn zu parodieren. Er merkt überhaupt nichts. Der Geschäftsfreund merkt nicht, wie er ist.

Seine Irritation hat sich schnell verflüchtigt. »Du lebst also vom Schreiben«, sagt er. Er sagt es nicht einmal mitleidig. Er sagt es so dahin. Andere Welten. Das letzte Buch las er vor zehn Jahren. Sein unermüdliches Hirn arbeitet. »Da muß doch etwas zu machen sein«, sagt er. »Was willst du denn machen?« sage ich. Weil mich sein hilfsbereites Blitzverhör entnervt, frage ich ihn nochmals über seine Frau aus, frage nach Geliebten. Es kommt keine Antwort. Aus einer Laune heraus lasse ich einfließen, ich würde mit zwei Frauen zusammenleben. Es kommt gut und beiläufig heraus, nicht angeberisch. Aber selbst diese schöne Lüge kann ihn nicht aus der Reserve locken. Er wundert sich nicht, fragt nicht nach und erzählt nichts.

Plötzlich sagt er: »Ich hab's!« Er habe einen Geschäftsfreund, der einen Messekatalog macht. Da könnte ich doch etwas drin schreiben. Er ist wieder in seinem Metier und fühlt sich sichtlich wohler. Ich winke höflich ab. Er ist so gönnerhaft. Was bildet er sich ein. Aber wenn ich meine Gereiztheit zeigen würde, würde mir seine Reaktion noch mehr auf die Nerven gehen. Er meint es ja nur gut.

Jetzt fragt er interesselos, was ich schreibe. »Im Augenblick schreibe ich etwas über Service«, sage ich. Das Stichwort, das er mir erst vor wenigen Minuten selbst gab, elektrisiert ihn. »Das ist gut, das ist gut«, sagt er. Service sei gut. Mit Service könne man viel Geld machen. »Deswegen schreibe ich etwas gegen den Service«, sage ich genießerisch. Ich sage ihm, daß ich diesen Scheiß-Service so richtig in die Pfanne haue, diese gottverdammte Bauernfängerei. »Service ist der totale Betrug«, rufe ich ihm zu, regelrecht erhitzt von dem großen Gedanken des hier ganz von selbst entstehenden Essays. Schon steht der ungeschriebene Text deutlich vor mir. Ein wunderbarer systemkritischer Trompetenstoß.

Natürlich fällt mein Geschäftsfreund nicht grau und unansehnlich unter der Last meiner Argumente in seinem fünfbeinigen Drehstuhl zusammen. Vielmehr hört er mir diesmal wirklich zu. Und als ich ihm im Schnellverfahren dargelegt habe, wieso hinter dem Service-Gedanken die schiere Heimtücke, die reinste Mafia verborgen sei, da nickt er mir richtig sympathisch zu und sagt: »Das muß mal gesagt werden, ganz genau.« Wann der Text gedruckt würde. Ich solle ihm eine Kopie schicken.

Das alte Lied. Immer versucht die Mafia, ihre Kritiker zu kaufen. Nur Bücher kauft sie nicht. Bücher muß es umsonst geben. Typisch Geschäftsfreund. Er führt Telefongespräche für 100 Mark, um sich von Gott weiß woher Publikationen gratis schicken zu lassen, die es vor der Haustür für 5 Mark gibt. Ich habe Oberwasser und sage, er solle sich das Buch gefälligst kaufen. Er werde sich doch alle zehn Jahre einmal ein Buch kaufen können. Lesen werde er es sowieso nicht. Er nickt. Der Ton gefällt ihm.

Nun bin ich in seiner Achtung gestiegen. Sein Hirn arbeitet weiterhin fieberhaft. Innovationskurs. Wieder kommt sein konzentriert wirkendes, völlig unaufmerksames »Ja« und sein Nicken. Wenn mir nicht zu helfen ist, dann kann ich ihm vielleicht helfen, denkt er wohl. Und richtig, jetzt hat er's. Ich muß seiner Tochter helfen. »Bildhübsches Mädchen!« Das sagt er wie ein Renaissance-Fürst. Die Tochter als Kapital. Als würde er mir das Recht der ersten Nacht überlassen. Gleichzeitig droht er in neckischer Vorsorge mit dem Finger. Er könne sich doch auf mich verlassen? Ich erinnere ihn daran, daß ich ihm eben gesagt hätte, mein Liebesleben sei ausgelastet. Kein Interesse an weiteren Abenteuern. Ihn aber interessiert ja mein Liebesleben nicht, egal ob vorgetäuscht oder tatsächlich. Und irgendwie bringt es dieser stumpfe, flüchtige, verklemmte Mensch fertig, daß ich mir leutselig und geschwätzig vorkomme. Dabei war er doch früher der leutselige Schwätzer. – Das ist der Schlüssel zum Erfolg, denke ich. Je verklemmter man ist, um so undurchschaubarer wirkt man auf seine Verhandlungspartner, je flüchtiger um so konzentrierter auf das wesentliche Andere, je stumpfer um so härter. Das alles stärkt nur die Verhandlungsposition. Als Geschäftsführer einer florierenden GmbH & Co. KG kann man gar nicht geradeaus genug denken und starren. Bloß nicht zuviel auf außerfinanzielle Zusammenhänge achten. Zusammenhänge verwirren.

Seine Tochter, sagt er, die solle ich jetzt unter meine Fittiche nehmen. Sie wolle Germanistik studieren. Da sei ich als Literat doch der Richtige, um ihr Verbindungen zu schaffen. Her mit der Visitenkarte! Daß ich keine habe, imponiert ihm. »Immer noch der alte!« sagt er, zückt sein Adreßbuch, trägt meinen Namen ein und schaut mir treu abwartend ins Gesicht. Es kommt mir vor, als denke er schon wieder an etwas anderes. Ich möchte nichts mehr mit ihm zu tun haben.

»Palermo«, sage ich, weil es fern liegt, um mich ihm zu entziehen, und weil ich wieder einmal an Claudia Cardinale als Angelica in Viscontis ›Gattopardo‹ denken muß: »Ich wohne in Palermo.« Seltsamerweise wundert er sich über meinen angeblichen Wohnort nicht. Weiß der überhaupt, wo Palermo liegt? Die Art, wie er nicht nachfragt, ist nahezu beleidigend. Dann lüge ich noch eine Telefonnummer dazu und eine Straße. »Viale Garibaldi«, weil mir nach Aufbegehren zumute ist. Wunderbar, wie er den Unsinn folgsam in sein Büchlein schreibt. Die Geschäftsfreunde haben Geld und Macht, denke ich, wir haben unsere Assoziationen. Assoziationen stören nur die Geschäfte und die Geschäftsfreundschaften.

Auf dem Weg zum Bahnhof ärgere ich mich, daß ich so milde zu ihm war. Ich hätte ihm seine Grenzen zeigen sollen. Ich hätte nicht vom *Service* sprechen sollen, sondern von einer Sache, von der er nichts versteht. Einen Zusammenhang von Unreflektiertheit und Erfolg hätte ich konstruieren sollen – und dabei das Wort Dialektik ein paarmal gebrauchen. Ich wette, so einer weiß nicht mehr, was Dialektik ist. Ist ihm einfach entfallen. Würde er auch zugeben. Nichtwissen zugeben wirkt heute nicht mehr als Schwäche. Auch das hat er ohne Wochenendseminar begriffen. Wozu auch sollte er es wissen. Es nützt tatsächlich nicht viel. Er weiß nicht, was Dialektik ist, ich weiß nicht, wie man sein Geld vermehrt – und es ist gut so.

Ein Dutzend Jahre haben genügt, um diesen Menschen Worte wie »Führungskraft« und »Denkanstoß« aussprechen zu lassen, als handle es sich dabei um unerläßliche Bestandteile einer Maschine. Und recht hat er. »Man muß wissen, wie man sich verkauft!« hatte er gesagt, und auch hierin irrt er nicht. Nur: wie einer so etwas Obszönes sagen kann!

Ich wäre ihm lieber spätabends zufällig in einer Hotelbar wiederbegegnet. Das wäre eindrucksvoller gewesen: Der Geschäftsfreund, der einen Drink nach dem anderen schluckt. Wie dann langsam die Schale platzt, und wie darunter nichts mehr zum Vorschein kommt.

Schrott vom Schreibtisch
Ein EG-Kommissar über den Bücherberg

Trotz anfänglicher heftiger Dementis aus Bonn und Brüssel kann es nicht mehr abgestritten werden: Im September 1983, kaum waren die sommerlichen Touristen verschwunden, fanden im Süden Spaniens Büchervernichtungen in riesigem Ausmaß statt. Mehrere Millionen Bücher aus den Mitgliedstaaten der Europäischen Gemeinschaft, die in ihrer Heimat über Ramsch nicht mehr abgesetzt werden konnten, wurden etwa 20 km südöstlich von Granada in der Sierra Nevada beseitigt. Wir sprachen in Brüssel mit Dr. Erich Schmelzer, dem zweiten Vorsitzenden des Ausschusses für die Koordination von Kultur (AKK) in der EG über die Hintergründe des skandalösen Vorfalls und über geplante Gegenmaßnahmen. Die EG will nun alle Hebel in Bewegung setzen, daß kein europäischer Bücherberg entsteht. Schießt sie dabei über das Ziel hinaus?

Herr Schmelzer, es sind Stimmen laut geworden, die behaupten, die Büchervernichtungsaktion sei auf Beschluß des Ausschusses für die Koordination von Kultur in der EG zustande gekommen, also eine Aktion der Europäischen Gemeinschaft?

Davon kann keine Rede sein. Wer die Statuten der EG liest, wird gleich feststellen, daß der Ausschuß auf diesem Gebiet gar nicht beschlußfähig ist. Der ganze Vorgang ist sehr bedauerlich.

Aber es haben sich jetzt doch diverse Gremien der Europäischen Gemeinschaft der Sache angenommen.

Das ist richtig. Denn es geht hier ja nicht um ein innerdeutsches, sondern um ein europäisches Problem. Die Überproduktion in der Verlagsbranche ist langfristig nur noch im Rahmen der EG zu lösen.

Heißt das, daß wir jetzt nach Butterberg und Kohlehalden einen Bücherberg haben?

Ja und nein. Wir wollen eben rechtzeitig verhindern, daß sich ein Bücherberg bildet. Wir können uns bei der heutigen Rohstoffknappheit einen Bücherberg nicht leisten. Das Papier ist einfach zu kostbar geworden. Und die Lagerkosten sind zu hoch.

Aber ist die Büchervernichtung, wie sie jetzt stattgefunden hat, nicht ein fragwürdiges, um nicht zu sagen vorsintflutliches Mittel?

Natürlich. Es geht ja nur mittelfristig um den Abbau des Bücherbergs. Langfristig muß so koordiniert werden, daß solche Bücherberge nie mehr entstehen. – Das Wort »Büchervernichtung«, das durch die Presse geht, ist irreführend. Tatsächlich geht es hier natürlich um Recycling.

Dennoch hat es ja in Spanien mit dem Recycling nicht so recht geklappt. Nach Augenzeugenberichten wurden riesige Büchermassen einfach die Abhänge hinuntergeworfen, vereinzelt sollen sogar Bücherverbrennungen stattgefunden haben, zum 50. Jahrestag der Bücherverbrennung durch die Nationalsozialisten ein besonders beschämender Vorgang.

Da muß ich Ihnen recht geben, das hätte nicht passieren dürfen. Da ist einiges schief gelaufen. Geplant war eine Recycling-Anlage mit einer Papierumwandlungskapazität von täglich 48000 Tonnen. Und dann fehlte plötzlich der Hardcover-Reißwolf. Die Sowjets hatten nicht termingerecht geliefert.

Die Sowjets? Der Hardcover-Reißwolf ist, wenn Sie so wollen, ein Nebenprodukt des Erdgasröhrengeschäfts.

Was bitte tut ein Hardcover-Reißwolf? Ein Hardcover-Reißwolf zerkleinert auch Hardcover-Bücher, also Bücher mit Papp- oder Leineneinband. Er sortiert die papierfremden Stoffe wie Plastik und Leinen zentrifugal aus und gibt das Papiergewölle zum Blanchieren weiter.

Warum hat man Spanien gewählt? Spielt da der angestrebte Eintritt von Spanien in die EG eine Rolle? Eine österreichische Zeitung sprach von einem literarischen Blutzoll, den Spanien hier entrichtet hätte.

Das ist natürlich Unsinn. Spanien hat sich freiwillig angeboten.

Was man so freiwillig nennt. Immerhin sollen mit den Arbeitsplätzen der Großanlage 50000 spanische Gastarbeiter in ihre Heimat zurückgelockt werden ...

... wogegen ja nichts spricht.

Außer, daß Herr Zimmermann damit seinen politischen Vorstellungen ein Stück näher gerückt ist. – Herr Schmelzer, warum die skandalöse Vernichtung, warum konnte man nicht warten?

Das Fassungsvermögen reichte nicht, die Containerstellplätze waren belegt – immerhin waren etliche Güterzüge aus dem gesamten EG-Bereich eingetroffen, die konnten ja nicht wieder voll zurückgeschickt werden. Im übrigen sind nur 120000 Tonnen konventionell beseitigt worden. Die Presse hat es vereinzelt so dargestellt, als ob hier das Abendland vernichtet worden wäre. An den Anblick von Obst- und Gemüse-Vernichtungen hat man sich ja auch gewöhnen müssen. Wir tun unser Bestes, auch der Agrarministerrat tut sein Bestes, aber so etwas kann vorkommen.

Sie können doch nicht im Ernst Bücher mit Obst und Gemüse vergleichen.

Vielleicht nicht ideell, aber materiell – warum nicht. Rein wirtschaftlich sehe ich darin wenig Unterschied. Im Unterschied zu den Agrarprodukten ist die Buchproduktion allerdings witterungsunabhängig. Man kann also besser kalkulieren, und genau das soll getan werden. Überschüsse, die im landwirtschaftlichen Bereich durch Spitzenernten nicht zu vermeiden sind, sollten wenigstens im Verlagssektor vermieden werden. Wir wollen ja weg von der Wegwerfgesellschaft.

Was planen Sie denn nun konkret, damit es nicht mehr zu solchen Beseitigungsaktionen kommt?

Wir diskutieren hier in Brüssel sehr lebhaft ein langfristiges Dreiphasenmodell, das einen Abbau der Überproduktion vorsieht. Bis unsere Maßnahmen greifen, wird sich die Bücherverwertung via Recycling nicht vermeiden lassen.

Die Anlage muß sich wohl auch amortisieren, da werden noch einige Jahre ins Land gehen. – Was sind es denn für Maßnahmen, an die Sie gedacht haben?

Zunächst ist an eine Produktionsbeschränkung gedacht, und zwar auf nationaler wie auf internationaler Ebene. Auf nationaler Ebene bleibt es jedem EG-Mitgliedsstaat selbst überlassen, zu welchen Mitteln er greifen möchte.

An welche Mittel denkt die Bundesrepublik?

Ich würde meinen, daß hier zunächst wertvolle Denkanstöße gegeben wurden. Wenn eine Diskussion hierüber stattgefunden haben wird, kann daraus erst ein Handlungsspielraum werden.

Können Sie bitte etwas konkreter werden. Für solche Antworten möchte ich nicht nach Brüssel gefahren sein!

Es geht in jedem Fall darum, Anreize zu einem Produktionsrückgang zu schaffen. Produktionsenthaltungen auf dem europäischen Buchmarkt sollen subventioniert werden.

Das heißt, man bekommt Geld fürs Nichtpublizieren?

Das ist sehr vergröbert ausgedrückt. Wir denken an ein fein ausgewogenes System von Bezuschussung und Besteuerung. Das ist nicht unkompliziert. Unsere Wirtschaft hat genügend Know-how, wenn es um Produktionssteigerung geht. Aber es gibt noch kein Know-how, wenn die Produktion gesenkt werden soll.

Wenn ich Sie recht verstehe, laufen Ihre Pläne auf Schreib- sprich Publikationsverbot hinaus!

Das ist natürlich ein Mißverständnis. Nichts wird verboten. Das wäre ja gegen die Verfassung. Jeder kann schreiben und drucken, was er will.

Aber er erhält Zuschüsse, wenn er es nicht tut, und er muß dafür zahlen, wenn er es tut – da habe ich Sie doch richtig verstanden?

Wir müssen hier unterscheiden zwischen Verlag und Autor, und auch zwischen Schreiben und Veröffentlichen. Zunächst: ein Verlag, der seine Auflagen und seine Titel in angemessenem Umfang reduziert, erhält dafür Ausgleichszahlungen. Wenn er partout eine Auflage in die Höhe treiben oder einen Titel außerhalb von seinem Sparprogramm veröffentlichen will, dann muß er dafür eine Steuer entrichten.

Eine Art Schadstoffabgabe!

Wenn Sie so wollen. Wir müssen davon wegkommen, daß jeder bessere Verlag seine eigene Klassikergesamtausgabe haben will. Das ist doch nicht nötig.

Immerhin verbessert die Konkurrenzsituation auf dem freien Markt die Produkte. Wenn wir heute ausgezeichnete Klassikerausgaben haben ...

... dann haben wir auch viel Schrott. Schauen Sie sich doch mal diese kunstlederne Meterware an, die den Leuten per Abonnement aufgeschwatzt wird. Das ist nicht nötig. Das muß in Zukunft vermieden werden.

Hierin ist Ihnen tatsächlich zuzustimmen. Aber durch das staatlich geförderte Einschrumpfen der Verlage wer-

den ja nicht nur überflüssige Bücher vermieden, es wird auch das Entstehen von guten und notwendigen Büchern verhindert. Sie erlauben, daß ich das kriminell finde. Das läuft auf eine Demontage des gesamten Literaturbetriebs hinaus!

Ich darf zunächst daran erinnern, daß die Literaten selbst es sind, die am meisten auf den Literaturbetrieb schimpfen. Die berühmte »Mafia«, von der ständig geredet wird, wollen wir ja nur verhindern.

Aber doch nicht, indem man Literatur erstickt! Was Sie planen, kommt einer Bestrafung der literarischen Kreativität gleich!

Das ist nicht richtig. Zwischen Schreiben und Veröffentlichen muß unterschieden werden. Jeder kann so viel schreiben, wie er will, aber wir müssen davon runterkommen, daß alles, was geschrieben wird, auch zur Veröffentlichung drängt. Deshalb auch eine Publikationssteuer für Autoren.

Das ist wirklich gespenstisch. Das klingt so, als habe Orwell diese Idee in seinem ›1984‹ vergessen.

Das ist keineswegs gespenstisch. Das ist de facto längst der Fall. Sie wissen doch besser als ich, daß viele Autoren nur deswegen publizieren können, weil sie erstens auf Honorar verzichten, und nicht nur das: Sie verpflichten sich oft, einen Teil der Auflage aufzukaufen. Die Publikationssucht ist so groß, daß viele das in Kauf nehmen. Weil die Rezensenten Geld verdienen müssen, werden solche Bücher sogar rezensiert. Aber kein Mensch kauft oder liest sie. Der Autor hat tausend Exemplare auf seinem Speicher und verschenkt sie zu Geburtstagen. Das ist doch eine Pervertierung des Wortes »Publikation«: mit »Öffentlichkeit« hat das nämlich nichts mehr zu tun!

Diese Praktiken sind bekannt, aber sie fallen doch nicht ins Gewicht. Was da an Überschuß entsteht, hat in ein paar Mülltonnen Platz.

Man darf nicht vergessen, daß der Trend zum Schreiben rapide steigt. Die Krise regt natürlich an. Es wimmelt von Erfahrungs- und Selbsterfahrungstexten. Jeder will seine Ansichten veröffentlichen. Die Verlagslektorate sind den Manuskripteinsendungen weniger denn je gewachsen. Und die Zahl steigt mit der Zahl der Arbeitslosen und mit der Zahl derer, die in psychotherapeutischer Behandlung sind oder auf der Suche nach sich selbst.

Reden wir doch einmal von literarischen Qualitätswaren, um im merkantilen Jargon zu bleiben: interessante neue Romane wird es nach Einführung Ihrer Maßnahmen weniger denn je geben. Die großen etablierten Autoren werden mühelos ihre Publikationssteuern entrichten und weiter veröffentlichen, der hoffnungsvolle Nachwuchs wird nicht gefördert, sondern mit einer Art Schweigegeld abgespeist – dagegen ist die Agrarpolitik der EG ja das reinste Buch der Weisheit!

Wir haben Gutachten von renommierten Literaturwissenschaftlern vorliegen, aus denen hervorgeht, daß längere Schreibpausen für die Autoren nur gut sind. Man muß nicht mehr ein Dutzend Romane schreiben. Was man zu sagen hat, kann man auch in drei Büchern sagen. Wir haben bereits Zusagen von prominenten Autoren, die sich verpflichten wollen, nur noch alle zehn Jahre ein Buch zu veröffentlichen. Vielen ist das sogar recht.

Können Sie Namen nennen?

Nein. – Wir haben übrigens auch an Preise für ungeschriebene Bücher gedacht.

Das kann doch nicht Ihr Ernst sein!

Es klingt satirischer, als es ist. Aber das macht nichts. Wir versuchen bewußt, den Gürtel mit ein wenig Heiterkeit enger zu schnallen. Die Bundesbahn ist ja auch tief in den roten Zahlen und wirbt mit Witzchen. Wir wollen ein Motto ausgeben »Dichten heißt sparen mit Spaß«.

Wie sieht das aus?

Wenn wieder mal ein neuer Lenz, Böll, Grass, Walser oder Handke fällig ist, und der wird *nicht* geschrieben, dann kann dem Autor von einer Jury ein Preis für sein *nicht*geschriebenes Buch zuerkannt werden. Analog gilt für Verlage: Wenn in einem Gedenkjahr jeder Verlag seine eigene Biographie machen will, dann bekommt jeder Verlag eine Auszeichnung, der sich zurückhält. Das wäre in diesem Jahr das Luther-Buch gewesen.

Und wie will man das Problem der Arbeitsplatzvernichtung bewältigen?

Das Problem existiert nicht. Es gibt keinen schriftstellerischen Arbeitsplatz. Nur wenige Autoren leben bekanntlich vom Schreiben. Hier wird selbstverständlich geholfen. Die meisten sind Lehrer, Hochschullehrer, oder verdienen ihr Geld mit journalistischen Arbeiten, vor allem beim Funk und im Fernsehen. Und hier wird durch das private Fernsehen ein großes Tätigkeitsfeld erschlossen. Die Verlage haben sich längst bei den Kabelfernsehprojekten eingekauft. Die durch die Verschlankung des Buchprogramms entfallenen Stellen werden nach kurzer Umstellung im elektronischen Bereich frei werden. Es gibt keinen Grund zur Besorgnis. Im Gegenteil, das Buch wird wieder werden, was es einmal war: eine Kostbarkeit.

All dies sind, wenn ich sie richtig verstehe, mehr nationale Überlegungen. Worin sieht denn nun die EG ihre Aufgabe?

Wir diskutieren im Augenblick Ein- und Ausfuhrzölle zum Abbau des europäischen Bücherbergs.

Heißt das im Klartext, daß Übersetzungen versteuert werden müssen?

So ist es.

Damit erweist sich die Marktstrategie der EG nicht nur als autoren-, sondern auch als fremdenfeindlich! Gerade die EG entspringt doch dem Gedanken eines gemeinsamen Europa ohne Grenzen. Und dann das?

Wir kennen die Vorwürfe. Aber mit Nationalismus und Ausländerhaß hat das nichts zu tun. Es ist kein ideologisches, sondern ein rein wirtschaftliches Problem, das wir hier in den Griff bekommen müssen. 70 Prozent aller in der Bundesrepublik erschienenen Bücher sind Übersetzungen. Wenn davon ein Drittel nicht verkauft wird, wächst der Bücherberg im Jahr um 12,8 Millionen Tonnen. Das ist nicht länger zu verkraften. Wir müssen durch drastische Import-/Exportzölle den Anteil der übersetzten Bücher auf 20 Prozent drücken!

Das ist wahrhaftig brutal.

Brutal ist es, an Büchern zu ersticken. Sie müssen auch die Vorteile sehen: Die Autoren werden wieder in ihrer Originalsprache gelesen. Das ist durchaus ein Beitrag zum europäischen Gedanken.

Der Dirigismus im Agrarbereich der EG hat in letzter Zeit zahlreiche Kritiker gefunden. Glauben Sie denn, daß dem europäischen Bücherberg nur mit so radikaldirigistischen Maßnahmen beizukommen ist?

Ja. Was die Bauern lernen mußten, müssen nun auch die Dichter lernen. Wir alle müssen umdenken, auch wenn es schmerzt.

Herr Schmelzer, sind denn diese ungeheuerlichen Eingriffe in das traditionelle System unserer Kultur, die hier geplant werden, wirklich sinn-

voll? Ist denn der Bücherberg wirklich eine solche Gefahr?

Ich muß doch an die Tatsachen erinnern: Die Lager der Verlage, der Druckereien, der Grossisten, Sortimenter sind voll bis zur Decke; die Altpapier-Euro-Container der Bahn und die Papiermühlen sind auf Monate ausgebucht; jeder Buchhändler ächzt unter seiner Bücherlast; schon über eine einzige Herbst- oder Frühjahrsproduktion kann man sich kaum mehr Überblick verschaffen; und auch in den Kopf der Lesewilligen passen nicht beliebig viele neue Informationen. Man muß wohl doch mal den Tatsachen ins Auge sehen. Was wir vorschlagen, das ist doch nur konsequent.

Ab wann können denn Ihre Vorstellungen realisiert werden?

Wir haben natürlich Probleme mit der Kulturhoheit der Länder und den Stimmen der Schriftstellerverbände. Es wird bis Anfang übernächsten Jahres dauern, bis die ersten Maßnahmen greifen. Erst Mitte der neunziger Jahre werden wir die Importzölle verwirklichen können.

Und bis dahin wird in Spanien aus überflüssigen Büchern Papier gemacht, und hin und wieder, wenn es eilt, wird eine Schiffsladung mit einer falsch kalkulierten Auflage in der Nordsee verklappt?

Das wohl kaum, obwohl Bücher für die Fische weniger schädlich wären als Altöl oder Abfallstoffe der Chemie-Industrie. Die Literatur ist keine heilige Kuh. Fortschrittliche Autoren haben das schon vor zwanzig Jahren begriffen. – Im übrigen werden unsere Maßnahmen ja von der Entwicklung auf dem Gebiet der elektronischen Datenspeicherung begleitet. Schon heute haben Thomas Manns sämtliche Werke in einem Mikrochip-Stecker von der Größe einer Zigarettenschachtel Platz. Man wird früher oder später nur noch am Bildschirm lesen und schreiben. In wenigen Jahren wird die Verkabelung so weit fortgeschritten sein, daß man sich von der geplanten zentralen Datenbank für europäische Literatur in Kassel jedes beliebige Werk der Weltliteratur auf den heimischen Bildschirm holen kann. Dann dürfte das Buch als Massenprodukt keine Umweltbelastung mehr sein. Bis dahin aber sollten wir unsere letzten Bäume nicht irgendwelchen überflüssigen Romanen opfern.

Wie hat man sich dann den

Dichter der Zukunft vorzustellen?

Er mietet einen Mikrochip in der literarischen Datenbank. Dann kann er nach Herzenslust schreiben, was er will. Sie wissen ja, daß die Tastatur eines elektronischen Eingabegeräts sich kaum von der einer Schreibmaschine unterscheidet. Der Computer ist nur leiser. Die Nachbarn beschweren sich nicht mehr, wenn der Dichter nachts tippt. Wenn er will, kann er seinen fertigen Text freigeben, das heißt, jeder Interessierte kann ihn abrufen. Unbegrenzte Publikation, aber kein Bücherberg!

Der lautlose Dichter – ist das nicht ein schauerliches Symbol für die Zukunft der Poesie?

Wir haben jetzt keine Zeit mehr, über Symbole nachzudenken.

Herr Schmelzer, ich danke Ihnen für dieses Gespräch.

Feinkost in Öl
Vom Hintersinn der Frühstücks-Stilleben

Der Spargel sah gut aus. »Garantiert nicht holzig«, sagte der Verkäufer, Adriaen Coorte aus der holländischen Provinzhauptstadt Middelburg. Der Kunde nickte kennerhaft; schließlich war er vom Fach, Gemüsegroßhändler aus Haarlem. Als routinierter Feilscher mäkelte er noch ein bißchen herum, drückte den Preis um ein paar Gulden, dann wurde man handelseinig. Er nahm das Spargelbündel an sich, eine gute Arbeit, Öl auf Leinwand, 16 × 21 Zentimeter. In seinem Kontor würde sich das Bildchen nicht schlecht ausmachen. Da hing schon ein prächtiges Gemälde, auf dem sich Kohlköpfe türmten, daneben brasilianische Kürbisse, nordamerikanische Maiskolben und dieser absonderliche Riesenrettich, der seine Handelspartner immer zum Schmunzeln brachte, weil er die Form einer üppigen Frau hatte. – »Still-leven«, unbewegliche Modelle, nannte man diese Bilder neuerdings. »Stilleben« sagten die deutschen Nachbarn dazu.

Als Adriaen Coorte, der Verkäufer und Maler des Spargel-Stillebens, abends im Gasthaus saß, traten zwei Herren an seinen Tisch, stellten ihn zur Rede und kassierten ein saftiges Bußgeld. Leugnen war zwecklos. Er war beobachtet worden, wie er neben dem Spargel-Stilleben noch zwei weitere Bilder mit exotischen Schneckenhäusern und Muschelschalen verkauft hatte. Und da er nicht der örtlichen Malergilde angehörte, durfte er hier keine Bilder verkaufen. Schließlich wollte die ortsansässigen Maler ihre Produkte auch loswerden. Zwar war die Nachfrage groß; Landschaften, Genreszenen, Interieurs, Seestücke, Winterbilder, Stilleben – sie gingen gut weg; das Angebot aber war noch größer. In Antwerpen, der Hauptstadt der spanisch besetzten Südniederlande, hatte man unlängst 300 Maler gezählt und 169 Bäcker. Hier im freien Norden dürfte es nach vorsichtigen Schätzungen in manchen Städten dreimal soviel Maler wie Bäcker geben. Adriaen Coortes Schwarzhandel ist nicht mehr genau rekonstruierbar. Schließlich ist das Delikt ziemlich genau dreihundert Jahre alt. 1685 herum muß es gewesen sein. Im Holland des 17. Jahrhunderts herrschten harte Sitten auf dem Kunstmarkt. Das Geschäft blühte, und damit auch die Konkurrenz. Der Kapitalüberfluß machte wohlhabende Bürger zu Kunstsammlern. Nicht immer verstanden sie etwas von Kunst. Manche, wie der Gemüsegroßhändler, suchten sich die Bilder aus, die zu ihrem Beruf paßten; sie umgaben sich mit gemalten Attributen ihrer Tätigkeit, gleichsam wie mit Firmenschildern. Hier eigneten sich besonders die Stilleben: Der Fleischer mochte Gemälde mit Kalbsköpfen, Schinken und gebratenem Geflügel bevorzugen, der Tulpenzwiebelspekulant, einer der riskantesten, aber auch lukrativsten Berufe im damaligen Holland, sammelte wohl Blumenstilleben, und wer in Leiden studiert hatte und sich als Gelehrter fühlte, der hängte sich gerne ein paar Bilder mit Büchern und Brillen und etwas Humanisten-Krimskrams an die Wand, das ihn so heimelig an die fröhliche Studentenzeit mit Wein, Weib und Forschungsdrang und melancholischen Gedanken erinnerte. Das sogenannte »Banketje« schließlich, das Frühstücks- oder Mahlzeit-Stilleben durfte in keinem gutbürgerlichen Eßzimmer und in keiner besseren Wirtshausgaststube fehlen. Je nach Geschmack, je nach religiöser Konstitution, je nach Ausmaß der barocken Weltanschauung konnte der Kunde wählen: wollte er lieber einen kleinen Imbiß oder einen üppig gedeckten Tisch. Sollte er mit Südfrüchten auftrumpfen oder genügten ihm ein paar einheimische Erdbeeren am unteren Bildrand? Sollte das Bild mit Brot und Wein und einem ordentlichen weißen Tischtuch ein bißchen eucharistischen Charakter haben? Das wäre vielleicht nicht schlecht, mit einem solchen Bild ein wenig Gott des Herrn zu gedenken, der sein wohlgefälliges Auge auf einen geworfen hatte, wie ja laut Calvin am häuslichen Wohlstand eindeutig zu erkennen war. Oder durfte das Bild ruhig einen weltlich-verwegenen Touch haben? Schließlich war man kein Bettelmönch, kein spanischer Jesuit, der sich an einem Körbchen mit drei sauren Zitronen und einer Zwiebel daneben ergötzen konnte. Man war ein Bürger der größten See- und Handelsmacht, man verstand zu leben, und man würde sich ein prachtvolles Stilleben ins Eßzimmer hängen! Keine spanischen Keramiktassen mit Kräutertee, sondern die feinsten Glaskelche aus Utrecht mit Wein aus Burgund, knusprigen Brötchen aus Weizenmehl, und über allem ein dicker Hummer.

Bilder galten im damaligen Holland als repräsentativ und herrschaftlich. Und vor allem waren sie, wie heute auch, eine Geldanlage. Es gab viele gute Maler, was zur Folge hatte, daß Künstler, deren Bilder heute als Glanzpunkte abendländischer Malerei Millionen-Dollar-Beträge kosten, nebenbei Tuch- und Tulpenhändler, Schankwirte, Steuereinnehmer und anderes waren und das Malen als unlukrativ oft ganz aufgeben mußten. So erging es unter anderem den Landschaftsmalern van Goyen, Hobbema, van de Velde und dem Genre- und Interieurmaler Jan Steen. Rembrandt, Frans Hals, Jacob von Ruisdael und Vermeer lebten allein vom Malen, schlecht und recht.

Den Hunderten von Stillebenmalern ging es kaum anders. Ihr materieller Erfolg richtete sich keineswegs nach der künstlerischen Qualität ihrer Bilder. Verfolgt man ihre Lebensläufe, kann man allenfalls feststellen, daß diejenigen unter ihnen, deren Biographie einen Studienaufenthalt oder einen Arbeitsvertrag in Italien verzeichnet, ein sorgloseres Leben führten, sei es, daß die Reise ins gelobte Land der Kunst ihren Marktwert erhöhte, sei es, daß sie dadurch bessere Verbindungen knüpften als die lebenslang in ihren Lukas-Gilden werkenden Malbrüder, sei es, daß sie sich den gewinnbringenden Italienaufenthalt leisten konnten, weil sie von Haus aus begütert waren.

Man kann vermuten, daß die schlechte Verkäuflichkeit vieler ausgezeichneter Bilder neben dem überreichen Angebot durch zwei andere Faktoren entstand: durch Mode und Spezialistentum. Als Mode war das Kaufen von Gemälden entsprechend labil. Einmal mochten Prunk-Stilleben mit leichtem Vanitaseinschlag besonders gut gehen, einmal waren kargere Frühstücks-Stilleben der neueste Schrei. Einmal mochte Hering auf den Bildern schick sein – und dann war er wieder zu asketisch. Die Stilleben-Maler waren aber auf einen ganz bestimmten Stillebentypus spezialisiert. Gerade dadurch konnte man sich ja von den anderen abheben. Innerhalb der Gattung Stilleben konnte man zwischen Blumen-, Bücher-, Fisch-, Früchte-, Frühstücks-, Gemüse-, Jagd-, Küchen-, Markt-, Masken-, Musikinstrumente-, Preziosen-, Raucher-, Trophäen-, Vanitas-, Waffen-Stilleben und entsprechenden Mischungen unterscheiden. Ein Stillebenmaler wie Abraham van Beyeren, dem nachgerühmt wurde, wie kein anderer »die schleimige Substanz von Seefischen mit größter Realität wiederzugeben«, oder auch Roelof Coes, der so perfekt Weintrauben auf die Leinwand brachte, daß sich andere Kollegen bei Bedarf Trauben von ihm ins Bild malen ließen, konnten mit ihrer einmaligen Maltechnik nicht brillieren, wenn der Geschmack des Jahrzehnts Schinken- und Käse-Stilleben bevorzugte. Die Weintrauben haben Stillebentradition. Plinius berichtet von dem antiken Maler Zeuxis, der Trauben so echt malen konnte, daß die Vögel danach pickten. Für die Stillebenmaler des Barock war es daher immer auch ein Sport, die Gegenstände so täuschend echt darzustellen, daß man sie für wirklich hielt; nicht nur die Tiere, die Augen der Menschen mußten getäuscht werden. »Bedriegertje«, Betrügerchen nannten die Holländer solche Illusionseffekte; die Franzosen sprachen von einem »Trompe-l'œil«, einer Augentäuschung. Damit der Schinken noch echter aussehe, malte man Fliegen aufs Bild. Und während kein menschlicher Betrachter je eine gemalte Traube für echt halten wird, so kann bei einiger Entfernung kein Menschenauge mehr unterscheiden, ob diese oder jene Fliege im Gefieder eines toten Rehhuhns eine echte ist, die sich vom täuschend echt gemalten Vogel narren ließ, oder ob sie selbst täuschend echt gemalt, das Auge des Betrachters narrt.

Auch hier gab es einen Spezialisten, Otto Marseus van Schrieck, genannt »de Snuffelar«. Von seinem Italienaufenthalt um 1650 hatte er sich einen kleinen Eidechsen-, Schlangen- und Insektenzoo auf sein Landgut bei Amsterdam mitgebracht. Die Kleintiere, die er sich und anderen auf die Bilder malte, wollte er naturgetreu wiedergeben. Spezialisten gab es ferner für Gläser, Zinngefäße, Pelze, Stoffe und Seifenblasen.

Die Lust an der exakten Abbildung der Umwelt war einer der Gründe für die Entstehung des Stillebens als einer eigenen Bildgattung. Diese Entstehungsgeschichte ist für die Kunsthistoriker ein Leckerbissen eigener Art, an dem sich die Entwicklungsgeschichte der neuzeitlichen Kunst elegant demonstrieren läßt. Immerhin hatte es noch im Mittelalter von kirchlicher Seite geheißen, daß der verworfene Mensch beim Anblick eines Wiesenstücks kein Vergnügen empfinden dürfe, und Freude an Blüten galt gar als sündhaft (Anselm von Canterbury). Derartig asketisches Denken konnte natürlich nur unterlaufen werden, und so kann vergnügt beobachtet werden, wie sich allerlei Blumen und bald auch Geschirr und andere Gerätschaften des alltäglichen Lebens in die Darstellung der Heiligen einschleichen. Wenn mancher strenge, wirklichkeitsfeindliche Mönch auch zeterte und darin wieder einmal den Untergang der Kunst sah, was konnte er schon sagen gegen die weiße Lilie, die doch die Unbeflecktheit Mariens symbolisierte, gegen das Brot und das Salzfäßchen auf dem Fensterbrett, die allesamt brav auf christliche Glaubenssätze verwiesen.

Bald standen die Heiligen nicht mehr einsam in ihren kahlen Nischen, sondern bekamen ein Regalbrett spendiert, auf dem sich Bücher, Brillen und Spanschachteln stapelten – Vorläufer des Stillebens, wie die kleinen Landschaften, die in den Fensterausblicken dieser spätmittelalterlichen oder Frührenaissance-Bilder erschienen, Vorläufer des Landschaftsbildes sind. Die Natur, ob nah, ob fern, setzt sich immer mehr durch. Oft sind solche naturnahen Wirklichkeitsbeigaben auf Andachtsbildern schon hervorragend komponierte Stilleben für sich; auf dem Genter Altar der Brüder van Eyck finden sich einige solcher integrierten Stilleben. Das hatte zur Folge, daß man im Barock, als man mit den steifen Heiligen des Spätmittelalters nicht viel anfangen konnte, die Stillebenteile aus den Altarbildern abtrennte. So geschah es dem Verkündigungsaltar von Aix-en-Provence (1443). Das »Stilleben«, um 1610 herausgesägt, wurde 1923 im Magazin des Amsterdamer Rijksmuseums entdeckt und ist nun dem Altarblatt wieder eingefügt (Louvre). Darstellungen von gewaltigen Festessen sind in der italienischen Kunst des Cinquecento keine Seltenheit mehr; die Lust am Essen wird ebensowenig verhehlt wie die übrigen Sinnesfreuden. Es wäre aber verfehlt, in den Mahlzeitstilleben, wie sie dann zu Beginn des 17. Jahrhunderts in Holland entstehen, ungebrochene Zeichen der Gaumenfreude zu sehen. Gerade diese kunstvoll gedeckten oder kunstvoll in Unordnung gebrachten Arrangements von Delikatessen sind die besten Beispiele für die berühmte Zwiespältigkeit des barocken Lebensgefühls, das zwischen Diesseits und Jenseits, zwischen Leben und Tod, zwischen Lust und Melancholie hin- und herkokettiert. Mögen die Gegenstände dieser Bilder auch »still« sein, ihre Bedeutung ist bewegt. Selten zeigen die »banketje« an der Wand, was im Eßzimmer wirklich gespeist wird. Es sind schamlose Übertreibungen, die raffiniert so tun, als seien sie beiläufiges Alltagsmahl. Weizenbrötchen und Südfrüchte waren auch bei reichen Holländern eine Rarität.

Die Bilder haben also eine Art Pin-up-Funktion: Wie das Foto des Girls im Spind des Soldaten ein Ausdruck dessen ist, was er ersehnt, so verraten die Prunk-Stilleben mehr die Lust aufs große Prassen und Nippen als die tatsächliche Eßgewohnheit. Vom Pin-up-girl aus dem US-Magazin unterscheidet sie aber nicht nur künstlerische Qualität. All die köstlichen Früchte, der Wein in erlesenen Pokalen, die saftigen Braten, die knusprigen Brötchen, der tranchierte Räucherfisch, die Chicoréeblätter und selbst die Knoblauchzehen können ihre alt- oder neutestamentarische Herkunft nicht leugnen. Überfluß zu begehren war bekanntlich eine gefährliche Sache. War doch schon im 4. Buch Mose drohend von den unzufriedenen Kindern Israels die Rede, die da lüstern murrten: »Wer wird uns Fleisch zu essen geben? Wir denken an die Fische, die wir in Ägypten umsonst aßen, und an die Kürbisse, die Melonen, den Lauch, die Zwiebeln und den Knoblauch. Nun aber ist unsere Seele matt, denn unsere Augen sehen nichts als das Manna.«

Die gotteslästerliche Genußsucht wird nun aber überlagert von christlicher Symbolik. Brot, Fisch, Wein, selbst der gute holländische Hartkäse sind durchaus christliche Speisen. Fisch und Käse gelten sogar als Fastengerichte. Bei so viel frommer Buße können ein gelegentlicher fetter Schinken oder auch ein paar Hummerscheren nicht gleich Sünde sein!

So laden die holländischen Frühstücks-Stilleben zum fiktiven Genuß ohne Reue. Man praßt und schlemmt und bleibt dabei ein guter Christenmensch. Umgestürzte Pokale, zerbrochene Gläser und abgelaufene Sanduhren tun ein übriges, um darauf hinzuweisen, daß dieses Schlemmerreich nicht von Dauer ist, und daß eben daher die Stunde des Wohlstands zu nutzen sei. In sanftem Sadismus zeigen die »banketje« den irdischen Genuß und zugleich sein Ende.

Ob asketisch in Spanien (Zurbarán, Cotán), ob besonders opulent in Flandern (Snyders), ob fruchtig-verführerisch in Italien (Il Bimbi), ob streng und gläsern in Deutschland (Flegel, Stoßkopf), ob üppiges Durcheinander mit verrutschten Decken in Holland (Claesz, Heda, Kalf) – immer ist das barocke Stilleben virtuos gemalt und raffiniert gedacht, immer voller Lust am Diesseits und an der Vorspiegelung falscher Tatsachen. Dieser durchtriebene Charakter verliert sich mit dem Ende des barocken Lebensgefühls. Chardins grandiose Pflaumen und Pfirsiche im 18. Jahrhundert haben keine zwiespältigen Hintergedanken mehr. Den durchseelten Romantikern zu Beginn des 19. Jahrhundert, die ihr Innenleben so gern in der Landschaft spiegelten, waren sinnliche Naturalien offenbar kein reizvolles Motiv. Die Impressionisten am Ende des Jahrhunderts nahmen die Tafelfreuden wieder in ihr Repertoire auf; die Stilleben von Monet, Cézanne, van Gogh, Gauguin sind unbeschwert genießbar. In Deutschland malen Karl Schuch und Paula Modersohn-Becker höchst appetitliche Gedecke. Im Kubismus (Braque und Picasso) und Expressionismus verschwindet das Tast- und Schmeckbare gänzlich, im Umkreis der neuen Sachlichkeit (Bernhard Dörries) bekommt es eine magische Note. Die Pop-Art (Weselmann, Lichtenstein, Warhol) schließlich bildet ohne viel Ironie amerikanische Nationalgerichte ab wie Hamburger und Campbell's Tomatensuppenbüchse.

Das alles ist kein Grund, über den Verfall der Eßkultur zu klagen. Noch nie wurde in Europa so luxuriös gegessen wie heute. Die Gourmets nehmen zu wie die Zahl der Kochbücher. Daran ändern weder die Würstchenbuden etwas, noch die Steh-Pizzerias oder die Ketchup-Lokale aus Plastik. Das kulinarische Stilleben als Bildtypus allerdings ist von der Werbung aufgesogen worden. Nachdem es einst säkularisiert wurde, wurde es nun kommerzialisiert: Das hübsche Buch erscheint zusammen mit Cognac oder Pfeife, genießerisch arrangiert nach dem alten holländischen Muster des Raucher-Stillebens. Knackiges Obst und Gemüse im Stil von Frans Snyders wirbt um das Verständnis für Chemie oder für Zahnpasta. Auf den Rezeptseiten der Illustrierten türmen sich die Delikatessen in einer Buntheit, die dem Hobbykoch gefallen mag, der Liebhaber der »monochromen banketje«, jener Ton in Ton gehaltenen Frühstücks-Stilleben des alten Holland, wird sich mit Grausen abwenden. Gleichwohl schwingt in diesen phantasielosen Abbildungen eines billigen Massenfeinschmeckertums noch immer, unweigerlich und zynisch, der heimliche Appell der alten Barockbilder: Der Vanitasgedanke hat sich in Angst vor Fett und Völlegefühl verkehrt; und von der eucharistischen Bildtradition ist das schlechte Gewissen übriggeblieben, mit dem der Wohlstandsbürger angesichts des Hungers in der Dritten Welt seine Leckereien verspeist.

Der Mechanismus der Vermehrung
Oder die Qualen der Vaterschaft

»Nein«, schrie Duckwitz, »das darf nicht wahr sein!« Er schritt erregt durch die Wohnung, und weil er selten so erregt war, wirkte sein Hinundhergehen provinzbühnenhaft. Seine sonstige Beredsamkeit war verschüttet, er murmelte nur noch unbeholfen die wenigen armseligen Synonyme, die Geschockte immer wieder benutzen, wenn sie etwas nicht wahrhaben wollen: Das gibt's doch nicht! Das kann nicht wahr sein! Das kann doch gar nicht passiert sein! – Aber es war passiert. Das Glasröhrchen des Schwangerschaftstests zeigte eindeutig einen Ring, und der Test irrte nicht.

Während Harry von Duckwitz seine sinnlosen Runden drehte, saß Clara, seine Frau, unbewegt auf dem Bett und war ihm fremd. Schon jetzt, eine halbe Stunde nach der Gewißheit ihrer Schwangerschaft schien sie jene fast provozierende Art des In-sich-Ruhens angenommen zu haben, die er bei werdenden Müttern schon öfter beobachtet hatte.

»Amsterdam«, sagte Duckwitz, »eine kleine Reise nach Amsterdam.« Sie bräuchten diesen Indikationsquatsch ja nicht mitzumachen. Er flötete und flehte. »Denk doch, ein hübsches Hotel, die schönen Rembrandts. Jetzt im Frühherbst ist es trocken und warm.« Man könnte mit dem Motorrad fahren, »mit *unserem* Motorrad«, sagte Harry und weinte fast, denn er spürte, das Motorrad würde dem Kind weichen müssen. Er wußte nicht, warum es eigentlich so klar war, aber es war offenbar klar: Eine Abtreibung kam nicht in Frage. Das Kind würde zur Welt gebracht werden, es gab keinen Zweifel.

Harry von Duckwitz hatte das sichere Gefühl, daß sein Leben mit dieser Entscheidung beendet war. Es würde alles aus sein: keine Kinos mehr, keine Kneipen. Keine Bücher mehr lesen, und schreiben schon gar nicht. Keine

Aufträge mehr, keine Motorradfahrten – er schlug die Hände vors Gesicht und setzte sich, und obwohl er doch wirklich verzweifelt war, war er nicht verzweifelt genug, als daß er sich der vollendeten Pose des Melancholikers nicht bewußt gewesen wäre.

Seit fünf, sechs Jahren lebten sie nun zusammen, und es fehlte doch nur gelegentlich, was gelegentlich immer fehlt: Geld und Leidenschaft. Ernsthaft aber gab es keinen Grund zu klagen. Die Studien waren abgeschlossen, sorgsam hatte man jede Karriere vermieden und die Jobs, die Harry und Clara Duckwitz nun hatten, waren unsicher genug, um auf die Spießer weiterhin schimpfen zu können, und doch warfen sie genug Geld und freie Zeit ab für gemeinsame Unternehmungen angenehmster Art. – Clara war halbe Lehrerin, Harry verdiente mit Schreibereien so viel, daß die Löcher, die sie jeden Monat in ihr Konto rissen, immer wieder aufgefüllt wurden.

Als Harry leiser wurde und immer theatralischer in seinem Sessel zusammenschrumpfte, begann sie zu klagen: Einen solchen Moment hätte sie sich auch anders vorgestellt! Seine Gefühllosigkeit fände sie erschreckend. – »Tut mir leid«, sagte er; er sei nicht der Held eines Ami-Filmes, er könne keine Hollywoodszene bieten: Du, ich muß dir was sagen, haucht irgend so ein Prallbusen ... aber sie braucht es gar nicht zu sagen, denn wenn es um Nachwuchsverkündigungen geht, wird selbst ein Rock Hudson feinfühlig: Er spürt es an ihrem milden Glanz, daß die Dynastie gesichert ist; schmeißt seinen Hut durch die Gegend, tanzt wie ein Affe und lädt sofort alle Kollegen ein – »tut mir leid, Baby«, sagte Duckwitz, »das alles kann ich dir nicht bieten.«

»Du bist zynisch«, sagte sie, und er sagte, ja, es täte ihm leid, wenn er sich freute, wäre das sicher schön für sie, aber es sei nun mal keine Freude da, wie solle er sich auf etwas freuen, das er gar nicht kenne, das sei ja wohl zuviel verlangt. Aber keine Sorge, wenn das Kind da sei, dann würde er sich schon freuen, er sei ja kein Monster, er werde das Kind weder auffressen noch erschlagen, sondern vermutlich lieben. Jetzt sei es sein Recht, vor dem Unbekannten Angst zu haben. »Das ist nämlich das Natürliche«, rief er, jetzt ganz feurig von seinem Gedanken; das sei nämlich der wahre Instinkt: Angst und Entsetzen vor dem Kind. Freude auf ein Kind sei eine ganz unbegreifliche, perverse Erfindung der Kultur.

Kaum hatte er sie beruhigt, fing er auch schon wieder zu jammern an. Ich kann es mir nicht vorstellen, heulte er. Er würde es nicht aushalten. Die Vorstellung sei ihm unerträglich, einen Kinderwagen durch die Gegend zu schieben. Er wisse ja, daß es furchtbar ungerecht sei, aber er könne nun mal diese jungen glücklichen kinderwagenschiebenden Ehepaare nicht ausstehen. Schon der Anblick dieses distanzlosen Vater- und Mutterglücks gehe ihm auf die Nerven. »Schwein«, sagte sie; im übrigen seien sie nicht mehr jung mit Anfang Dreißig und glücklich ja offensichtlich auch nicht. – »Was heißt ›Schwein‹«, sagte er; er sei eben im Grunde seines Herzens doch ein Nihilist, er lehne es ab, sich fortzupflanzen. »Du hast wohl in deiner Pupertät zuviel Benn gelesen«, sagte sie; das Natürlichste der Welt so hysterisch abzulehnen, das sei ja schon krankhaft. »Ich will auch diese verdammte Verantwortung nicht«, rief er zornig und verheult; er wolle sich nicht jahrelang kümmern müssen. Leicht und unbeschwert wollte er weiterleben und nicht voller Sorge um die Zukunft. Ja, er wolle es bequem haben, das sei ja wohl auch natürlich, wie? Was gegen Bequemlichkeit einzuwenden sei? Doch wie er auch kramte und fischte, seine Argumente kamen nicht an. Manche, die sich ihm auf die Zunge drängten, sprach er nicht aus, sie waren ihm zu albern; er konnte schließlich nicht sagen: In diese kaputt gehende Welt setze ich keine Kinder! Das war altjüngferliches Katastrophen-Gejammer; schlimm auch die bange Bausparer-Frage: Können wir uns ein Kind jetzt finanziell leisten? Selbst wenn seine Honorare nicht ausreichen würden für den Kauf von Windeln, solche Spießersätze wollte er nicht in die Diskussion einbringen.

Er kämpfte unverdrossen für die Amsterdamer Lösung, bis zum dritten Monat, dann fügte er sich der Physiologie. Vermutlich braute sich schon in seinem Hinterkopf die Basis für seine neue Rolle zusammen: der letzte besiegte Nihilist, der einen großen und vergeblichen Kampf geführt hatte. »Das Leben ist stärker«, stöhnte er einmal, als er allein war; so leichtsinnig wäre er nicht gewesen, einen derart kitschigen Satz in Claras Gegenwart auszusprechen. Aber er half ihm. Er war gegen das Leben nicht angekommen. Er war gescheitert. Das war kein schlechtes Startkapital.

Ihr gelang es allmählich, seine Angst vor der Verspießerung umzukehren in eine Art Trotzhaltung: Gerade Kinder, die natürlich eine Verbürgerlichungsgefahr mit sich brächten, sollten einen dazu bewegen, eben nicht zu verspießern. Dann müsse eben gerade gereist, demonstriert und gefeiert werden! »Parka-Eltern«, sagte er, aber seine Verachtung war schon ganz matt.

Ganz offensichtlich war die Sache für Duckwitz eine Stilfrage. Vermutlich hatte er nicht Angst, seine Freiheit zu verlieren, sondern in eine Rolle zu fallen, die er nicht mochte. Er wollte in keines der Klischees geraten, die er mit seltsamer Überheblichkeit verachtete, natürlich wollte er kein Wochenendvater sein, aber auch kein Parka-Vater, der bei Wind und Regen fröhlich seine Kinder schwenkt. Er ahnte, daß er für sich ein Bild finden mußte, mit dem er halbwegs zurechtkommen würde. Seitdem ihm das klar war, ging es bei den Duckwitzens ruhiger zu, die Diskussionen endeten nicht mehr mit Tränen, sondern gelegentlich mit verlegenem Lächeln.

Der Bann brach weiter, als Clara bei einigen ihrer Freunde nachweisen konnte, daß sie auch ohne Kinder verblödeten. Das gab ihm Auftrieb. Das *kinderlose Ehepaar,* fand Harry nun, war mindestens ebenso schlimm wie das glücklich glänzende Ehepaar mit Kind im Sonntagspark. Kinderlose Ehepaare begannen womöglich alte Bilderbücher und kostbare Puppen zu sammeln, Ehepaare mit Kind schielten ständig nach ihren Kleinen und hörten einem nicht mehr zu. Es war eben beides schlimm.

Als wäre *er* schwanger, als würde in *seinem* Körper ein ungewohntes Hormon wirken, veränderte sich seine Weltanschauung. Der Gedanke, Vater zu werden, der doch gewöhnlich die Männer ermuntert, trübte seine Gemütsverfassung, und die in seiner Studienzeit erworbene Fortschrittlichkeit vermischte sich mit seiner alten Misanthropie. Der verdrießliche Schopenhauer, den er als Schüler geliebt und als Student verachtet hatte, schien ihm plötzlich gar nicht so unrecht zu haben. Und selbst am verklemmten Kierkegaard und seiner ekstatischen Entweder-Oder-Litanei war wieder etwas dran: Es war schon richtig, man würde beides bereuen, ob man nun heiratete oder nicht, sich aufhängte oder nicht, Kinder hätte oder nicht. – Beschwingt von seinen neuen Erkenntnissen, sah Harry nun weniger griesgrämig in die Zukunft; wieder einmal hatte sich herausgestellt, daß alles furchtbar war, und eben dies stimmte ihn heiter.

Er hatte nun weniger Angst vor dem Kind als davor, daß Claras Figur womöglich leiden könne. Mit einem gewissen Mißtrauen betrachtete er die immer runder werdenden Formen. Wenn Claras schöner flacher Bauch nur wieder schön flach werden würde, dann werde er das Kind schon ertragen, sagte er sich. Gelegentlich, wenn er sich stark genug fühlte, sagte er das auch laut und mußte dann Attacken wegen seines *machismo* und seines Hangs zur Äußerlichkeit einstecken. »Für mich geht Liebe immer noch durch die Augen und nicht durch die Eierstökke«, sagte er. Man begann wieder zu lachen. – Anlaß zu allerlei Spott boten auch die Elternzeitschriften, die von nichts anderem berichteten als von der Schönheit der Schwangerschaft und wie lange man vögeln könnte mit dickem Bauch, *Geschlechtsverkehr haben,* wie sie es in ihrem Sexualverwaltungsdeutsch nannten: bis kurz vor der Geburt nämlich. Darüber seien sich alle amerikanischen Spitzengynäkologen einig: »Das möchte ich mal sehen«, sagte Harry grimmig; er halte das alles für verlogen. Das ganze Schönheits- und Sex-Getue der Werbegangster habe nun erfolgreich den Markt der werdenden Eltern erobert; nun hätten die armen Schwangeren auch noch schön und sexy zu sein, nicht einmal in dieser Zeit hätten die Frauen Ruhe vor dem Reklameimage. Er könne einen dicken Bauch einfach nicht besonders erotisch finden, rief Harry, egal ob da ein Kind drin oder Speck drauf sei, und diese Zurückhaltung fände er ganz natürlich. »Mit dir ist doch was schiefgelaufen«, sagte Clara.

Beide Duckwitzens hatten ihre Freunde, die zu ihnen hielten. Meist waren es dieselben, die immer den mit Verständnis unterstützten, der ihnen gerade etwas vorjammerte. Zu solchem Einholen von seelischem Rückhalt eignete sich besonders das Telefon. Wenn Harry und Clara es müde waren, ihre sattsam bekannten Ansichten hin und her zu wälzen, riefen sie vertraute Personen an. Dabei war es Claras Trumpf, mit einem Scheusal zusammenleben zu müssen: Harry kümmerte sich zwar brav um den Haushalt, aber keine Spur von Liebe und Verständnis, keine Spur, kein Interesse, keine Anteilnahme, nichts! – Du Ärmste, hieß es dann. Und Harry trat als gebeugter Besiegter auf: Es komme auf ihn zu, und er könne nichts machen. Das Leben habe zugeschlagen. Wie er in der Situation auch nur eine Zeile schreiben solle? Sie habe das Kind durchgesetzt, nun erwarte sie auch noch, daß er jeden Morgen zärtlich ihren Bauch streichle! – Du bist böse, hieß es dann, streng, aber teilnahmsvoll und entschuldigend. Clara hatte zwar in ›Krieg und Frieden‹ oder in der ›Sturmhöhe‹ weitergeblättert, aber natürlich zugehört. »Es wird sowieso ein unglückliches Kind werden«, sagte sie bitter, bei dem, was sie mit ihm, Harry, und seiner Ablehnung aushalten müsse, könne das Kind ja nur einen melancholischen Charakter bekommen. »Werde doch nicht noch mystisch im siebten Monat«, sagte er spitz; so schlecht sei die Stimmung doch nun auch wieder nicht, täglich gewöhne er sich mehr und mehr an das Unvermeidliche, ob sie seine Fortschritte denn gar nicht bemerke? So wie sie neun Monate brauche, ihr Früchtchen auszubrüten, so brauche er eben neun Monate, um in seine neue Vaterrolle hineinzuwachsen. – Daß er das Kind in ihrem Bauch als »Früchtchen« bezeichnete, mit dünner Ironie, das war auch einer der vielen Schritte weg von der Ablehnung. Clara merkte das deutlich und verbarg ein wohlgefälliges Lächeln.

Wennschon, dennschon. Wennschon ein Kind, dann sollte es auch auf hübsche Art zur Welt kommen. Also »sanfte Geburt«, da war man sich einig. Auch wenn es schick und Mode war, auch wenn es mittlerweile von den unsäglichen Elternzeitschriften gepriesen wurde, war es ganz fraglos die vernünftigere und würdigere Methode als sich in einer sterilen Klinik von den Spritzen munterer Ärzte und vom falschen Geflöt der Schwestern abfertigen zu lassen. Weder Harry noch Clara glaubten, daß eine herkömmliche Geburt irgendwelche Seelenschäden beim Säugling anrichten könnte. Weil sie es für sich selbst so angenehm wie möglich haben wollten, nutzten sie die von Herrn Leboyer propagierte »sanfte Geburt«, die dem Kind das Erblicken der Welt so angenehm wie möglich machen will: kein Licht, kein Lebenskampf, kein Klaps auf den Hintern, kein Geschrei – das alles kam Harrys Philosophie entgegen. So nahmen sie Kontakt zu einer kleinen Klinik auf, deren Ärzte entweder clever oder progressiv genug waren, diese Methode anzubieten, die für sie ja nur darin bestand, die Dinge einfach laufen zu lassen und sich weniger einzumischen.

Duckwitz mußte immer gegen irgend etwas sein, nur dann konnte er gerne etwas tun. Weil er *gegen* große Kliniken war, war er *für* die privatere sanfte Geburt. Weil er gegen Körperfeindlichkeit war, war er ganz scharf darauf, bei der Geburt dabeizusein. Könnte ich nicht, sagten manche seiner Freunde, und dann wurde Duckwitz ganz wild und leidenschaftlich und sagte, hör mal, du bist ja schlimmer als dieser bayerische Kultusminister, der einen ganzen Sack voller Kinder hat und stolz darauf ist, noch nie seine Frau nackt gesehen zu haben. – Die wenigen Unkenrufe waren nicht ernst zu nehmen: Würde Clara nicht zusammenbrechen, ohne Schmerzbetäubung? Nehme sich Harry nicht ein bißchen viel vor, wenn er diesem Vorgang beiwohnen wolle? Solcher Unsinn hatte doch das Gute, daß er die Duckwitzens einte und ihnen obendrein ein lässiges Überlegenheitsgefühl vermittelte.

Was die beiden noch weiter zusammenband, war der Kurs, mit dem man sich auf eine Geburt ohne pharmazeutische Hilfeleistungen vorbereitete. Die Männer waren mit dabei, sie übten mit den Frauen das Hecheln und Schnaufen und Pressen, um bei der Geburt nicht nur blöde herumzustehen, sondern hilfreiche Tips geben zu können. Harry schlief bei den Entspannungsübungen regelmäßig ein, spätestens dann, wenn Luisa, die hübsche Hebamme, die Teilnehmer aufforderte, sich die Stirn als »große, glatte Fläche« vorzustellen. Mit ihrem dunkelgrünen Anzug sah sie weniger wie eine Hebamme, mehr wie eine Kabarettistin aus. Die anderen Paare waren milde und sympathisch, sie hatten nichts Sektiererhaftes, wie Harry befürchtet hatte. Einer strich sich einmal neidisch den Bauch und bedauerte, nie das Gefühl haben zu können, ein Lebewesen darin zu tragen. Das sei bei ihm nicht so, sagte Duckwitz frech, er sei heilfroh, nicht monatelang mit solchem Ballast herumlaufen zu müssen. Und Clara sagte, man könne sich vorstellen, daß mit einem solchen Mann die Schwangerschaft wahrlich kein Vergnügen sei. – Harrys gelegentliche kindsfeindliche Bemerkungen wurden ihm von den sanften Wunschkindeltern nicht verübelt. Er kam sich ein bißchen wölfisch und exotisch dabei vor, obwohl doch von der einstigen Kinderablehnung nur noch schillernde Rhetorik übriggeblieben war.

Harry war nie ein besonderer Liebhaber der Schriften des Marquis de Sade gewesen; eine Stelle in der ›Philosophie des Boudoir‹ hatte ihn allerdings schon immer entzückt: Eine mit allen Wassern der Libertinage gewaschene Madame erklärte einem unerfahrenen Mädchen namens Eugénie, wie das Vögeln funktioniert. Ein geiler Graf hat sich für den Anschauungsunterricht bereitwillig zur Verfügung gestellt und drängelt schon ungeduldig, als Vorführobjekt in Aktion zu treten. »Warten Sie, warten Sie, gleich können Sie demonstrieren, soviel sie wollen!« mahnt ihn die Lehrmeisterin, die auch in der Sexualkundestunde nie der Witz verläßt. Das Mädchen deutet auf den Männersack: »Und diese Kugeln, wozu dienen sie, wie heißen sie?« Die Lehrmeisterin antwortet: »Der Fachausdruck ist Eier... die Wissenschaft spricht von Hoden. Diese Kugeln enthalten jenen fruchtbaren Samen, dessen Erguß in die Gebärmutter der Frau die menschliche Gattung hervorbringt. Aber wir wollen uns nicht bei diesen Einzelheiten aufhalten, Eugénie, die mehr in den Bereich der Medizin als den der Libertinage fallen. *Ein hübsches Mädchen sollte sich nur damit befassen zu ficken und niemals zu zeugen. Wir werden alles übergehen, was den banausischen Mechanismus der Vermehrung angeht, und uns grundsätzlich und ausschließlich mit wollüstiger Libertinage befassen, die ihrem Wesen nach nichts mit Vermehrung zu tun hat.*« – Diese Passage las Harry einige Male vor, wenn andere Schwangere und deren Männer zu Besuch waren und das Gespräch um nichts anderes als die bevorstehende Geburt kreiste. Die letzten zwei Sätze deklamierte er geradezu feurig. »Das ist die Stimme der Aufklärung, ihr habt sie nicht hören wollen«, sagte er und klappte das Buch zu. Die Schwangeren und ihre Männer hatten die Wirklichkeit auf ihrer Seite, und Harry kam sich vor wie ein unbelehrbarer Heimatvertriebener, der vergeblich die für immer verlorenen Schönheiten schlesischer Kiefernwälder beschwört.

In den letzten Wochen vor der Geburt gab es die unvermeidlichen Namensdiskussionen. Clara schlürfte Kräutertee, Harry klirrte mit dem dritten Whiskyglas. Bevorzugt, wenn Besuch da war, vertrieb man sich mit dem Namensuchspiel die Zeit. Dabei brachte der ärgerliche Nebensatz einer Duckwitz-Tante aus Münster über irgendeinen Schauspieler, der »schon irrsinnig jüdisch« aussehe, die rettende Idee: »Wenn wir schon so schneidig germanisch, so preußisch-geschnarrt Duckwitz heißen«, sagte Harry, »dann soll wenigstens der Vorname so jüdisch sein wie nur möglich.« Das habe auch den Vorteil, daß Antisemiten sofort bei der Namensnennung erkannt werden könnten. Die Tante schwieg. Harry ging auf den Dachboden und suchte die Bibel. Was soll es denn werden, fragte die Tante, als er zurückkam. Wennschon ein Kind, dann bitte keinen Stammhalter, sagte Harry und blätterte: Dalilah? – zu gewollt! Judith? schön, aber hört man zu viel! Deborah? – zu amerikanisch! Anna? – zu schlicht! Maria? – ist doch katholisch! Eva? – zu urbildlich, auch gar nicht jüdisch! Rachel? – schön, engere Wahl! Sara? – mit oder ohne h, das weiß man dann nie! Saba? – ist doch eine Stadt, keine Frau! Rebecca? – ist gut.

Rebecca war gut. Hübsche Story in der Bibel. Schöner Hitchcock-Film. Und dann nicht zu vergessen: Rebecca Nul, jene unvergleichliche Ehebrecherin und Liebhaberin, Motorradfahrerin und Romanheldin, die, als sich ein junger Leutnant über die Unweiblichkeit ihrer Lederkombi mokiert, dem uniformierten Todesdiener den königlichen Satz an den Kopf wirft: »Ziehen Sie sich gefälligst an wie ein Mann, wenn Sie mit einer Frau sprechen!« – Hoffentlich heiratet sie mal einen Offizier, eure Rebecca, sagte die Tante.

»Was ist es denn?« fragte Clara. Das Baby, das soeben dem Bauch entschlüpft war, lag nun am Mutterbusen und schnorchelte vor sich hin. »Ganz vergessen«, sagte Harry und hob das Kind kurz an. »Sieht aus wie ein Mädchen«, sagte er zufrieden. »Gratuliere«, sagte die Hebamme. Harry durfte die Nabelschnur durchschneiden. Den Symbolgehalt dieser Geste fand er albern. Etwas durchschneiden: das war der Beitrag der Minister am Straßenbau; tausend arme Türken rutschten jahrelang mit den Knien auf heißem Teer herum, dann kam der Minister mit Schere und Fernsehteam. »Ich eröffne das erste Teilstück der neuen Interzonen-Autobahn«, sagte Harry und schnitt.

Alles war genauso verlaufen wie in einem Film, den sie gesehen hatten: heiter und urig, Sommernachmittag mit zugezogenen Vorhängen, warm und diffuses Licht. Harry badete das Kind. »Rebecca«, sagte Clara zur Hebamme, die den Namen zur Anmeldung wissen wollte. Mit k oder c? fragte die. »Schon gehen die Zweideutigkeiten los«, sagte Harry, »mit c«; dann legte er seine Hand auf Claras Unterleib und sagte: »Schön weg, der Trommelbauch!«

Er ging ans Telefon und rief, wie versprochen, Mutter und Schwiegermutter, Schwägerinnen und Schwager, Brüder und Schwestern an und erzählte jedesmal blumiger die Geschichte, wie der Arzt über die Schüssel mit der Nachgeburt gestolpert war und sich der ganze Mutterkuchen und soundsoviel Liter Blut über das Linoleum des Bodens ergossen hätten. Wie groß und wie schwer das Kind sei? Nein, das wisse er nicht. Wem es ähnlich sehe? Es sehe aus wie alle Babys, sagte Harry. Er hatte zwar in dem zwei Stunden alten Kind Ähnlichkeiten zu Claras Schwester und zu seinem Bruder gesehen, hielt das aber für Einbildung. Nein, stolz sei er nicht, er habe ja keine große Leistung vollbracht. Vögeln und neun Monate später feuchte Tücher auf die Stirn der Frau legen, das könne wohl fast jeder.

Offenbar erwartete man von ihm, daß nun alle Ablehnung und Skepsis in glückliche Begeisterung umgekippt sei, daß die Geburt ihn gleichsam geläutert und überzeugt habe, daß seine Vaterinstinkte nun schlagartig aus ihm herausgebrochen seien. »Aber du mußt doch irgend etwas empfinden, du bist doch kein Fisch«, rief seine Schwägerin von fern ins Telefon. »Tu ich ja auch«, sagte Harry, »ich bin glücklich, daß die Schwangerschaft zu Ende und das Kind gesund ist.« »Du redest wie ein Pressesprecher«, schimpfte die Schwägerin. »Stimmt«, sagte Harry; nein, er sei heilfroh, daß er bei der Geburt dabeigewesen sei, »das war schon irgendwie wichtig.« Vor allem sei er seinem Schicksal dankbar, daß er nicht so ein alberner Hollywood-Vater habe sein müssen, der aufgeregt im Krankenhausgang hin und her rennt, um dann als erstes die Schwester zu umarmen, die ihm mitteilt, daß er einen gesunden Sohn bekommen habe.

»Nein«, schrie Duckwitz, »ich kann nicht, ich will nicht! Verfluchtes Wechselbalg«, zischte er und quälte den Oberkörper in die Höhe. »Ich kneble dieses Kind«, sagte er.

»Jetzt hol sie doch endlich«, sagte Clara. Clara sagte *sie*, Harry sagte immer noch *es*; Rebecca war noch kein Mädchen für ihn.

Die ersten acht Wochen waren für Harry problemlos gewesen. Clara hatte Mutterschaftsurlaub gehabt, und wer nicht arbeiten mußte, der sollte sich auch um das Kind kümmern. Harry hatte jede Nacht durchgeschlafen oder vorgegeben durchzuschlafen, um nicht zu Handlangerdiensten herangezogen zu werden. Nun war die Schonzeit abgelaufen. Clara ging wieder zur Schule und brachte strickenden Abiturientinnen bei, warum es im Mittelalter keine Landschaftsmalerei gegeben hatte und was der Unterschied zwischen den Bildern von Ruisdael und Lorrain war.

Dreimal in der Woche verließ sie morgens das Haus, beschwingt, wie es ihm schien, dem Nest zu entrinnen. Harry stand am Wickeltisch und sah ihr nach, wie sie in die Freiheit ging. Es war eine schreckliche und gerechte

Abmachung, daß er sich in den Nächten vor ihren Schultagen um das Kind zu kümmern habe. Seine Arbeit bestand meist nur darin, aufzustehen und Rebecca aus dem Kinderzimmer zu holen, um sie Clara an die Brust zu drücken. Mit einem Anflug von Rührung hörte er die ersten Schmatzer, dann schlief er wieder ein. Nach einer halben Stunde wurde er wieder geweckt.

Dieses Gewecktwerden! Es ging nicht ohne Verwünschungen. »Mußt du denn jedesmal fluchen«, stöhnte Clara. »Man wird doch wohl noch fluchen dürfen«, sagte er, »wenn man nachts um drei aufstehen muß.« Ein dummer Satz, ein Männersatz, ein Satz aus einem miesen »Kleinen Fernsehspiel«. Harry haßte sich kurz und heftig für diesen Satz. Den schlimmsten Satz, der sich jede Nacht um drei und um halb vier beharrlich auf seine Zunge legte, schluckte er herunter, obwohl sich im Dunkeln schon die Lippen formten, um das widerliche, schlafrettende Argument auszusprechen: Du wolltest das Kind, dann steh auch auf! – Also mithelfen. So wenig wie möglich. Durch echte Ungeschicklichkeit, wie langsames Wickeln im kalten Zimmer, durch furchtbare Fluchlitaneien und Mißlaunigkeit, alles in einer unentwirrbaren Mischung von echt und gespielt, brachte Harry es fertig, die nächtlichen Hilfeleistungen auf ein erträgliches Maß zu reduzieren.

Die Vormittage mit Rebecca waren anfangs Katastrophen. Das sagte Harry jedenfalls jedem, der sich danach erkundigte. Aber er sagte es ziemlich heiter. Er war froh, daß seine alte Abwehrhaltung gegen das Kind nun täglich handgreifliche Argumente zugeführt bekam.

Er hatte recht behalten, und genüßlich malte er den neuen Alltag aus: »Es ist wie Hilfsarbeit«, sagte er, »die Zeit vergeht nicht.« Selbst früher beim Jobben als Elektroinstallateur in zugigen Neubauten sei sie schneller vergangen als nun beim Umgang mit diesem Kind. Das war halb Koketterie, halb Wahrheit. Wahr war, daß »dieses Kind«, wie er Rebecca mit etwas aufgesetzter Distanz nannte, sich weigerte, aus der Flasche zu trinken. Damit war Harry die einfachste und hilfreichste Möglichkeit, einen Säugling zu beruhigen, aus der Hand genommen. Rebecca, dieses Kind, mochte noch so sehr Hunger und Durst haben, sie brüllte vor Zorn, sie wurde rot, sie wurde blau, wenn sie auch nur ein Fläschchen sah. Dabei wurde ihr beste abgepumpte Muttermilch angeboten, die Claras ansonsten kleiner Busen überreich produzierte. Es wurden Sauger aller Fabrikate gekauft. Freunde brachten welche aus Italien und England mit, Kataloge wurden angefordert, gekrümmte Spezialflaschen aus Belgien bestellt, per Nachnahme, 120 Mark, alles vergeblich, Rebecca verschmähte den köstlichen Inhalt. Vergeblich auch die Wegwerfflaschen aus Amerika. »Idiotenland«, sagte Duckwitz, als Rebecca auch diesen Typus ablehnte, »ich würde diesen Amischeiß auch nicht benutzen.« Er warf den Karton auf den Müll und fühlte sich seiner Tochter verbunden. Der Ekel vor Plastik und vor Amerika hatte sie ihm ein Stück nähergebracht. Diese Verweigerung, wie sie sich angewidert wegdrehte, wenn man ihr einen Sauger vor den Mund hielt, das fand Harry irgendwie großartig, vermutlich, weil er seine eigene Sturheit darin wiedererkannte. Da Rebecca vor Hunger auch nicht schlafen konnte, blieb Harry nichts anderes übrig, als sie auf den Arm zu nehmen und in der Wohnung hin und her zu gehen, stundenlang. Nur so konnte er Rebecca bei Laune halten. Es wurde neun, zehn, elf, irgendwann wurde es zwei Uhr, und Clara kam nach Hause, abgehetzt, schon mit geöffneter Bluse, Rebecca stürzte befriedigt auf die Mutterbrust und saugte sich voll. Danach war man erschöpft, Clara von der Schule, Harry vom stundenlangen Umhertragen seiner Tochter. Jeder glaubte das Recht zu haben, sich jetzt nicht um Rebecca kümmern zu müssen. Harry sehnte sich danach, allein in einer Kneipe zu sitzen und häßliche Gedanken zu Papier zu bringen, aber er wagte nicht, den Wunsch vorzubringen. Clara sehnte sich nach nichts anderem als nach einer Stunde Schlaf.

Statt dessen ging man gemeinsam spazieren, halb friedlich, halb frustriert. »Keine Zeile hat sie mich schreiben lassen«, jammerte Harry.

Dieser Vorwurf gegen das Kind war sein heftigster: daß seine dichterischen Flüsse, die ohnehin nicht sehr lebhaft waren, nun womöglich völlig versiegen würden. »Aus meinem Roman wird ja nun wohl nie etwas«, stöhnte er. An der erbarmungslosen Reaktion von Clara und sämtlichen Freunden merkte er, daß kein Mensch mehr an seinen Roman glaubte. Er selbst übrigens am wenigsten. Hatte er nicht vor kurzem einen Essay gegen die Umweltverschmutzung durch Romane geschrieben? Ob es ihm an Lust oder Fleiß oder Atem fehlte: er hatte sich bisher noch nie aufraffen können, den Inhalt seiner Schubladen zu ordnen, herunterzutippen, um dafür ein Dutzend Absagen zu bekommen oder auch fünfzehntausend Mark einzustreichen.

Duckwitz war mit seinen 35 Jahren aus dem Alter raus, wo es ihm traumhaft erschienen war, als Dichter sein Leben zu fristen. Mittlerweile kannte er den Betrieb zu gut und wußte, daß es lustiger und lohnender war, Fernsehfilme über herumspazierende Dichter zu machen, als selber ein herumspazierender Dichter zu sein, der dann in einem Interview kühn klingende Überheblichkeiten zum besten geben durfte. – Diese Ansicht, die er gerne großspurig äußerte, war natürlich viel zu handlich, um ehrlich zu sein; es war glatte Kompensation. Wie in den meisten Groß- und Kleinkritikern nagte auch in Harry von Duckwitz der Wurm; eines Tages würde er doch noch mit undurchdringlichem Pokerface den Knüller der Saison auf den Markt werfen, den Roman des Jahrzehnts. Hatte ihm nicht ein Rundfunkredakteur versichert, Enzensberger habe sich bereits nach seiner Adresse erkundigt? War ihm nicht von verläßlicher Seite zugeflüstert worden, Grass schätze seine Satiren auf den Literaturbetrieb? Und von der Sekretärin eines Lektors in Köln hatte er vernommen, Böll würde ihn gerne für den Beitrag in einer Anthologie gewinnen, wenn er nur erst Zeit hätte für dieses Projekt. – O ja, noch hatte er Chancen auch für eine gute Partie, sagte er sich wie ein ältliches Mädchen.

Solchen Hirngespinsten gab sich Harry immer dann hin, wenn er vor einem Blatt Papier saß und ihm nichts einfiel. Rebeccas Existenz drängte sich ihm dann wie eine rettende Entschuldigung für all seine nicht geschriebenen Bücher auf. Er mußte sich aber immer wieder eingestehen, daß sie ihn tatsächlich in keiner Weise behinderte. Seine literarischen Produktionsprozesse liefen sowieso neurotisch ab. In irgendwelchen Nächten, kurz vor den Abgabeterminen, fiel ihm gottlob in den letzten Stunden immer das Rettende ein, daran konnte ihn auch kein Kind hindern. Für Gedichtchen hie und da blieb immer noch genügend Zeit, zu Ende hatte er sie auch vor Rebeccas Geburt fast nie geschrieben; und wenn er wirklich einmal einen Einfall hatte, der insofern sinnvoll war, als er sich in eine 300-Mark-Glosse umwandeln ließ, dann unterbrach er sofort das Umhertragen der Tochter, legte sie erbarmungslos neben sich, und selbst wenn sie schreiend protestierte, schrieb er ungerührt das Nötige auf und sagte ihr, mit der schönen Gewißheit, nicht verstanden zu werden: Seinetwegen könne sie noch lauter schreien, sie müsse sich daran gewöhnen, daß ihr Vater Dichter sei.

Da er Rebecca nicht als Entschuldigung für seine schriftstellerische Untätigkeit benutzen konnte, benutzte er sie wenigstens zur Steigerung seiner Leistung. In Funkhäusern, Zeitungsredaktionen und Verlagslektoraten, an all den Orten, wo Harry flüchtig verkehrte, um seinen Beitrag zum Duckwitzschen Lebensunterhalt zu bestreiten, erschien er nur mit Rebecca. Seine Manuskripte waren noch verknüllter und verschmierter als zuvor, aber da sie nicht schlecht waren, sah man es ihm noch verständnisvoller nach. Er trat auf in der Rolle, die er für sich gefunden hatte: eben nicht als zärtlicher liebender Vater, sondern als charmanter Pragmatiker. Er lästerte über Kinder und Eltern, verfluchte seine Fruchtbarkeit, erzählte ausgiebig alle Nachteile des Kinderhabens den ihn umringenden kinderlosen Redakteuren und den herbeiströmenden Sekretärinnen, erzählte so lange, bis Rebecca in die Hosen schiß und ihm nun Gelegenheit bot, vor seinen erstaunten Zuhörern lässig auf dem Boden kniend eine elegante Wickelei vorzuführen.

Anfangs gebrauchte er für Rebeccas Transport die verschiedensten Tragebeutel, die man sich wie auch die Flaschen für Hunderte von Mark (wie Harry behauptete) aus England und Amerika hatte schicken lassen. Nachdem Rebecca während einer längeren S-Bahn-Fahrt in einem dieser optimalen Beutel, der beste Rückgrathaltung und innigsten Körperkontakt garantierte, eine dreiviertel Stunde lang ununterbrochen gebrüllt hatte, so daß auch die freundlichsten Großmütter böse zu zischen begannen, schwor sich Harry schweißüberströmt, nie wieder diesen Tand zu benutzen, überhaupt nie wieder mit diesem Kind, »mit diesem entsetzlichen Kind«, das Haus zu verlassen. Da dies unvermeidlich war, trug er die kapriziöse Tochter fortan wie ein Gepäckstück unter dem Arm, später auf den Schultern.

Was er wirklich nur mit Todesverachtung benutzte und wenn es sich gar nicht anders machen ließ, das war der Kinderwagen. Es gelang ihm nicht, ihn zu schieben wie eine normale Frau. Er schob ihn mit einer Hand weit neben sich gestreckt wie etwas, mit dem man nichts zu tun haben will. Dann fiel ihm plötzlich auf, daß die Mehrzahl der Männer in eben dieser Art ihre Kinderwagen schoben. Das war eine unangenehme Erkenntnis. Als der Winter kam, schnallte sich Harry Schlittschuhe an und schob den Wagen übers Eis; mit dieser Art von Vaterschaft konnte er sich identifizieren. Von der Aktion machte er sogar heimlich ein Selbstauslöserfoto, um später Rebecca zeigen zu können, auf welche vergnügliche Art sie als Baby kutschiert worden war. Als es taute und der Kinderwagen immer noch unvermeidlich war, konstruierte er ein Gestänge, eine Art Notenständer, den er am Bügel des Wagens verschraubte. Mit Klammern konnte man Papier daran befestigen und so während des Spaziergangs Notizen machen. Denn immer während des Spazierengehens glaubte Harry, seine großen Einfälle zu haben, und immer kehrte sich seine Wut gegen das Kind, wenn sie sich zu Hause nicht mehr rekonstruieren ließen. Die Möglichkeit, Ideen zu notieren, bewies ihm jedoch nur, was er schon ahnte: daß diese Ideen nicht viel taugten. Die Ausbeute war kläglich. Bis auf ein Gedicht auf den Tod von Franz Josef Strauß, das er für dreißig Mark einer alternativen Zeitung verkaufte, entstand auf seinem fahrbaren Stehpult nichts, was die mühsame Konstruktion gerechtfertigt hätte. Sie hatte schließlich nur noch den Vorteil, daß er so tun konnte, als ob er schreibe oder lese. So konnte er bequem Gesprächen mit anderen Eltern ausweichen. Denn nichts haßte er mehr als Fragen und Erfahrungsaustausch, und selbst die hübschesten Mütter verschreckte er mit absurden Auskünften: Er wisse nicht, wie alt sein Kind sei; es sei ein Hermaphrodit; nein, keine Ahnung, wo die Mutter sich aufhalte. Und nur keine Blickkontakte mit anderen Vätern, nur keine Solidarität. Ließ sich ein Gespräch nicht verhindern, stritt Duckwitz trotzig alles ab, behauptete, nein, wieso , ein Kind sei doch kein Streß, behindere einen doch in keiner Weise, man könne doch alles machen mit einem Kind, sogar dichten, sagte er und deutete auf sein Gestänge.

Seine unvernünftige Aversion gegen Kinder war zu einer noch unvernünftigeren Aversion gegen andere Eltern geworden. Dabei ging ihm nicht nur das großelterliche Getue junger Mütter auf die Nerven, sondern auch die Volvomütter, die vor einem Billig-Center parkten, die Ladefläche ihres Kombis mit Windelkartons beluden und auf die hohen Kosten schimpften; ebenso waren die sackleinernen Radfahrerinnen vor seiner Verachtung nicht sicher, die in Reformhäusern beste Körnernahrung kauften und mit Artgenossinnen Anthroposophentratsch abhielten. Mit Rebecca fühlte er sich eher solidarisch als mit den geplagten und besorgten Eltern, denen er das Jammern über die Last der Kinder nicht zugestand: Wenn einer Grund zum Klagen gehabt hätte, dann war er es ganz allein, dem man ein Kind aufgepreßt hatte.

Indes wurde sein Verhältnis zu Rebecca immer besser. Neben ihrer Vorliebe für Mozart, mit dessen Klavierkonzerten sie schon im Mutterleib berieselt worden war, weil nach irgendwelchen Erkenntnissen sich die Klänge von Wolfgang Amadeus gut für das künftige Gemüt auswirken sollten, begann die einjährige Rebecca für Elvis Presley und die Rolling Stones zu schwärmen. Das vormittägliche stumpfsinnige Hinundhertragen des von Zahnweh und Blähungen gepeinigten, brüllenden Kindes war längst von Rock'n'Roll-Tänzen abgelöst worden, bei denen Rebecca vor Begeisterung kreischte.

Harrys Verliebtheit in seine Tochter war nun unübersehbar. So weit wie bei Clara ging es bei ihm allerdings nicht, daß er Rebecca vermißte, wenn sie nicht da war. Wenn er sie in guten Händen wußte, fühlte er sich ausgesprochen wohl, und er hätte es, so nahm er jedenfalls an, wochenlang ausgehalten, ohne sich nach ihr zu sehnen.

Nur mußte er feststellen, daß es niemanden gab, dem man sie guten Gewissens längere Zeit anvertrauen konnte. Eigentlich blieb nur Clara übrig. Ihr hätte er gerne das Kind vier Wochen lang aufgehalst, um sich in Wien oder Venedig einzuquartieren und dort endlich mal ungestört seine hundert angefangenen Gedichte zu Ende zu schreiben. Aber Clara ging es ebenso. Sie hatte auch ihre Träume von einer kinderlosen Zeit, und so wurde aus allen diesen Wünschen nichts.

Besorgt stellte Harry fest, daß er vor Unfällen Angst bekam. Quietschende Autoreifen, Poltern auf der Treppe lösten zunehmend Schreckensbilder aus, an denen er seine zunehmende Kindsliebe ablesen konnte. Dennoch haßte er seine Angst und verbarg sie, denn nichts fand er schlimmer als besorgte Eltern. Rebecca sorgte allerdings mit ihren Wutanfällen, mit ihren Blähungen und Zahnschmerzen immer wieder dafür, Harrys verliebte Gefühle in das blanke Gegenteil umzukehren. Am Abend hatte man in den neuen Film von Chabrol gehen wollen, der Babysitter war schon bestellt, da fing am Nachmittag einer von Rebeccas Backenzähnen zu wachsen an und machte aus dem eben noch schäkernden Mädchen einen häßlichen, brüllenden Fratz.

Eine Weile bedauerte Harry das Kind, dann fing er an, sich zu bedauern, denn aus dem Kinoabend würde nichts werden, das war klar. Rebecca brüllte unablässig, das konnte man keinem Babysitter zumuten. Dann fing er an, auf die Welt zu fluchen, in der immer alles mit Schmerzen verbunden war: Warum sich überhaupt so viel Mühe geben, den Kindern ein angenehmes Leben zu machen, wenn die Natur so unerbittlich zuschlägt! Nach spätestens zwei Stunden waren alle Spuren von Mitleid verschwunden. Als das Kino ohne sie anfing, schüttelte Harry das schreiende Kind. »Du gräßlicher kleiner Brüllaffe«, sagte er leise und voller Wut, »du tobsüchtige Veitstänzerin!«

Keiner der Duckwitzens hatte es fertiggebracht, allein ins Kino zu gehen und den anderen mit dem rasenden Kind zu Hause zu lassen. Nun saßen sie mißmutig auf dem Sofa, und wer von den beiden gerade das Kind verfluchte, dem fuhr der andere über den Mund: »Beherrsch dich doch, sie kann doch nichts dafür!« Erst gegen Mitternacht, als Rebecca endlich schlief, tröstete man sich über den verpatzen Abend mit der Erkenntnis, daß Chabrols Filme sowieso immer schlechter würden.

Sagt mal, vögelt ihr schon wieder? So ging nach den ersten Monaten die Frage unter den jungen Eltern um. Ein besorgsam vermiedenes Thema platzte damit auf und bewirkte bei Harry einen Rückfall in seine alte Kinderablehnung. »Wo ist unsere schöne alte Lust geblieben«, rief er, und tatsächlich begann er zu heulen, was seit ihrem dritten Schwangerschaftsmonat nicht mehr vorgekommen war. Sie hatten es immer gern am hellichten Tag getrieben, und die Vorstellung, daß dies nun zumindest so lange nicht mehr möglich sein würde, bis Rebecca in den Kindergarten kam, versetzte Harry in Panik. »Es gibt ja noch Abende«, beruhigte sie ihn. »An denen du todmüde bist«, sagte er bitter. »Und wenn ich nicht müde bin, dann tippst du deinen Quatsch«, ergänzte sie. Ob sie ihm sagen könne, wann er denn sonst schreiben solle, in diesem Affenhaus, wollte er wissen. »Teil deine Zeit besser ein«, sagte sie. Das war hart. Und sie fügte noch hinzu: »Seit vierzehn Tagen hockst du jede Nacht an der Schreibmaschine« – sie dürfe ihn daran erinnern, daß er seitdem keinmal in ihrem Bett war; sie würde gern wissen, ob andere Autoren auch so chaotisch arbeiteten. »Fünftausend Eier«, sagte Harry, »die zahlen mir fünftausend Eier, allein dafür, daß ich den Schleimscheißern im Auswärtigen Amt ein paar gekonnte Formulierungen um die Ohren schlage«; weder auf das Geld noch auf den Spaß könne er verzichten. »Gute Nacht, toller Hecht«, sagte sie und ging zu Bett.

Ihr nach und die halbe Nacht weiter streiten? Oder stur an die geschmähte Schreibmaschine, als sei nichts geschehen? Harry kämpfte den alten Männerkampf und entschloß sich zu arbeiten. Natürlich war er aufgewühlt. Er trank ein paar Whiskys, dann schrieb er hastig, was ihn bedrückte, in seine »Beziehungsschwarte«, eines jener schwarz-roten Bücher *made in China*, die nach Maos Tod von Schülern und Nobelpreisdichtern der gesamten westlich-nostalgischen Welt benutzt wurden. Mittlerweile war es ein Uhr nachts geworden. Harry legte eine Platte auf, die er vor Wochen gekauft und nie gehört hatte, und schrieb an einen Freund in England:

Danke für Deinen Brief vom Sommer vorigen Jahres, dessen Inhalt ich vergessen habe. Erinnerst Du Dich, daß wir uns früher alle vier Wochen schrieben? Vor vier Wochen habe ich mir eine Platte gekauft, die ich mir schon seit Monaten kaufen wollte. Jedesmal, wenn ich an dem Plattenladen vorbeikam, schlief Rebecca gerade im Auto, und ich konnte nicht halten; oder sie war gerade aufgewacht und schrie nach einem Apfel, den zu kaufen jetzt noch wichtiger war als alles andere; oder sie war nicht dabei, mußte aber unverzüglich irgendwo abgeholt werden. Ich will nicht klagen, denn neulich klappte es ja. Seitdem bin ich nicht dazugekommen, die Platte zu spielen. Jedesmal, wenn ich sie auflegen wollte, war Rebecca entweder gerade eingeschlafen, und es mußte ruhig sein, oder sie würde bald aufwachen, und es mußte ruhig sein, damit ihre Rufe zu hören wären, ehe es Schreie würden, oder sie schrie so, daß ich die Musik nicht gehört hätte, oder sie schlief endlich tief, und Clara sagte: Diese himmlische Ruhe, jetzt bloß keine Musik. – Die Pointe wäre jetzt gut, wenn die Platte schlecht wäre, sie ist es aber nicht: Argentinische Tangos der dreißiger Jahre: Pa mi la vida tiene forma de mujer – Für mich hat das Leben die Form einer Frau, singt ein Strohhutbariton. Dagegen kann der ewig weibliche Goethe einpacken. Si soy así, singt er, so sei er nun mal; und daß er einen Schwamm anstelle eines Herzens habe, singt er; und daß man ihn nicht fragen solle, warum er so besoffen sei; daß man sich nicht wundern solle über seine Selbstgespräche in dieser seiner traurigen Nacht – mi noche triste. – Den nächsten Brief erhältst Du, wenn Rebecca aus dem Haus ist, wie man sagt, also in ca. 18 bis 20 Jahren. Ich sehe gerade ihr kleines Dreirad, das mich tagsüber mehrmals gestört hat, und einen ihrer kleinen Schuhe – und ich weiß, daß ich dann nicht glücklicher sein werde.

Dein Harry

Nun war es halb drei geworden, Harry kochte sich einen Kaffee und ging an die Schreibmaschine, sonnte sich beim Lesen der gestrigen Seite, korrigierte ein bißchen herum, tippte ein paar Zeilen dazu, nickte kurz ein, tippte noch eine weitere Zeile, und als sich gegen vier Uhr gerade der beste aller Sätze zu formen schien, hörte er Rebecca ächzen, dann rufen, dann schreien. Er hatte gute Lust, sie Clara ins Bett zu bringen, um den Faden nicht zu verlieren. Aber der war schon verloren. Also ging er ins Kinderzimmer, und weil er sich matt und geknechtet fühlte, ließ er nicht eine seiner üblichen Zorntiraden hören, sondern legte eine Hand auf Rebeccas Po, flüsterte ihr zu, daß sie ein Monster sei und ihn aussauge, gab ihr einen Kuß auf den Kahlkopf und setzte sich zu ihr. Nach einer halben Stunde war sie eingeschlafen. Es war halb fünf. Um sechs Uhr würde sie regulär erwachen. Harry fühlte sich nach dem gestrigen Abend verpflichtet, zu Clara ins Bett zu gehen, obwohl er mit seiner Sache nicht weit gekommen war.

Eine Freundin war mit ihren zwei Kindern vorbeigekommen. Ihr Mann war Arzt, kam keinen Abend vor acht Uhr nach Hause und wollte noch zwei Kinder. »Idiot«, sagte Harry. Die Freundin verbarg ihren Neid auf die Duckwitzsche Einteilerei nicht: »Ihr macht das schon toll«, sagte sie. Und plötzlich fanden es Clara und Harry auch wieder ganz toll, wie sie es machten. Angesichts solcher Lebensweisen erschien ihnen die ihre, die sie so oft als Fessel empfanden, das reinste Kunstwerk zu sein. Harry, der einen Horror davor hatte, als hilfsbereiter Idealvater dazustehen, wies auf die durch die Tradition verzerrte Optik hin: Wenn ein Mann ein bißchen Kinderkram mitmachte, erscheine das eben immer noch als sehr viel. Er kümmere sich nicht mehr als vielleicht zwanzig Prozent seiner Zeit um das Kind und erwecke ständig den Eindruck, er mache mehr als die Hälfte. – Harry erwartete, daß Clara nun sagen würde: Bei mir erweckst du diesen Eindruck nicht. Statt dessen sagte sie: »Komm, du machst schon fast die Hälfte.«

Eines Tages verwandelte Harry ein 500-Mark-Honorar für das Nachwort einer kleinen Anthologie zeitgenössischer Liebeslyrik in eine weiße Lederhose Größe 36 und brachte sie Clara mit.

»Du verhängst deinen Körper oft so mütterlich«, sagte er; er habe Lust, sie auch einmal als elegante Gazelle zu sehen. »Kitschheini«, sagte sie, »man merkt, daß du auf die Vierzig zugehst.«

Sie machte das Gazellenspiel dann aber doch mit, und es fiel ihr nicht unangenehm auf, daß auch die Augen anderer Männer wohlgefällig auf ihrem Po und ihren Beinen hängenblieben. So beiläufig die Sache war, bewirkte sie doch ein Erwachen alter Leidenschaften, und wenn Rebecca bei Freundinnen und Großmüttern war, kam die Erinnerung an die alten Motorradzeiten aufregend dicht an Harry und Clara heran. Lust und Liebe, die Fahrten ins Grüne und Blaue, die Kinos und Kneipen hatten ihn damals viel mehr von der Schreiberei abgehalten als heute Rebecca, stellte er rückblickend fest.

Es kam, was kommen mußte. Am Abend hatte Harry im Fernsehen mit widerwilligem Berufsinteresse einen Beitrag über Handke gesehen. Darin war davon die Rede gewesen, daß der Meister zurückgezogen lebe, da eben nur Einsamkeit Großes gebäre. Dieser Nebensatz hatte Harrys Zorn entfacht, und nun, am Vormittag, konzipierte er begeistert ein Pamphlet gegen den »Isolationsfetischismus« der Dichter und gegen die Verlogenheit der bürgerlichen Künstlerideologie, die solchen Blödsinn auch noch respektvoll absegne. Das Verlogene an Harrys Argumenten war natürlich, daß er sich nach eben dieser Einsamkeit ständig sehnte und sie nur deswegen so geißelte, weil er sie nicht bekam. Und natürlich würde er auch diesen Gedanken mit perfider Selbstkritik in seinen Essay einbringen. Schon sah er seinen Aufsatz in der ›Zeit‹ gedruckt, schon sah er wochenlange Erwiderungen darauf vor sich, als ihm auffiel, daß Rebecca seit nunmehr einer Stunde merkwürdig ruhig war. Angeregt von Harrys schwungvollem Notieren hatte sie Claras weiße Lederhose, dieses wunderbare Symbol unvergänglicher Jugend, über und über mit Kugelschreiberkrakeleien bedeckt. – Sekundenlang meldeten sich die archaischen Brüll-, Mord- und Prügelgelüste. Dann sah Harry die kindliche Unschuld ein, nutzte Rebeccas Vertieftheit aus und ging schnell in den Keller. Dort hatte er neben der Waschmaschine sein altes Tonbandgerät notiert. Und oft, wenn er die Wäsche in die Trommel stopfte, sprach er seinen Ärger auf das Band, das er bisher noch nie abgehört hatte. Diesmal drückte er auf »Aufnahme« und sagte, daß das Leben mit Kindern nicht wahrheitsgetreu zu beschreiben sei: Wann immer man die Augenblicke, die einen an den Rand der Verzweiflung trieben und die allerletzten Nerven kosteten, festzuhalten versuchte, gerieten diese Aufzeichnungen zur Witzelei. Gestern der Ausflug, sagte Harry, die reine Hölle: Hast du den Sauger? Nein, nicht den belgischen, mit dem ist das Fläschchen doch sofort leer, du Idiot! Wo ist der rote Löffel? Trödel nicht so! Das Kind sitzt längst im Auto. Nur noch den Satz zu Ende schreiben! Was, du hast nicht getankt! Ich muß noch bei der Post vorbei! Dann können wir gleich dableiben! Und wenn man rollt, ist doch das Wichtigste vergessen, der Brief und das Fläschchen. Also statt zur Post zur Drogerie. Die killen mich, wenn morgen das Manuskript nicht da ist! Dann killen sie dich eben! Kurz vor dem See fängt es an zu regnen. Weil du so getrödelt hast! Wer hat denn das Fläschchen vergessen? Aber das Kind ist sowieso eingeschlafen. Auch bei Sonne könnte man jetzt nicht raus. Also zurück und wenigstens Kuchen kaufen. Mit laufendem Motor vor der Bäckerei, damit das Kind nicht aufwacht. Ein Passant, ein Grüner, sagt ins offene Autofenster: Können Sie ihre Stinkkiste nicht ausmachen, Sie Umweltschwein?! Was heißt Umwelt, sage ich, Sie haben keine Ahnung von Kindern, Mann! Und zu Haus wird natürlich allen vom Kuchen übel. – Das reinste Kabarett, sagte Harry, es reibt einen auf bis zur Substanz, und wenn man es wiedergibt, wird es nichts als ein Sketch mit billigen Pointen. Er drückte beim Tonbandgerät auf »Stop« und bei der Waschmaschine auf das Energiesparprogramm. Dann dachte er an Rebeccas Kackspuren am Rand ihres Unterhemds und wählte trotzig den Kochgang.

»Nein!« schrie Harry, als sich im Teströhrchen ein Ring abzeichnete. Unbegreiflich, wie das hatte geschehen können. Wieder hatte er das sichere Gefühl, daß nun alles zu Ende sei. Rebecca war zwei, alles begann einfacher zu werden, und nun dies. Jede Minute des Lebens war vollgestopft und verplant, nun würde es also noch lauter und hektischer werden. Er fühlte sich zermalmt und betrogen.

»Ich sehne mich so nach Luft und Ruhe«, sagte er; jetzt würde er ersticken. Die Natur sei katholischer als der Papst: Kurze Lust werde mit lebenslangem Ballast bestraft. Clara litt unter seiner Uneinsichtigkeit: Mit zwei Kindern sei später alles viel einfacher, sagte sie, er werde schon sehen. Wenn er schon nicht an Rebecca denke, solle er doch wenigstens an sich denken: So ein Ehepaar mit einem braven Kind, mit so einem sich langweilenden Herzblatt in einer Frühstückspension, das sei doch ein trostloser Anblick. Harry lächelte dünn und sagte, daß er lieber mit einem Koffer reise als mit zweien. »Für dich sind Kinder immer nur lästig«, sagte sie. »Das ist nicht wahr«, sagte er; im übrigen sehe er den ganz großen Vorteil darin, daß die Diskussionen über ein zweites Kind nun aus der Welt seien.

Jonas? – schön, aber zu modisch-alternativ! Jonathan? – sehr wuchtig! Adam? Moses? Abraham? Abel? – Abel Brodersen, sagte Harry, jener wunderbare Held bei Hamsun, konsequentester aller Nichtstuer! Kain? – zu gemein! Esau? – Esau von Duckwitz, sie lachten schallend, ein Schlag ins Gesicht der Verwandtschaft! Oder Aaron?

Aaron kam zu Hause zur Welt. Wozu sich in eine Klinik bemühen, sie wußten beide, wie man Kinder kriegt.

Harry gefiel der Haufen blutiger Laken, den die Hebamme in die Badewanne geworfen hatte. Wie die Handwerker, fand er. Er fischte den Mutterkuchen heraus, legte ihn auf eine Silberplatte und zeigte ihn Clara. »Gut zwei Kilo«, sagte er, steckte ihn in eine Karstadt-Tüte und warf ihn in die Mülltonne. »In Amerika gibt es eine Geburtsfarm, da fressen die Mütter das Zeug«, sagte Clara.

Anfangs konnte Harry es wieder nicht lassen, seine neue Rolle als Doppelvater auszuschmücken. Er verbat sich alles, was an vorhandene Vaterklischees erinnern könnte, wenn er mit den Kindern unterwegs war. Er ging so weit, keine Bluejeans mehr zu tragen, die doch wirklich praktische Kindsvaterhosen waren. Wenn schon Doppelvater, dann elegant, sagte er, legte sich einen hellen Ganovenanzug zu. Er rauchte mehr denn je, vor allem beim Wickeln hatte er immer eine Zigarette im Mund, die Augen leicht zugekniffen. So markig-männlich die einstmals mütterliche Tätigkeit zu versehen, machte ihm Spaß. Wenn ihn auf Spielplätzen andere Väter, Mütter und Großmütter mit einer Mischung aus Scheu und Respekt dabei beobachteten, ging er sogar so weit, sich das naturseidene Tuch mit dem Duckwitzschen Wappen vom Hals zu reißen, um Aarons gelbliche Muttermilchscheiße flink damit abzuwischen, ehe er die frische Windel aus der Innentasche seines Zweireihers fischte. Er verabscheute Gläschen und Löffelchen; wenn Aaron hungrig wurde, zerkaute Harry Erdnüsse und schob dem Säugling mit einem heftigen Kuß den Brei in den Mund. Machten ihn andere Eltern darauf aufmerksam, daß seine Kinder mit Geld spielten, sagte er, das wisse er, sie sollten sich früh daran gewöhnen, daß es nichts wert sei. Nur als Provokateur war er seiner Rolle gewachsen.

Harry ging jetzt oft mit den Kindern in Kneipen und Cafés. Lieber sollten sie hier ihre Apfelsaftgläser umschütten als zu Hause. Auch schrieb er lieber seine Notizen, wenn er zwischendurch in fremde Frauenaugen blikken konnte. Er stellte fest, daß es zwei Frauentypen gab:

Für die einen wurde er wegen der Kinder interessant, für die anderen uninteressant. Einmal funkte es. »Wird es für dich schwierig werden«, fragte das Mädchen, das so italienisch ausgesehen hatte und so schwäbisch sprach. Wenn er schon zwei Kinder habe, dann werde er doch auch mal zwei Frauen haben dürfen, sagte Harry leichthin. Das sagte er auch Clara. Und natürlich wurde es schwierig. – Harry war schon lange nicht mehr in einer kinderlosen Wohnung gewesen. Schon das Autoinnere der Schwäbin war so seltsam frei von Bananenschalen und Fäulnisgeruch. Ihr Zimmer dann ohne herumliegende Wäsche, ohne beschmierte Wände; keine zerknüllten dritten Mahnungen auf dem Tisch, keine aufgeschlagenen Bücher mit angerissenen Seiten, die Sessel und Sofas unbesudelt, der Telefonhörer immer auf der Gabel – das war eine leblose, sterile Welt, in der er sich nicht wohl fühlte.

Ein andermal geriet er an eine Slawistikstudentin, wie er gedacht hatte, die sich als verheiratete Ärztin mit vier Kindern entpuppte. Hier war nun keine Sterilität, und an Chaos war kein Mangel. Dafür erschwerten neben den jeweiligen Ehepartnern insgesamt sechs Kinder diese Harry so erstrebenswert erscheinende Beziehung, und Rendezvous kamen nur alle paar Monate zustande. Harry ging wieder zur Waschmaschine und vertraute seinem Tonband an: »Gerade das, was man wegen der Einbindung in Familie und Häuslichkeit ab und zu so dringend bräuchte, ein paar Sprünge hin und her, ein bißchen frische fremde Luft, wird durch eben diese Einbindung so maßlos erschwert.« Viel war mit dieser Erkenntnis nicht geholfen. Er ging nach oben und rief seine Flamme an. Kindergezeter an beiden Seiten der Leitung machten ein Gespräch unmöglich. »Ich schreibe dir!« rief er in die Sprechmuschel, malte auf eine Karte den Trostspruch *Warten ist geil* und ging zum Postkasten.

Clara hatte er zur Feier ihrer Rückkehr auf die Kleidergröße 36 wieder eine Lederhose geschenkt, diesmal sicherheitshalber eine schwarze. Er genoß den provokativen Hauch, wenn sie manchmal, von der Schule kommend, ihn am Spielplatz abholte; es wurde ihm warm, und er war glücklich, daß sie so ganz und gar keine Glukke war. Den Kinderwagen schob jetzt meist Rebecca, die Eltern gingen hinterher und sahen manchmal aus wie ein Liebespaar. Sein Notizgestänge hatte Harry abgebaut. Er weinte verlorenen Einfällen nicht mehr hinterher. Einfälle kamen und gingen. Als die Kinder eines Tages einen seit Jahren gehüteten, durch viele Umzüge geretteten Sanella-Karton mit unsinnig wichtigen Aufzeichnungen zu literarischen Projekten zerstört hatten, war seine Wut und Verzweiflung sehr schnell in die Einsicht umgeschlagen, daß es keinen Sinn hatte, sein Herz an Papier zu hängen und alles bewahren zu wollen.

Das Chaos war nun bunter denn je, aber auch die Idylle: Rebecca dabei zu ertappen, wie sie Aaron das Märchen von der klugen Gretel pseudolesend erzählte, wärmte ihn, und alle Furcht vor Vaterklischees war vergessen. Und dann die stolzen Erfolge: Rebecca erklärt einem Nachbarskind, daß sie Spielzeugpistolen albern findet. Und dann die Mißerfolge: Sie kaut an den Fingernägeln. Und dann die Ratlosigkeit: Hat Nägelkauen etwas mit dem Miesmachen von Waffen zu tun?

Ein Buch wurde angelegt, um Kindersprüche festzuhalten. Auf Seite eins der Eintrag: Rebecca mit vier zu Generalleutnant Duckwitz: »Ich verstehe nicht, was heißt ›jawohl‹?« Auch Seite zwei war noch beschrieben: Rebeccas Kommentar beim Betrachten eines Boxkampf-Fotos in der Zeitung: »Ist doch egal, wer stärker ist.« Ansonsten blieb das Buch leer wie das angefangene Fotoalbum. Sich abends auch noch reproduzierend mit den Kindern zu beschäftigen, das ging zu weit, fanden die Duckwitzens.

Immer vollgestopfter waren die Tage, immer lauter. Häufig ging Harry zu seinem Tonband im Keller. »Diese Wechselbäder!« stöhnte er ins Mikrophon; dies Leben sei doch ein einziger Aderlaß! Und gewohnt, schnell zu kompensieren, fügte er altklug hinzu: »Leben heißt aufgefressen zu werden«; bestenfalls könne man die Wahl seiner Geier beeinflussen. Es sei armselig, sich *allein* von seinem Beruf verspeisen zu lassen, oder *allein* von seiner Frau, seiner Geliebten, seinen Kindern. Wenn man schon verzehrt werde, dann sei es vielleicht das beste, wenn alle gleichzeitig an einem nagten. »Das nenne ich vielseitig!« schloß Harry emphatisch. Gelöst ging er nach oben und bereute sofort die Gutmütigkeit seiner neuen Erkenntnis: die Kinder hatten beschlossen, *nicht* zu Freunden zu gehen, sondern ihn zu begleiten. Damit war das seit Wochen geplante heimliche Rendezvous mit der vierkindrigen Ärztin geplatzt, die heute ihren kinderlosen Nachmittag hatte. Und aus der geruhsamen Lektüre des ›Spiegel‹ in einer Kneipe würde wie immer nichts werden. Er war gefesselt, aber er würde diese unausstehlichen Fesseln im Lauf der Zeit schon noch durchwetzen, o ja.

Erschien Harry jetzt mit seinen beiden Kindern in den Redaktionsstuben, war er weniger als früher bemüht, Happenings zu veranstalten. Als man ihn fragte, ob er schon die kontroversen Kritiken über den neuen Walser gelesen habe, sagte er, es sei ihm scheißegal, was die Säcke da wieder geschrieben hätten; daß er als »Literaturpriesterchen«, wie er sich nannte, nichts von einem neuen Buch Walsers wußte, verschwieg er. Es machte ihn etwas ängstlich und zeigte ihm, daß irgendwo einmal der Spaß am Desinteresse aufhören kann und die echte Verblödung beginnt. Mit Schrecken dachte er an die Heerscharen von promovierten Kunsthistorikerinnen, die nach dem ersten oder zweiten Kind den Job an den Nagel hängen und nach fünf Jahren nicht mehr wissen, wer Ghirlandaio war. – Er begriff, daß man jemand war, wenn man ein Kind hatte. Das war eine Leistung. Je mehr Kinder, desto besser. Er fühlte, daß man mit zwei Kindern mehr war als mit einem. Aber es mußte immer ein süßes kleines dabeisein. Und wenn das süße kleine nicht mehr süß und klein war, mußte ein neues her, denn man brauchte immer ein bißchen Unschuld um sich herum in dieser finsteren Welt. Das war das Geheimnis des Fortpflanzungstriebs.

»Nein! Nein! Nein!« schrie Harry, als Clara sich wunderte, wo ihre Tage blieben. Wenig später floß das erlösende Blut. »Nie wieder«, sagte Harry und rief einen Urologen an: Ob er ihn sterilisieren könne? »Sie meinen Vasotomie beiderseits«, sagte der Arzt, klar, jederzeit: eine Stunde ambulant; Folgeschäden seien nicht bekannt; die Unterschrift seiner Frau solle er nicht vergessen, ein Kollege sei einmal in eine Scheidungsklage verwickelt worden. »Meine Frau geht mit«, sagte Harry, er sei bei den Geburten ja auch dabeigewesen.

Die Kunst des Seitensprungs
Oder Jeder hat das Recht auf einen Roman

»Mein Herz ist groß«, schreit der Verliebte, »ihr habt doch beide Platz darin!« Aber er schreit vergeblich, er wird nicht verstanden, jedenfalls nicht von seiner Ehefrau. Je größer er sich fühlt, um so kleinkarierter wirkt er auf sie. Als wäre nicht alles hundertmal gesagt, als würden Argumente in dieser Lage nützen, versucht er es anders: »Unser ganzes System ist doch auf Erweiterung ausgerichtet«, ruft er in seiner Not, »Stagnation ist doch das Schlimmste, wir vermehren unser Vermögen und unser Ansehen. Je mehr Bücher wir lesen oder schreiben, um so besser, je mehr wir verdienen, um so besser; und wehe, wer sein Leben lang am selben Ort im selben Job versauert und sich nicht entwickelt; der gilt als Wrack. Nur in der Liebe soll man sich bescheiden, da soll man hübsch zufrieden sein, das ist doch absurd!«

»Hör auf!« sagt seine Frau; er sei doch sonst der erste, der gegen das Wachstumsgefasel zu Felde ziehe. Und nun das. »Sie hat dir ja ganz schön den Kopf verdreht«, sagt sie, »ist ja richtig reaktionär, was du da von dir gibst!« Im übrigen stimme es nicht, sagt sie, das Wachstum sei ja wohl am Ende, man lebe bekanntlich in einer Wegwerf- und Austausch-Gesellschaft, aber sie lasse nicht zu, daß sie weggeworfen oder ausgetauscht werden solle. Basta.

Sollst du ja eben nicht, denkt er. Darum ging es ja. Aber er sagt jetzt nichts mehr. Es war ein Fehler, mit diesem unsinnigen Vergleich daherzukommen. Aber der noch größere Fehler war es gewesen, überhaupt etwas zu sagen von dieser Geschichte mit der anderen Frau.

Vor sechs Wochen war Harry das Versteckspiel plötzlich zu albern vorgekommen. Schließlich war er ein erwachsener Mann. Er wußte, daß die Liebste am Abend bei ihm zu Hause anrufen würde. Er hatte ihr selbst gesagt, daß er allein sein werde. »Clara geht ins Kino«, hatte er gesagt. Das war auch so ein Scheiß mit der Benennung. Was sollte man sagen, »meine Frau« oder den Vornamen? Beides klang auf verschiedene Art bescheuert: das eine ungewollt ironisch, das andere ungewollt vertraut.

Aber Clara war nicht ins Kino gegangen. Nicht bei diesem Sauwetter. Das Ehepaar las gemütlich Zeitung. Jeder auf seinem Sofa. Das Telefon zwischen ihnen. Er hätte in eine Telefonzelle gehen können, um die Liebste anzurufen und ihr zu sagen, daß sie nicht anrufen könne. Aber das wäre doch hirnverbrannt: jemanden anrufen, damit er nicht anrufen soll. Und dann womöglich noch Gründe angeben: weil seine Frau beziehungsweise Clara keine Lust gehabt hätte, ins Kino zu gehen. Aber was ging es die Liebste an, ob Clara Lust hatte, ins Kino zu gehen? Wenn überhaupt, dann würde er Arbeit vorschützen. Arbeit war immer gut. Man machte sich zwar zum Idioten, mit diesen ewigen Arbeitsausreden, aber es war noch am unverfänglichsten.

Seiner Frau Clara log er Arbeit vor, warum sollte er nicht auch seiner Liebsten Eva Arbeit vorlügen! Das wäre nur gerecht. Aber allein um den Gang zur Telefonzelle zu erklären, müßte er schon wieder eine Lüge erfinden. Ein wichtiger Brief. Aber welcher Brief könnte so wichtig sein? Und was, wenn Clara behauptete, der Postkasten werde abends nicht mehr geleert? Alles verdächtig. Es würde noch so weit kommen, daß er sich einen Hund anschaffte, um jederzeit ohne die Angabe von Gründen aus dem Haus gehen zu können. Vielleicht gab es deswegen so viele Köter in der Stadt? Und wenn er es wirklich fertiggebracht hätte, zur Telefonzelle zu gehen, dann wäre er von dem Lügenballast ganz mürbe und schlecht gelaunt gewesen. Man hätte sich doch nur über nichts als über die Hindernisse der Liebe unterhalten.

Als das Telefon klingelte, stöhnte Harry wie immer über die Ruhestörung. Sonst sagte er oft »Ich geh nicht ran«, ehe er ranging. Das war ihm jetzt zu doppeldeutig.

Er tat so, als würde er konzentriert lesen. »Faule Sau«, sagte Clara nach dem dritten Klingeln und nahm den Hörer ab. Sein Herz klopfte wild. Er wartete auf Claras erlösenden Satz »Falsch verbunden«, aber sie sagte »Moment mal« und reichte ihm mit einem Schulterzucken den Hörer. Es war tatsächlich die Liebste. Statt aufzulegen, als sie die Stimme seiner Frau vernahm, hatte sie ihn verlangt. Wollte sie ihn quälen? Und nun sagte sie auch noch überflüssigerweise: »Du bist nicht allein?« Fast mahnend. Das hatte sie ja wohl gehört, daß er nicht allein war. »Ich sehne mich so nach dir«, sagte sie, schrecklich laut. Er lachte, auch laut. »Ich verstehe, du kannst nicht sprechen«, sagte sie. Natürlich konnte er nicht sprechen! »Ja, ja, meinetwegen«, sagte er, da könne man in den nächsten Tagen drüber reden. Clara las Zeitung. »Sehen wir uns morgen?« sagte Eva. Es war grausam, das sanfte Flöten mit einem rauhen Geschäftston zu beantworten: »Das kann gut sein, tschüß, auf Wiedersehen.«

Er legte auf und nahm sich vor, später doch noch einmal zur Zelle zu gehen, um einerseits für dies barbarische Gespräch Abbitte zu leisten und sie andererseits anzuflehen, nie wieder anzurufen. Aber wie sollte man sich dann verabreden? Es war teuflisch. Als Clara beiläufig fragte, wer es gewesen sei, war ihm die ganze Heimlichtuerei mit einem Mal unerträglich vorgekommen, und er erzählte alles. Seitdem war die Hölle los.

Seitdem nichts als Mißtrauen und Auseinandersetzungen. Hatte er zuvor in seinem Verhältnis zu Eva manchmal schon eine Ahnung vom Ende gespürt, so trieb ihn nun das, was er bei Clara für enge Mißgunst hielt, wieder heftig in die Arme der Liebsten. An beiden Orten wurde nur noch gestöhnt über die Unvereinbarkeit der Gefühle. Hin und wieder verzweifeltes Bestätigungsgevögel. Und in den verschiedenen Wohnungen die immerselben Worte: Besitzansprüche hin und her; Freiheit hin, Freiheit her. »Klammere nicht so!« – »Das muß doch einfach drin sein!« Es half alles nichts. »Eifersucht ist Diebstahl«, sagte er, aber Clara lachte nicht darüber. »Wenn du mich läßt, kann ich dich wieder lieben«, sagte er. »Wenn du mich lieben würdest, dann ließe ich dich«, sagte Sie. Das ist die wahre negative Dialektik.

Es handelt sich zweifellos um ein aufgeklärtes Ehepaar. »Faß mich nicht an«, sagte Clara, und um so inniger wird Harry morgen die Liebste anfassen. Die wenigstens hatte dagegen nichts. Wie sie roch! Noch weiß er nicht, daß er sie morgen nicht riechen wird, weil es ihm einfach nicht möglich sein wird, das Haus zu verlassen, wenn Clara ihn anfunkelt und anschreit, ja, er solle nur zu seiner Eva gehen, sie habe nichts dagegen: »Geh doch zu ihr, geh doch, du Arschloch, was zögerst du, warum gehst du denn nicht endlich?« Statt dessen wird er sich auf das Sofa legen und versteinert vor sich hinschauen. Das wird ihm nicht schwerfallen, denn er ist wirklich verzweifelt. Er könnte jetzt Tränenströme aus seinen Augen fließen lassen, aber die wird er zurückhalten. Sie würde ihm blankes Selbstmitleid vorwerfen: »Sieh an, der Kleine weint, weil er sein Spielzeug nicht bekommt!« Und recht hätte sie. Nein, geweint wird nicht, diese neue Weinerei war nichts für ihn. Da war er sich mit Clara übrigens völlig einig. Diese immer feuchter werdenden Plädoyers für den weinenden Mann waren unsäglich. Vor dem Schlamassel hatten er und Clara sich halb totgelacht über einen Psychogruppen-Werbeprospekt, wo es ohne jede Ironie hieß, es sollten Taschentücher zu dem Treffen mitgebracht werden, denn wenn geweint werde, dann sei schon mal viel geholfen.

Eine Therapie kam übrigens nicht in Frage. Was los ist, weiß man selbst. Man will keine Pfuscher ranlassen. Da ist sich Clara mit ihm einig. Auch eine Trennung steht nicht zur Diskussion. Eine Trennung ist lächerlich. Clara verteidigt ihn sogar bei ihren Freundinnen in diesem Punkt. Einige warnen sie: Er wäre nicht der erste, der endgültig Schluß machte, um mit der Liebsten neu anzufangen! Nein, nein, da kennten sie ihn nicht. Sie vertraue ihm, sagt Clara. Aber es ist doch immer ein Risiko, sagt eine.

Claras Freundinnen sind gespalten. Man hat Mitleid mit ihr, aber man ist nicht empört über Harry. Er leuchtet neuerdings so. Das ist unübersehbar. Verliebte erinnern uns an unsere Sehnsucht. Man beneidet sie. Man nimmt ihnen nicht alles übel. Man möchte ihnen helfen. Man möchte Harry manchmal am liebsten den Schlüssel der Ferienwohnung zustecken.

Er würde das nie sagen: Sie könne ihm vertrauen. Der Ausdruck ist ihm zu stickig. Er sagt es anders: »Niemals trennen!« sagt er und schlägt die Hände vors Gesicht: »Denk doch allein an das Trennen der Bibliothek!« Clara weiß, daß das nicht nur ein Witz ist. »Bist du kleinlich«, sagt sie und verbirgt nun auch das Gesicht in den Händen, um ein unvermitteltes Lachen zu verbergen. Daß er so kleinlich ist, macht sie heiter. Das gibt ihr direkt Schwung. Kleinlich war er schon immer. Eigentlich ist es das Kleinliche, das sie an ihm liebt. Aber es sind nicht nur die Bücher, und es ist nicht nur die Bequemlichkeit, die er zu verlieren fürchtet. Er hat auch eine ideologische Basis. Über Scheidung hat er sich schon immer in den höchsten Tönen lustig gemacht. Scheidung, das war etwas für diese klaren Jasager, die dann auch immer wieder mal ein klares Nein sagen wollen. Er jedoch stehe zu seinem völlig undurchsichtigen »Ja«, das er seinerzeit dem Standesbeamten entgegengeknurrt habe. Er sei für unklare Verhältnisse und gegen die Großreinemacher. Schluß mit der Schlußmacherei! Es sei fatal genug, daß man eines Tages sterben müsse, warum solle man sich schon vorher von irgendwem und von irgendwas trennen. Wer heirate, müsse wissen, was ihn erwarte. Die ganze Weltliteratur sei voll von unglücklichen Ehegeschichten, für jeden Geschmack und jedes Niveau sei reichlich gesorgt; von Courths-Mahler bis Flaubert, von Truffaut bis Ibsen erscheine die Ehe als entsetzliche Fessel, und nur Ausbruch, Fehltritt und Untreue seien das kurze Glück vor dem großen Untergang. Wie könne man erwarten, daß man mit einem anderen Menschen glücklicher werde? Man müsse schon mit der Ausgehöhltheit eines amerikanischen Filmschauspielers geschlagen sein, um das immer noch zu hoffen. Diese unbelehrbaren Traumfraufetischisten!

Bei diesem Thema war Harry oft in Rage geraten, und er hatte seine Zuhörer gehabt. Für die Ehe sei er, obwohl er die Bezeichnung »meine Frau« und »mein Mann« zwar furchtbar finde, aber eben nicht so furchtbar wie den geläufigen Ausdruck der Unverheirateten, die sich als »Partner« bezeichneten. »Geliebter« oder »Geliebte« finde er zu aufgeblasen, »Gefährte« zu romantisch, »Freund« oder »Freundin« zu blaß. So sei er für die Ehe, die vereinfache das Leben, wie ein Bankkonto den Geldverkehr vereinfache. Von Treue allerdings halte er gar nichts. Erstens müsse jede Institution hintergangen werden, zweitens habe das Wort »Treue« für ihn einen deutschnationalen Beigeschmack, das sei der reinste Germanenschwur, pfui Teufel. Für Scheidung sei er auch deswegen nicht, weil man eine Scheidung, rein sprachlich, vollziehen lassen müsse; man könne sich nicht scheiden, man müsse sich scheiden lassen; damit zeige sich deutlich der Fallencharakter der Ehe. Sich von einem Menschen zu trennen, finde er im übrigen unmenschlich. Das Abschneiden einer Beziehung habe in seinen Augen etwas Faschistoides; es gebe keinen Grund, jemanden, den man einmal geliebt oder auch nur gemocht habe, nicht mehr sehen zu wollen; er sei ein Teil der persönlichen Geschichte, und auch wenn er die Inkarnation des Irrtums sei, dürfe man diese irrtümlich geheiratete Person nicht so ohne weiteres zum Teufel jagen. Aus all dem folge, hatte Harry dann am Ende seiner Tiraden mit rot erleuchteten Ohren verkündet, daß man die Ehe nur aushalte, wenn man sich Seitensprünge zugestehe, so aufgeschlossen sei man ja hoffentlich.

Solche Reden hatten Beifall gefunden. Denn theoretisch waren alle liberal und für freie Liebe. Und wenn das Innen- oder Familienministerium zum Schutz der bundesdeutschen Familie ein Gesetz planen würde, das den Seitensprung zur strafbaren Handlung machte, dann würde man sicher nicht zögern, gegen dieses Gesetz auf die Straße zu gehen, wie man in Sachen Abtreibung auf die Straße ging. Wie aber schon die leiseste Schwangerschaft die Abtreibungsfreundinnen zu braven Austrägerinnen des Lebens macht, so bewirkt schon der erste Seitensprung des Ehegatten eine rigorose Umkehr der liberalen Ansichten.

In früheren Jahrhunderten gab es wenigstens noch eine deutliche Kollision von Vernunft und Gefühl, von Moral und Trieb, von privater Leidenschaft und öffentlichem Gerede. Heute gab es nur noch die fade Unvereinbarkeit von Theorie und Praxis. Theoretisch spricht nichts dagegen. Aber wehe, wenn es geschieht. Dann gerät alles durcheinander, dann bricht das Chaos aus. Einst hatte der betrogene Gatte eine ganze Palette von Maßnahmen für seine Reaktion zur Verfügung. Er konnte den Nebenbuhler zum Duell fordern, seine untreue Frau verstoßen, enterben, erwürgen, verbrennen lassen, ins Kloster werfen oder sich selbst das Leben nehmen. Klare Verhältnisse. Heute muß das Unerträgliche ohne einen hilfreichen Codex ertragen werden. Der Betrogene erfährt von der Gesellschaft und dem Gesetz kaum Rückhalt, aus der Kirche ist er ausgetreten, so daß ihm auch kein Pfarrer mehr beistehen kann. So kommt es zum Psychoterror und Gattenkampf, wie ihn selbst Strindberg sich nicht hätte träumen lassen. Da die alten Regeln über Bord gegangen sind, findet ein Freistilcatch statt, das heißt, der Streit ist stillos geworden.

Harry der Ehebrecher weiß nicht ein noch aus. Er hat zwar die Rolle des klassischen Betrügers, aber er fühlt sich als Betrogener. Das sagt er vorsichtshalber nicht laut. Das wäre zu dreist. Aber es ist so. Er fühlt sich betrogen. Indem ihm Clara seine Liebe zu Eva nicht gönnt, bestiehlt sie ihn, sie betrügt ihn um seine ihm verdammtnochmal zustehende Freiheit, denkt Harry und sagt: »Aber sie nimmt dir doch nichts, nichts, nichts weg!« – »Ich muß noch einkaufen«, sagt Clara. Richtig, er hätte ja einkaufen sollen! In der Tür dreht sie sich noch einmal um: »Ich möchte dich mal sehen, wenn ich einen Geliebten hätte!« – »Das wünsche ich mir sehnlichst«, sagt Harry, und ein bißchen überrascht ist Clara schon, wie ernst und aus der Pistole geschossen das herauskommt. »Warten wir's ab«, sagt sie und geht stolz aus dem Haus.

Sofort ruft Harry bei Eva an. Auch sie ist eine Betrogene. Wenn Clara ihr Portemonnaie vergessen hat und gleich wieder zurückkommt, kann er auch nichts dafür. Das Leben ist hart. Die Liebe ist hart. Indem dir die Gesellschaft die Liebe nicht gönnt, macht sie dich zum Kriminellen. »Gesellschaft«, denkt Harry, um Clara zu schonen. Ist Eva nicht zu Hause? Harry, der eben noch Clara die Eifersucht nicht gönnte, ist plötzlich auf Eva eifersüchtig. Aber Eva ist doch da. »Ich dachte schon, du bist weg«, sagt er heiser. Weil sie auf diese besitzergreifende Einleitung nicht schnippisch reagiert, besorgt er es selbst: »Über Claras Geklammere beschwere ich mich, und selbst will ich mich an dich klammern!« – »Schön!« sagt sie. Er wird zwar lüstern, findet es aber nicht richtig, daß sie sein Grapschen mag. Dann verschieben sie wie üblich die geplante Verabredung. Im Augenblick sei das Clara nicht zuzumuten, sagt er. Ihr Verständnis beruhigt ihn einerseits, andererseits ist es ihm zu leidenschaftslos. Es ist alles ein einziger Krampf. Für alle Beteiligten. Seit Wochen. »Wir müssen es irgendwie lockerer nehmen«, sagt Eva. In jedem Gespräch sagt sie das: Liebe sei doch zum Genießen da, nicht, um sich kaputtzumachen.

Später am Abend, als Clara im Bett war, schrieb Harry an Eva: »Ich will nicht, daß Du meine Liebe genießt. Ich wünsche mir, daß es Dich so wie mich ab und zu beutelt vor Sehnsucht.« Wonach sehnte sich Harry? Das hatte er in Gesprächen mit Clara schon hundertmal gesagt: ab und zu mit Eva zusammen zu sein, und zwar unbeschwert, ohne Angst vor Mißgunst und Eifersucht der Ehefrau. Das sei doch wohl ihre Sache, ob sie eifersüchtig sei, hatte Clara nicht ganz zu Unrecht gesagt. Sein Problem, wenn er darunter zu leiden habe. Es tue ihr sehr leid, daß sie dem empfindlichen Harry mit ihrer Wut das Vögeln mit Eva versauere. Was überhaupt »ab und zu« heiße? Harry fühlte sich immer ganz zermalmt nach solchen Worten, die er als unerträglich polemisch empfand, und hatte schon keine Lust mehr zu antworten. »Ab und zu«, sagte er, »heißt ein-, zweimal in der Woche ...« – »O Gott, bist du spießig!« hatte Clara gerufen. »Dienstag und Donnerstag, das Wochenende wird für die Familie frei gehalten, ja?«

Obwohl es doch die einzige Basis in der verstrickten Lage war, daß man sich nicht trennen würde, begann Clara, wenn die Stimmung völlig verbissen war, an dieser letzten gemeinsamen Basis zu rütteln. Zunächst in der rückblickenden Möglichkeitsform: Vielleicht wäre es doch das Beste gewesen, man hätte sich damals schon getrennt, nach dem ersten großen Krach. Und manchmal wurde sie auch direkter: »Ich wünschte, ich hätte die Kraft, mich von dir zu trennen, du scheußlicher Mensch!«

Harry ärgerte sich, weil er glaubte, das seien nur leere Drohfloskeln. Wie konnte man sich etwas wünschen, was man doch nie tun würde! Er wünschte sich nur Sachen, die er tun wollte. Nein, er wünschte sich, daß Clara etwas duldete, was sie offenbar niemals dulden würde. Sie war insofern tatsächlich die falsche Frau für ihn, weil es ihr nicht möglich war, ihm einen Sprung zur Seite zu gönnen. In solch trüben Stunden ertappte sich Harry dann doch bei Trennungsphantasien: endlich Schluß mit diesem unwürdigen Gezänk, raus aus diesem Käfig! Nicht, daß Harry plötzlich an das große Glück geglaubt hätte, er sehnte sich nur nach einer anderen Art von Unglück: entweder gänzlich allein und verlassen vor sich hinzuschlampen oder mit Eva zusammenzuleben und endlich einmal andere Konflikte zu haben, andere Mißstimmungen, andere Reibungen.

Die Freunde nahmen regen Anteil an dem ehelichen Drama. Wenn Clara davon sprach, verstand sie oft selbst nicht, was sie gegen Harrys Gelüste hatte; sie nahm ihn manchmal tatsächlich in Schutz, wie man einen charmanten Ehebrecher in einem Thearterstück in Schutz nimmt. Wenn Harry seinerseits von seiner Flamme sprach, schilderte auch er die Komplikationen mit Distanz, als wäre es eine Komödie. Er leuchtete, wenn er von Eva sprach, weil ihm die Sehnsucht nach Liebe aus den Augen sprang. Seine Zuhörer und durchaus auch seine Zuhörerinnen beneideten ihn geradezu um das Glück, verliebt zu sein. Und dieser freundliche Neid ließ Harry ganz vergessen und verschweigen, daß sein Ehedrama nicht darin bestand, daß er ein sogenanntes Verhältnis hatte, sondern das ein Verhältnis vor lauter Hindernissen nicht recht zustande kam. Die verzweifelte Verliebtheit, die er tatsächlich in sich trug, konnte er bei Eva nicht loswerden, also wurde er sie los, wenn er von seinem Gefühl zu Eva erzählte. Dann strahlte der arme Mann etwas aus, was er selbst gar nicht besaß, erinnerte andere an ihre lahmen und lustlosen Ehen und weckte in ihnen die Sehnsucht nach Liebesabenteuern. Alles war eine einzige große Lüge.

Und schuld war diese verdammte Offenheit. Hätte er nur nie etwas gesagt! Das kindische Versteckspiel war paradiesisch gewesen, verglichen mit diesem offen daliegenden Trümmerfeld. Nicht der Seitensprung war unzumutbar, wie Clara meinte, sondern die Offenheit. Es war in der Tat unzumutbar, mit nur mühsam getarnter Vorfreude das Haus zu verlassen, in dem man eine Ehefrau zurückließ, die wußte, wo man jetzt hinging; die so tat, als ob sie lese oder fernsehe und jetzt endlich in Ruhe gelassen werden wolle von ihrem läufigen Mann, der sich vorher wenigstens nicht gewaschen und rasiert und umgezogen hatte, um den Schmerz seiner Frau durch diese Rituale nicht noch zu vergrößern. Im Stall der Ehe sich auch noch herauszuputzen für den Ehebruch, das hätte Harry nicht fertiggebracht. So geht er stinkend und schmuddelig zur Liebsten, die auch lieber einen duftenden Helden empfinge, und er denkt dauernd, was seine Frau wohl zu Hause macht, der er doch nicht weh tun will. Die Offenheit war sadistisch, und auch die Sprache der Offenheit war unerträglich. Wenn Harry nur Worte wie »ausleben« und »verwirklichen« hörte, drehte sich ihm der Magen um. Leider gebrauchte vor allem Eva diese Worte. Aber da er sie liebte, verzieh er ihr. Clara hatte wie er nichts als Hohn für den Psycho- und Beziehungskisten-Wortschatz übrig. Deswegen verstand er sich ja so gut mit ihr. Deswegen wollte er sich nie von ihr trennen. Sie war eine wunderbare Komplizin. Eine bessere Frau gab es nicht. Auch nicht im Bett übrigens, wie man so sagt. Aber sie konnte ihm doch nicht ein und alles sein wollen! Warum war sie denn in diesem Punkt so entsetzlich kleinkariert.

Zu Weihnachten bekam das gequälte Ehepaar von den verschiedenen Freunden mit milder Ironie die Beziehungskisten-Bestseller der Saison geschenkt. Daß die meisten Bücher auf seiner Seite waren, tröstete Harry wenig. Es wurde empfohlen, mit der Eifersucht irgendwie fertig zu werden und sie als eine normale Reaktion auf den ebenfalls völlig normalen Seitensprung in sein normales Leben zu integrieren. All diese Therapeuten und Analytiker und Eheberater hatten von Tuten und Blasen keine Ahnung, fand Harry. Sie proklamierten die offene Ehe, die fruchtbare Auseinandersetzung, die innere Trennung, um die äußere zu vermeiden, und wenn es gar nicht mehr anders gehe, im psychologischen Härtefall, dann eben die Trennung. Man könne ja immer noch gut befreundet bleiben. Nichts unterschied dieses Geschwafel von dem, was in jeder Illustrierten zu lesen stand. Harry war angewidert davon, sein derzeitiges Problem derart seicht abgehandelt zu finden. Es verdroß ihn überhaupt, daß er als untreuer Mann ein klassisches Klischee erfüllte. Origineller wäre es zweifellos, ein treuer Mann zu sein und eine glückliche monogame Ehe zu führen.

Und wenn das nicht ging, wenn einem das nicht möglich war, wenn man sich anderen Reizen nicht verschließen konnte, dann mußte man es heimlich tun, ganz wie im 19. Jahrhundert. Harry erschauerte. Denn dies war ja nun in der Tat ein reaktionärer Gedanke. Aber besser, sich nach Strich und Faden zu betrügen und anzulügen, als sich offen irgendwelche angelernten Wahrheiten ins Gesicht zu schreien, irgendein von Psychologen ausgeheckte Bedürfnisvokabular, das allenfalls für die Sprechblasen von Witzzeichnungen taugte. Alles offen, aber nichts wahr. Er haßte diese Leute, die von ihren Psychogruppen erzählten, in denen man lernte, sich anzuschreien, daß man sich nicht mehr sehen wolle. Nachher käme man sich so dufte und befreit vor. Das war nun noch kindischer als die kindischste Heuchelei. Harry und Clara machten sich in den Weihnachtsfeiertagen gemeinsam über die ihnen geschenkten Bücher lustig. Von Freud bis zu dem »weltberühmten Sexualwissenschaftler« Ernest Borneman, von Erich Fromm bis zu den Eifersuchtsschinken von Hildegard Baumgart und Nancy Friday wurde alles als untauglich befunden.

Wenn Clara ihn nach Eva fragte, gewöhnte er sich an zu sagen: »Ich weiß nicht.« – Das war wenigstens die Wahrheit. Harry der Sokratiker. Was wußte er denn. Liebte er Eva oder Clara, oder beide oder wie oder was? Und was war denn überhaupt Liebe? Keine Rechenschaft mehr. Keine idiotischen Unterscheidungen mehr: Nein, er liebe sie nicht, nein, er sei nur verliebt in Eva, aber eigentlich vielleicht auch das nicht. Liebte man, wenn man verliebt ins außereheliche Bett stieg? Eine Zeitlang hatte er durchblicken lassen, er sei in Eva verliebt – was für eine unnötige Quälerei. Es wäre Clara lieber gewesen,

Harry als einen dieser unverbesserlichen Männer zu verachten, die ab und zu eine andere Frau brauchten. Das war aber von so schmieriger Bürgerlichkeit, Harry haßte den Typus des herzlosen Herumvöglers so sehr, daß er es nicht fertiggebracht hatte, sich als solchen zu stilisieren, um Clara zu schonen.

Es gab auch ein Buch, das sich ›Die Utopie der Treue‹ nannte, und das Harry aufgrund seines Titels nicht einmal aufschlug. Eine Utopie war für ihn immer noch etwas, das man anstrebte. Und nach wie vor war nicht Treue das Ziel seiner Wünsche, sondern der gelungene Seitensprung. Sein eigener völlig mißlungener und quälender Seitensprung hatte ihm gezeigt, welche Kunstfertigkeit für ein solches Unternehmen nötig war. Nach all seinen bisherigen Erfahrungen war er bereits soweit resigniert, daß er den offenen Seitensprung für unrealisierbar hielt. Der durfte ja nun nichts Pseudoaufgeklärtes, nichts Tolerantliberales an sich haben, nichts Sach- und Ratgeberbuchhaftes, nichts Fernsehspielhaftes. Keinerlei Klischees. Also auch keine unglückliche Ehe, die gelegentliche Ausbrüche nötig macht. Das alles war so entsetzlich üblich. Aber natürlich war es so, daß gerade die triste Ehe, die den Seitensprung nötig macht, ihn gleichzeitig eifersüchtig behinderte. Der Seitensprung war offen nur vertretbar, wenn er aus der glücklichen Ehe kam und die Ehefrau nicht um die Rückkehr ihres treulosen Gatten bangen mußte. Aber eben dann würde der Seitensprung gar nicht nötig sein. Wäre er nur eine schöne Dreingabe zum ehelichen Glück, dann hätte er etwas unerträglich Genießerisches. Man mußte diese andere Frau schon rasend begehren, sonst konnte man es gleich bleiben lassen. Und eben das rasende Begehren kann die Gattin kaum kalt lassen. Läßt sie es doch kalt, dann stimmt auch wieder etwas nicht.

Wie aber hat sich die ideale Gattin beim idealen, offen durchgeführten Seitensprung zu verhalten? Mit welchem Gesichtsausdruck, mit welchen Bemerkungen entläßt sie den treulosen Mann, und wie empfängt sie ihn, wenn er morgens um sechs nach Hause kommt? Sie soll es ihm einfach gönnen, weil man jemandem, den man liebt, etwas gönnt. Gab es das? Was wäre Harry am liebsten, wenn er es sich aussuchen könnte? Er verläßt um acht Uhr abends das Haus, nachdem er die Spülmaschine eingeräumt und angestellt hat, um ein gewisses häusliches Pflichtbewußtsein zu zeigen. Clara muß sich noch auf irgend etwas vorbereiten und könnte heute abend sowieso nicht ausgehen. Sie ist auch etwas müde nach einem anstrengenden Tag. »Scheißkerl!« sagt sie kopfschüttelnd, aber nicht empört. Es fallen keine Namen. »Viel Spaß!« sagte sie mit angemessener Ironie. Und nachdem er sich die ganze Nacht mit Eva ausgetobt hat und sie sich schluchzend vor Glück aneinandergeworfen haben, kommt er morgens um sechs nach Hause. Er räumt die Spülmaschine aus, schön leise, dann geht er ins eheliche Schlafzimmer. Clara erwacht und empfängt ihn mit mildem Spott. Sie knutschen ein bißchen rum. »Du stinkst«, sagt Clara. Man befindet sich einfachheitshalber noch in der Ära vor Aids. Harry wäscht sich und steigt zu Clara ins Bett. Sie piesackt ihn ironisch und macht eine zotige Anspielung: »Na, noch Saft drin, alter Knacker?« Und dann fangen sie an zu vögeln. Schön, wie sich aus der anfänglichen Ironie das ernste Schnaufen der Lust entwickelt. Mittendrin wirft ihn Clara runter und sagt, er solle bei ihrem Brötchengeber anrufen, sie sei krank. Harry hüpft mit seinem Stehpimmel zum Telefon und entschuldigt sie. Dann machen sie weiter. Sie reden jetzt nichts und sind ziemlich glücklich. Beide denken sie dasselbe: So kann es nur ein altes Ehepaar treiben.

Das ist Harrys Traum der idealen Seitensprungnacht. Früher hatte er immer geträumt, Eva und Clara in einem Bett zusammenzuführen. Denn nur in dieser Konstellation schien es keinerlei Trennung zu geben, und also für alle Beteiligten am wenigsten Schmerz und am meisten Lust. Das hatte er beiden auch hartnäckig vorgeschlagen, war aber auf beiden Seiten auf Widerstand gestoßen. Nur einmal war es tatsächlich dazu gekommen. Offenbar ein Initiationsritual. Aber das Klischee vom sogenannten Gruppensex war noch belastender als das vom normalen Seitensprung. Die Wirklichkeit sah anders aus. Realisierbar war tatsächlich nur der heimliche Seitensprung. Der fiese, alte reaktionäre Betrug war letztlich weniger betrügerisch als alles andere. Man mußte die Kraft zum Heuchler haben. Man mußte das Lügen wieder lernen. Die ganze Liebelei war sowieso ein undurchschaubares Gewirr von Lügen und Halblügen und ein trüber Brei von Hoffnungen und Unwissen, von Mißtrauen und Vertrauen, von viel Einbildung und wenig Wirklichkeit. Es hatte keinen Sinn, für Klarheit zu sorgen. Im Gegenteil: man muße noch mehr Verwirrung stiften. Rein in den Wahn! Man mußte es so weit treiben, daß man nicht mehr wußte, ob man eine andere Frau liebte, ob und wo man mit ihr geschlafen hatte oder nicht. Was spielte es auch für eine Rolle, ob man mit einer anderen Frau schlafen wollte oder ob man es tat? Beging nicht laut Bibel schon der Ehebruch, der lüstern ein anderes Weib anschaut? Nein, mit der Bibel wollte Harry nun nicht daherkommen, das ging zu weit. Auf alle Fälle nahm er sich vor, die Spuren zu verwischen und für Unklarheit zu sorgen. Die Liebe war ein einziger Betrug, und da mußte man sich betrügerisch verhalten. Nur so kam man da durch. Und wenn Clara fragen würde, wo er gewesen sei, dann würde er lügen. Und wenn es sich nicht mehr abstreiten ließe, dann würde er wenigstens sagen, daß es furchtbar war mit Eva, der reinste Krampf, eine Horrorvögelei; auch wenn es das schönste Geschling war, würde er es madig machen, um weniger weh zu tun.

Lieber die unsinnigsten und herkömmlichsten Ausreden, die dümmlichsten Geschäftsreisen vorschützen, als offen und trotzig das Freiheitsrecht zu behaupten: also tschüß jetzt, ich bin heute mit Eva verabredet. Das nie mehr. Jedenfalls nicht mit Clara als Frau. Und wenn er jetzt eine wahrhaft reaktionäre Haltung zur Ehe einnahm, dann, sagte er sich, sei dies nur die Antwort auf Claras fehlende Toleranz. Wenn sie auf vorsintflutliche Art und Weise seine Freiheiten mißbilligte, dann mußte sie in Kauf nehmen, daß die Regeln der Aufgeklärtheit verletzt würden.

Nun schweigt Harry, und man weiß nicht recht, wie es ihm innen geht. Er spricht nicht mehr darüber. Irgendwann hatte Clara einmal im Zorn gesagt, sie wolle den Namen Eva nie wieder hören, und Harry hält sich daran. Er hat Eva einen langen Brief geschrieben, auch hier kein Schlußstrich, beileibe nicht. Harry macht nie Schluß. Er hat sie, ist zu erfahren, gebeten, ein bißchen zu warten. Wie sie wisse, liebe er sie, und er liebe auch seine Frau, und er sehe darin nach wie vor keinen Widerspruch, und im Augenblick beginne sich die eheliche Situation zu normalisieren. Sie möge bitte ein wenig Geduld haben. Es müsse eine neue Ebene gefunden werden. Er sehne sich nach ihr und werde täglich an sie denken. Er werde bis zu seinem verdammten Tod daran glauben, daß man verschiedene Menschen lieben könne. Ja, »lieben« schrieb er. Sie solle sich endlich einmal das entsetzliche Wort »Beziehung« abgewöhnen. Er freue sich rasend darauf, sie in einem halben Jahr oder so wiederzusehen. Er brauche jetzt einfach Zeit. Es sei jedoch etwas Schönes gewesen, wie sich die Pärchen einst Versprechungen gegeben hätten. Und er verspreche ihr, daß er in einigen Monaten wieder auftauchen werde, und wenn ein anderer da sei, nehme er ihr das nicht übel. Ein sehr auf- und abgeklärter Brief, den Harry da geschrieben hatte und der ihm innere Ruhe verschaffte.

Er wurde jetzt ganz milde und umgänglich, sanft und freundlich zu Clara. Statt abends wegzugehen und wegzubleiben, begann er zu lesen. Er las unentwegt, nächtelang, und wenn sich Clara darüber beklagte, daß er nicht ins Bett kam, dann wurde er unwirsch und sagte, lesen werde er doch wohl noch dürfen!

Mit diesen Leseexzessen wollte er keineswegs Clara bestrafen. Er trieb vielmehr Liebesforschungen anhand der Weltliteratur. Harry nahm einen Roman von Madame de La Fayette zur Hand, ›Die Prinzessin von Clèves‹ von 1678. In diesem im Umkreis des französischen Hofes spielenden Liebesroman fand er sich und seine Gefühle eher wieder als in den Beziehungsgeschichten von heute. Da war zu lesen, wie Liebe entsteht und wie sie genährt wird. Immer sind es Mißverständnisse, immer ist die Geliebte unerreichbar. Einer ist immer gebunden. Immer werden verräterische Briefe entdeckt. »Dies Gefühl der Erkenntlichkeit gab ihren Worten eine Wärme, die schon hinreicht, in einem so leidenschaftlich verliebten Manne Hoffnungen zu erwecken.« Eine so begonnene Ehe kann nicht gutgehen. Später heißt es: »Das Unglück ertragen zu müssen, daß er seine Frau, die er leidenschaftlich anbetete, von Leidenschaft für einen anderen ergriffen sah, hatte die ganze Willenskraft des Prinzen aufgezehrt.« – So mochte sich Clara gegrämt haben, weil er in Eva verschossen oder verknallt oder verliebt oder gottweißwas war. Auch in diesem Roman fand eigentlich nichts statt. Es ist Liebe da, die nie ausgeübt wird und daher um so langlebiger vor sich hinschmort. Der Betrug findet im Kopf statt oder im Herzen, jedenfalls nicht in irgendeinem Bett. Uralte Sittengesetze verboten diesen Seitensprung, aber obwohl sich die Moralvorstellungen völlig verändert hatten, waren die Hindernisse heute ähnlich, fand Harry. Sie hatten sich nicht in ihrer Höhe geändert, nur in ihrem Wesen: Aus moralischen Hindernissen waren psychologische geworden; die waren noch unüberwindlicher, wie es Harry schien. Ein sauberes Verbot ließe sich wenigstens umgehen.

Harry schickte ›Die Prinzessin von Clèves‹, die er reich mit Anmerkungen versehen hatte, an Eva. »Lies das bitte, aber antworte nicht«, schrieb er dazu. Tatsächlich war er sicher, daß die Ankunft eines Briefes von Eva, sofern von Clara entdeckt, sofort wieder zu unangenehmen Fragen und schließlich zu einem Wiederaufflackern der Mißstimmung führen würde. Diese gottverdammten Briefe konnten heute denselben Schaden anrichten wie 1678, es war unausstehlich. Und um 1890, als Fontane seinen Baron Innstetten im Schreitisch seiner Frau Effi uralte und völlig harmlose Liebesbriefe entdecken läßt, gibt es nur eines: den Schreiber der Zeilen zum Duell zu fordern. Barbarische Rituale, und doch empfand es Harry als ebenso barbarisch, daß heute zwei verheiratete oder sonstwie zusammenlebende Menschen aus den verschiedensten Gründen zur Treue gezwungen waren, wenn sie sich nicht aufreiben wollten. Und wenn sie sich nicht aufrieben, wenn sie es kaugummikauend hinnahmen, dann nahmen sie anders Schaden, dann bekamen sie so etwas Dreistbumsiges, so etwas schnurrbärtig Gruppensexhaftes, das auch den Liebhaber der großen Freiheiten nur noch abstößt.

Harry verschlang wie ein junges Mädchen mit roten Backen, wie der Ehebruch und schon der Gedanke daran alle zum Erblühen bringt: Madame Bovary, Effi Briest, Anna Karenina, Madame de Rênal aus ›Rot und Schwarz‹ oder Lady Chatterley: sie alle leben in ihren Provinzkäffern auf und sehen wieder Sinn im Dasein, wenn der Geliebte sich nähert. Sie haben Angst vor seinen Besuchen und seinen Briefen und sehnen sich danach, es geht immer hin und her. Sie alle sehen die Gefahr: »Und dann plötzlich stand das furchtbare Wort *Ehebruch* da. Sie sah im Geiste alles, was schmähliche Ausschweifung im Gedanken an sinnliche Liebe an Ekelhaftem anzuhaften vermag ... Bald fürchtete sie, nicht geliebt zu werden, dann wieder peinigte sie der entsetzliche Gedanke von Schuld und Sünde« (›Rot und Schwarz‹). Alle haben sie Skrupel, aber alle werden sie die Nächte genießen. Sie werden im Dunklen huschen und später sogar am Tag, sie werden ihre Spuren verwischen und Lügen und Ausreden erfinden. Nur heuchelnd und in der Heimlichkeit gedeihen alle diese Lieben. Diese Frauen brauchen nicht etwa die

Heimlichkeit zur Reizsteigerung; die Heimlichkeit ist Effi Briest, der bravsten von ihnen, sehr zuwider. Aber die Heimlichkeit ist die Bedingung. Ohne Versteck hat die Liebe keinen Platz. Sie alle denken voll Glut an die letzte Umarmung und weichen den Augen ihrer Gatten aus.

Er las und las, und eines Tages wurde Clara der ewig lesende Mann zuviel. Sie kam am Abend nicht wieder aus dem Kino. Erst am Morgen um acht hörte Harry eine fremde Autotür schlagen, und Clara kam aufgedreht herein. Harry war vor allem erfreut über seine Reaktion: Es machte ihm nichts aus. Als Clara mit unverschämt guter Laune in die Badewanne stieg, schloß er die Augen und horchte in sich hinein. Aber da war keine Eifersucht. Er war froh, daß er nicht zu den Männern gehörte, die er auf den Tod nicht ausstehen konnte: die mit anderen Frauen schlafen, aber beim kleinsten Abenteuer ihrer eigenen Frauen Schreikrämpfe oder zumindest Kullertränen in die Augen kriegen. Nein, so war Harry nicht. Aber als Clara ihm fröhlich zurief, er solle zu ihr in die Wanne steigen, war ihm das doch etwas zuviel.

Vier Wochen lang blieb Clara jede Nacht weg. »Ich muß aufholen«, sagte sie. Sie ärgerte sich darüber, daß Harry sie nicht ausfragte. *Ich* liebe ihn jedenfalls *nicht*, sagte sie, um gleich klarzustellen, *sie* könnte jederzeit aufhören, *wenn* Harry sie darum bäte. Harry machte eine Grimasse. Er hatte Lust, mit der erblühten Clara zu schlafen, die das auch erwartete, war sich aber doch zu fein. Zu fein war er sich auch, sich bei Eva zu melden. Er hätte wunderbar in den Nächten, in denen Clara außer Haus war, Eva besuchen oder sie gar bei sich empfangen können. Aber ein Ehepaar, das sich zur selben Stunde mit anderen Liebschaften in anderen Betten wälzt, das war ihm zu dreist und zu aufgeschlossen. Vielleicht traf er sich auch mit Eva. Jetzt, wo Harry dicht hielt, war wenig zu erfahren.

Clara kam wie immer in letzter Zeit um acht nach Hause. Sie war niedergeschlagen und sagte: »Ich habe gehofft, daß ich dich mit meinen Eskapaden wieder an mich binde, aber du bist wohl ziemlich gefühllos.« Das konnte er nicht auf sich sitzen lassen. Diesmal ging er mit ihr in die Wanne und las ihr dort einen Satz aus dem ›Ehebüchlein‹ von Albrecht von Eyb (1420) vor: »Wenn ein Mann die Ehe bricht und die Frau das erfährt, so war das ein Spiel und ein Spaß gewesen und bleibt ungestraft. Geht aber die Frau nur einmal aus dem Haus, so hat sie schon Unrecht begangen und wird bestraft.« – »Siehste«, sagte Clara. »Was heißt siehste«, sagte Harry; ob sie denn nicht merke, daß es bei ihnen genau umgekehrt sei, wie? Jahrhundertelang sei es wohl tatsächlich so gewesen, und es gebe sicher genügend Familien, wo es noch immer so sei, wo der Mann nach wie vor das dumme Schwein sei, das seiner Frau nicht gönne, was er sich selbst herausnehme; bei ihnen selbst aber könne man das wohl nicht sagen, oder? »Na und!« sagte Clara. Das warme Wasser und die Seife schienen sie mehr zu interessieren als Harrys kulturgeschichtliche Auslassungen. Dennoch fuhr er fort: »Die großen schönen und natürlich auch tragisch endenden Liebesgeschichten in der Literatur hatten immer verheiratete Frauen. Nur bei ihnen konnte die Liebesgeschichte groß, schön und spannend werden, nur da gab es Zittern und Heimlichkeit, Flattermagen und weiche Knie. Daher sprach man im 19. Jahrhundert auch von einem *Roman*, wenn eine Frau ein Verhältnis hatte. Ein Mann hatte nie einen Roman; dazu langte es nicht.« – »Ach Gottchen«, sagte Clara und seifte sich. Aber Harry wollte seine mühsam konstruierte Theorie zu Ende bringen. Eva würde sich noch weniger dafür interessieren: Ein Mann habe bisher Seitensprünge gemacht, die willig oder unwillig geduldet worden seien, sagte er. Tolstois ›Anna Karenina‹ beginne mit dem Seitensprung eines Mannes: Der Gutsherr vögelt mit der Gouvernante. Ein paar Tage lang ist seine Frau sauer und bockt. Mehr nicht. Ein lächerlicher Fehltritt, der nur die Funktion habe, Anna Kareninas Ehebruch leitmotivisch anzukündigen, der sich dann über tausend Seiten ausstrecke. Harry richtete sich in der Wanne auf: »Durch eure Frauenemanzipation ist euch dasselbe Recht zugefallen, das sich die Männer immer herausgenommen hatten.« Clara habe ja wohl eben von diesem Recht Gebrauch gemacht, sie habe damit kein Unrecht mehr begangen und werde nicht bestraft, oder? Aber leider habe er das Gefühl, daß der Spieß nur herumgedreht worden sei. Das Unrecht habe jetzt er begangen, als er mit Eva etwas gehabt habe. »Weil es nämlich ein Roman war, und kein Seitensprung«, sagte Harry. Aber er habe keine Vorlage und tue sich daher besonders schwer. Denn es gebe keinen großen Männer-Ehebrecherroman. Nora und auch Emma Bovary, Lady Chatterley und Anna Karenina seien mythenbildende Frauenfiguren gewesen, die vorgeführt hätten, wie sie sich aus den penetranten Fesseln ihrer Männer und der herrschenden Moral freizukämpfen versuchten. Heute sei es der Mann, der auf andere Art sich gefesselt fühle, schon durch seinen Wiedergutmachungsdruck. »Was heute für dich als Frau eine Befreiung ist, ist für mich als Mann ein Rückfall«, sagte Harry. Da stimme doch etwas nicht. Über den Mann in dieser Klemme gebe es keine vernünftige Literatur. Es gebe nur miese Illustriertenseiten über die heimliche Geliebte. Es gebe diese Sachbücher mit dem widerwärtigen Ratgeberton. Und es gebe diese unsäglichen sogenannten »Verständigungstexte«. Dies alles habe keinerlei Niveau. »Es kommt darauf an«, sagte Harry, »den Seitensprung aus den Fängen Oswalt Kolles, der ›Bunten‹ und des ›Stern‹ zu befreien.« Clara schäumte wortlos ihr Haar und sah dabei wie immer ganz fremd aus. Warum sah Eva immer so besonders toll aus, wenn sie sich die Haare wusch? Harry fuhr fort: »Derselbe Rock von C&A, der uns bei der Ehefrau langweilt, entzückt uns, wenn ihn die Geliebte trägt, selbst wenn sie den weniger schönen Hintern hat.« Diese Ungerechtigkeit, diese Niedertracht verlange nach wirklich kunstvoller Beschreibung. Zur Hölle mit den Lebenshilfebüchern.

Wo sei der Roman, der den großen Liebessalat am Ende des 20. Jahrhunderts treffend schildere, diese Verfilzung von Reaktion und Fortschritt, diese Soße widersprüchlicher Gefühle? Das Tappen durch das große Dilemma müsse verbindlich dargestellt werden, ohne diesen Quark der Goetheschen Entsagung. Als wittere er eine Lösung, geriet Harry in heftiges Gestikulieren. Badewasser spitzte in Claras Augen. »Paß doch auf«, sagte sie, und er fuhr fort: »Heute gibt es keine Angst mehr vor der Sünde. Es gibt nur noch die Angst, spießig zu sein. Das ist doch ein Wahnsinnsthema. Diese Problemverlagerung!« Wenn man aber heute den Liebesaffären einen Mangel an Galanterie vorwerfe, dann zögen morgen die Zeitschriften die nächste Trend-Serie aus der Schublade, in denen die »Neue Galanterie« mitsamt der Wiederkehr des Handkusses verkündet werde. Die Knechtung der Verliebten durch all diese erbärmlichen Zwänge müsse endlich ihre angemessene literarische Darstellung finden. In der Fiktion sei die Liebe sowieso am besten aufgehoben, da sie ja selbst einen reichlich fiktiven Charakter habe. Keinesfalls aber dürfe die Liebe im Roman mumifiziert und eingesargt werden, rief Harry plötzlich erschrocken, als er daran dachte, wie seine Liebe zu Eva in einem Roman unterzubringen sei. In der fiktiven Welt des Romans müssen Lösungen für die Wirklichkeit angeboten werden, sagte er feurig und sah Clara streng an: Die Tänze der Eifersucht müßten im Roman derart lächerlich dargestellt werden, daß sie in der Wirklichkeit nicht mehr getanzt werden können!« »Danke«, sagte Clara, und Harry dachte: Was ist der Mensch für ein unvollkommenes Wesen, daß er mit seinem Körper nicht an zwei verschiedenen Orten bei zwei verschiedenen Frauen gleichzeitig sein kann. Ein Roman muß Verbesserungsvorschläge enthalten, sagte Harry jetzt. Es war etwas schulmeisterlich aus ihm herausgekommen. Clara seifte mit weiblicher Andacht ihre schönen Schultern und sagte: »Lebenshilfe, haha!« Meinetwegen, sagte Harry, gegen Lebenshilfe mit

Niveau sei nichts einzuwenden. »Nicht sehr politisch!« sagte Clara. Aber ja doch, sagte Harry; ein vernünftiger Roman führe nämlich nicht nur vor, wie lächerlich erotische Mißgunst sei, sondern auch wie lächerlich die Machthaber. »Oho«, sagte Clara, und Harry fiel mit einemmal ein, daß ein Roman um Gotteswillen niemals Ersatz für die Wirklichkeit sein dürfe. Keine Sackgasse! Ein anständiger Roman mußte nicht nur voller realer Erfahrung sein, er hatte auch die verdammte Aufgabe, wieder in die Realität zurückzuführen. Den unvermeidlichen Seitensprüngen und Heimlichkeiten und Ausflüchten verliebter Romanfiguren brachten Leser wie Leserinnen ein geradezu gieriges und komplizenhaftes Verständnis entgegen. Und genau darauf kam es an, dieses Verständnis nicht nur im fiktiven Bereich zu erwecken und zu belassen. So zwingend mußten die Verwicklungen der Liebe im Roman beschrieben sein, daß das Verständnis dafür rückübertragbar zu sein hatte in den Bereich der Realität. Zum Teufel mit Religion, zum Teufel mit Analyse und Therapie. Den Roman mußte man sich nutzbar machen für die Erklärung der Wirklichkeit. Das war die schon fast heilige Aufgabe der Literatur: Durch das Schreiben und Beschreiben von Romanen das Erleben von Romanen für alle Seiten erträglicher zu machen. Harry starrte Clara nun an wie ein Schlangenbeschwörer und sagte, die Zeit sei reif für den großen Roman, in dem ein aufgeklärter Ehebrecher durch die Umstände gezwungen werde, die Ideale der Aufklärung zu verraten und sich selbst und andere zu belügen, um Teile seiner Liebe vor dem tödlichen Verzicht zu retten. »Schreib du diesen Roman bitte nicht«, sagte Clara.

Das Drama des gewissen Etwas
Über den guten Geschmack

Nun ist die Stunde der Selbstbezichtigung gekommen. Quälen wir uns also vor den Spiegel und nehmen wir uns geschmackskritisch in Augenschein. An der verdrießlichen Visage ist nicht viel zu ändern. Aber der Haarschnitt fällt nun wahrlich in den Geschmacksbereich. Er ist ganz offensichtlich ein Kompromiß. Es ist der verzweifelte und vermutlich mißlungene Versuch, nicht ganz so wie ein stehengebliebener 68er auszusehen, d.h., '68 fing man ja erst an, die Haare wachsen zu lassen, wie uns ein altes Paßfoto aus der Beatleszeit verrät. Es ist also, richtiger, der Versuch, mit den verbliebenen Haaren nicht so auszusehen wie ein 68er um '72. So läuft ja heute die Junge Union herum, oder war das auch schon wieder gestern? Kurz, die Spuren der Bewegung, durch die wir gegangen sind, sollten noch erkennbar sein, aber auch eine Entwicklung. Keine Anpassung an den modischen HJ-Schnitt und auch kein Rückfall in die intellektuelle Cäsarfrisur, wie sie um '59 bei der Gruppe 47 favorisiert wurde. Also am besten nach hinten. Aber dann sieht man wieder aus wie dieser hechelndste aller Fernsehreporter, der das Wort »Herr Bundeskanzler« immer so hündisch hervorstößt.

Und die Klamotten? Hemd-Rot beißt sich entschieden mit Pullover-Grün; die Cordhose zimtfarben – das ist alles andere als eine gelungene Farbkomposition. Aber heute ist ein ungünstiger Tag für einen Selbstversuch in Geschmacksachen. Achtlos hatten wir uns angezogen, denn niemandem würden wir heute begegnen. Mit diesem Geständnis haben wir uns selbst der Spießigkeit überführt. Denn der Spießer schlurft bekanntlich ungewaschen in Pantoffeln herum und macht sich hektisch fein nur, wenn Besuch angesagt ist oder wenn er das

Haus verläßt. Der echte Großbürger, der wahre Aristokrat ist immer gut angezogen, wie wir aus zahllosen Filmen wissen. Man kann ihn zu jeder Tageszeit überraschen, nie wird er uns geschmacklos gegenübertreten. Das ist nicht unser Ziel.

Natürlich sind wir an unserer äußeren Wirkung interessiert. Aber wir nehmen auch das Recht auf absolute Nachlässigkeit in Anspruch. Die schlampige Unachtsamkeit haben wir zu einem Bestandteil unseres Geschmacks gemacht. Nirgends genieren wir uns ihrer. Damit unterscheiden wir uns vom Spießer, den sein Mottenloch im Pullover nervös macht.

Und doch machen wir uns, wie der Spießer, gelegentlich fein. Und das ist gut so. Denn nur solange man weiß, was schön und was häßlich ist, kann man anziehen, was man will. Wir machen uns fein, wenn wir uns darstellen wollen. Auf unsere Art: Wir stilisieren uns so, wie wir gesehen werden wollen; so nämlich, wie wir zu sein glauben.

Also frei heraus: Wir erwarten Besuch, der uns nicht einerlei ist. Das kann nur eine Frau sein. Eine Frau, von der wir annehmen dürfen, daß sie in jeder Beziehung Format hat. Sie sei dunkelhaarig und helläugig und entspreche damit dem neuen Schönheitsideal, von dem auch wir infiziert sind und in dem man übrigens Spuren eines vulgarisierten Antifaschismus feststellen kann. Sie habe einen tollen Job bei – sagen wir – einem Verlag in Paris. Schon früher sah sie gut aus. Zwölf Jahre haben wir sie nicht gesehen. Damals waren wir aussichtslos in sie verliebt gewesen. Als sie sich vorhin völlig überraschend ansagte, klang ihre Stimme verheißungsvoll aufgerauht. Was tun? Wer Frau und Kinder hat, verscheuche sie aus dem Haus. Weg mit den verräterischen Lego-Steinen! Dann ein Bad. Die Haare waschen wir nicht, weil wir nicht frisch gebadet aussehen wollen. Aus diesem Grund saugen wir auch nicht den verkrümelten Fußboden sauber. Es soll nicht so aussehen, als hätten wir ihretwegen groß aufgeräumt. Das wäre geschmacklos.

Nun kommen wir zur Überprüfung der Wohnung. Monatelang, jahrelang haust man bewußtlos in seinen Wänden; nun, an diesem wichtigen Tag, müssen wir uns fragen, ob diese Wohnung noch etwas mit uns zu tun hat. Denn der Besuch wird Rückschlüsse ziehen, wie wir selbst von Wohnungen Rückschlüsse auf die Bewohner zu ziehen gewohnt sind: Stagnation oder Entwicklung, kalt oder warm, angepaßt oder störrisch, kindisch oder vergreist. Sie wird sich umsehen, während wir in der Küche den Whisky, den Tee, den Kaffee bereiten. Und gleich soll sie ein richtiges Bild bekommen. Unsere schöne riesige Seele soll offen zutage liegen. Wir haben nichts zu verbergen.

Das einzige Ikea-Möbel ist das Bücherregal. Seit längerem ist es uns ein Dorn im Auge. Es hindert uns, aus vollem Hals die Ikea-Ideologie zu verhöhnen. Nun läßt es sich nicht mehr austauschen. Ihr wird es nicht auffallen. Sie lebt in Paris und hat andere Probleme.

Die Chaiselonge quält uns ein wenig. Vor Jahren als Pfiffigkeit besorgt, noch nie zum Ausruhen verwendet, weckt Sie plötzlich Bedenken: Sie könnte allzu verschroben wirken. Die gespannte Erwartung auf den Besuch wird so groß, daß mit einemmal die ganze Wohnungseinrichtung verdächtig erscheint. Ist sie nicht zu sorgsam? Hat man nicht zu viel Wert darauf gelegt, den Schrank abzubeizen? Ist das Stehpult, an dem wir noch nie eine Zeile schrieben, nicht doch ziemlich affig und der Eßtisch zu exquisit? Vom Ohrensessel droht keine Gefahr; er ist kurios, über ihn lassen sich Witze machen.

Oder ist man zu sorglos eingerichtet? Wirken die 15-Mark-Japan-Lampen, die simple Schreibtischplatte auf den zwei Böcken nicht irgendwie zu studentisch, so als wolle man nicht älter werden? Zwar hat man die derbe Spanplatte neulich nach diesem Formaldehyd-Skandal gegen eine ökologisch saubere, massive Lärchenholzplatte eingetauscht (800 Mark), aber deswegen sieht der Schreibtisch nicht weniger primitiv aus.

Kurz, uns quälen ähnliche Gedanken wie den Vollblutspießer, der die vollschlanke Dame von der Heiratsanzeige erwartet oder den Chef plus Gattin, der nun besorgt ist, es könne nicht altdeutsch oder nicht rustikal genug bei ihm sein. Und so peinlich es dem Bildungsbürger ist, nur einen Druck von Pissarros Kornfeld an der Wand hängen zu haben, so peinlich ist uns das höchst feudale Original, das den Erker schmückt, eine ausgezeichnete Landschaft, zwar ohne Signatur, aber deutlich der Umkreis von Lorrain, also gut seine 7000 Mark wert; unaufdringlich, aber doch deutlich kostbar. Oder eben zu kostbar?

Sie wird uns nicht für einen dummen und oberflächlichen Antiquitätenschnösel halten, nur weil wir ein paar schöne Sachen geerbt oder gekauft haben. Immerhin hängen da ein paar Fotokopien an der Wand und bezeugen, daß wir auch das Wertlose wertschätzen können.

Aber jetzt entschließen wir uns doch zu einem Eingriff: im Flur hängen drei Plakate, wogegen nichts einzuwenden wäre. Aber alle kommen sie aus Italien. Das ist zu viel. Ein Veronese-Fresko wirbt dezent für die »Concerti in Villa, Estate '83«, ein Macchiaioli-Ausstellungsplakat zeigt einen Ausschnitt aus Silvestro Legas Pergola-Bild; dann gibt es noch einen Quadratmeter Fotos von malerisch vergammelten toskanischen Türen. Diese »Porte Toscane« müssen weg. Wir fürchten nämlich einen Smalltalk: Liebst du Italien auch so? Fährst du oft in die Toskana? Selbstverständlich fährt man ständig in die Toskana, aber so faustdick muß dieser Landstrich hier in München oder Berlin ja nicht aufscheinen. Mit sicherem Griff entfernen wir das Poster, das ohnehin eine deutsche Produktion ist. Besser so, ohne. Ein Akt des Geschmacks. Jetzt suchen wir in den Bücherstößen nach einem Gedichtband von Alfred Andersch, *empört euch der himmel ist blau*; er enthält nämlich ein Gedicht auf jenes Pergola-Bild. Nach kurzem Zögern reißen wir die zwei Seiten heraus und heften sie mit Stecknadeln an das

Macchiaioli-Plakat. Das wollten wir schon seit drei Jahren tun, nun, in Erwartung des seltenen Gastes, raffen wir uns zu diesem subtilen Verschönerungsschritt auf, der dem genauen Beobachter der Räume Aufschluß über die Denkweise des Bewohners gibt. Nachdem nämlich das Gedicht die Schönheit des italienischen Landgutes beschworen hat und die seiner Frauen – *»alle schön/alle schlank/alle stolz/alle schwarzhaarig/der fächer entfaltet unter dem weinlaubschatten«* –, nachdem der *»gepflegte impressionismus«* des Bildes gepriesen ist, mahnt der Autor an, was das Bild nicht enthält: *»die schwitzenden Arbeiterinnen der Provinz sezuan«*. Ein sicherer Griff.

Nun doch noch einmal ein Blick ins Wohn- und Arbeitszimmer. Wir können beruhigt sein. Eine organische und natürliche Unordnung überwuchert das allzu erlesene oder allzu einfache Mobiliar und wirkt geschmacksneutralisierend. Zwei Schreibmaschinen fallen ins Auge, die freundlich, aber mit der Bestimmtheit von Abschußrampen klarstellen, daß dies hier kein Müßiggängerhaushalt ist. Rasch stellen wir noch ein paar aufgeschlagene Bücher beiseite. Zwar entsprechen sie der natürlichen Arbeitssituation, aber übertrieben wirkt es doch. Während der Spießer in Erwartung von Besuch seine Zeitschrift oder sein Buch weglegt, damit alles ordentlich ist, während der Hohlkopf sein Buch offen hinlegt, damit es aussieht, als habe er gerade gelesen, räumen wir den Büchersalat beiseite; er sieht so bewußt drapiert aus, als wolle man intellektuelle Hochleistungsarbeit vorschützen. Wir klappen den Walter Benjamin zu und auch den Hans Peter Duerr. Sie soll nicht glauben, man lese immer noch Benjamin oder man sei ein Ethno-Freak, während wir das Teewasser aufstellen und uns nicht gegen diese Vermutungen wehren können. Ferner beseitigen wir einen Prachtfotoband von Eugène Atget über die Gärten des Ancien Régime, obwohl die Präsenz dieses noblen Buches durchaus gerechtfertigt ist, weil wir gerade eine Rezension darüber schreiben; aber es sieht einfach zu geschmäcklerisch aus in Verbindung mit der Chaiselongue. Dafür leisten wir uns einen Spaß und drapieren, nun wirklich künstlich, einen Kunstband über das Trompe-l'œil am Fensterbrett. Den augenbetrügerischen Illusionskünsten der alten Maler fühlen wir uns bei unseren geschmacklichen Vortäuschungsmanövern heimlich verbunden.

Aber wir sind ja noch nackt, in einer Stunde wird sie kommen. Sie war schon immer pünktlich. Wir stehen am Kleiderschrank und überlegen sekundenlang, ob wir einen Gedanken an die Wahl der Unterhose verschwenden sollen. Wer weiß, wie weit es kommt. Dann das Hemd. Wir haben Lust auf ein weißes Hemd. Seit Wochen wechselten wir stur zwischen rot- und grünkariertem Flanell, warm, praktisch und völlig unerotisch. Aber alle weißen Hemden sind gebügelt. Wir haben die jugoslawische Putzfrau Maria schon ein dutzendmal händeringend angefleht, doch bitte nicht mehr die weißen Hemden zu bügeln, wenn sie mit ihrem Putzkrempel vor der Zeit fertig ist; aber sie strahlt und lacht immer nur, versteht nicht oder will nicht verstehen, was ja auch kompliziert ist. Wir hassen gebügelte Hemden, weil sie uns an die Tanzstundenzeit erinnern, und greifen zu einem weißen Polohemd aus der längst vergangenen Tenniszeit, zwanzig Jahre alt und etwas löchrig, aber das ist uns heute gerade recht. Darüber ein dunkelblauer Pullover, 100 Prozent Lambswool; sieht zwar etwas adrett aus, wie der weiße Kragen da oben rausschaut, aber mit dem unleugbar vierzigjährigen Gesicht wird man schon nicht mehr wie ein Zögling wirken. Die beige Cordhose ist in der Wäsche. Das ist ärgerlich. Die Bluejeans kommt einfach nicht in Frage. Das geht nicht mehr. Vielleicht mit 60 wieder, aber jetzt nicht. Die olive Cordhose ist erstens zu neu und zweitens zu oliv, paßt nun wirklich nicht zum dunkelblauen Pullover, sieht beschissen aus, nicht achtlos, einfach beschissen. Rettung bietet schließlich eine uralte,abgeschabte Cordjeans, die vom vielen Waschen ganz farblos ist. Die Schuhe sind und jetzt egal, obwohl da auch noch zwischen den Lederslippern aus Siena und den hellen mit der leichten Gummisohle eine Entscheidung fallen muß, falls wir nicht barfuß bleiben wollen. Aber das lassen wir jetzt.

Denn errötend fällt uns ein, daß wir wieder einmal alles von der männlichen Seite aus sehen. Daher wollen wir rasch in die Rolle der Frau schlüpfen, die nun auch noch die Entscheidungslast zu tragen hat, ob sie sich schminken soll oder nicht. Er haßte früher Lippenstift, deshalb legt sie sich frech grinsend einen auf. Hose oder Rock ist die weitere Frage, die den Mann nicht belastet. Er haßte damals die Wallawalla-Röcke, den Tort will sie ihm jetzt nicht antun. Aber dieser neue Schlauchrock ist irgendwie eine fatale Wursthaut! Die neulich für schweres Geld erstandene schwarze Lederhose steht ihr zwar toll, zehn Minuten dreht sie sich damit ganz begeistert vor dem Spiegel, aber vielleicht ist das doch zu martialisch, wenn man sich zwölf Jahre nicht gesehen hat. Doch wieder die olle Jeans? In zehn Minuten wird er kommen, wir lassen sie jetzt allein mit ihrer Nervosität.

Um uns höherem zuzuwenden, einem Urteil nämlich. Kraft unserer Meinungsfreiheit erklären wir die geschmacksneurotischen Veitstänze vor dem Spiegel und sonstwo für sinnvoll und legitim, ja geradezu für gesund. Es sind Retouchen am eigenen Image, die hier vorgenommen werden. Das Spießerpaar vor dem Theaterbesuch wirft sich in eine schreckliche Schale, selbst der Punk zaust geduldig seinen Schopf, und auch wir legen Wert auf das Äußere, wer immer wir sind. Das dient der Selbsterkenntnis.

Diese Gleichgültigkeit seiner Kleidung und seiner Behausung gegenüber, diese Ansicht, nichts weiter zu brauchen als seine blöden Bücher und einen warmen Pulli bis runter zum Knie und ein paar Grad über Null im Zimmer, ist weniger großartig als kleinkariert. So unirdisch, so konzentriert, so nahe am Wesentlichen, so meditativbedürfnislos wollen wir nicht sein. Das ist uns doch zu indisch. Das ist auch nicht unser Geschmack.

Geschmack, um jetzt endlich einmal eine Definition dieses reichlich gallertartigen Begriffs zu versuchen, ist immer ein Ausweichen, ein Davonlaufen vor dem, was gemeinhin als geschmackvoll gilt. Oder, mit einem windschiefen Paradox gesagt: Nichts ist geschmackloser als das, was sich als Geschmack aufspielt. Dies hatte übrigens am frühesten die gesellschaftliche Gruppe begriffen, die als Träger, Bewahrer, Kultivierer des besten Geschmacks gilt, der Adel nämlich. Der Adel war immer stockkonservativ, an dieser Binsenwahrheit wollen wir nicht rütteln. Aber das Konservative gilt ja heute – ökoethisch – als fortschrittlich. Und siehe, auch im alten Adel schlummert ein progressives Element. Und das ist zynischerweise sein Überdruß. Bewahren hin, Bewahren her, irgendwann hatte man die Nase von dieser fürchterlich andächtigen Gotik voll gehabt und sich in der Renaissance etwas wirtlicher eingerichtet; ein paar hundert Jahre später konnte man diese Barock- und Rokokoschnörkel nicht mehr ertragen und gefiel sich leistengerade in Empire. Später war es der miefige Bombast des Gründerstils, der plötzlich abgeschmackt wirkte und dem lilienhaften Jugendstil Platz machen mußte. Während Renaissance und Barock noch über gute hundert Jahre gehalten hatten, hing dieses ornamentale Blattgeschling den Geschmacksvorreitern schon nach zwei Jahrzehnten zum Hals heraus, der junge Graf liebäugelte bereits mit dem Bauhaus. Dieses Tempo entspricht der Geschwindigkeit moderner Verkehrsmittel, und so überholen, überschlagen, stauen und demolieren sich die Stilrichtungen wie die Autos auf der Autobahn. Wer heute die Neuen Wilden noch gut findet, ist bereits hoffnungslos hinter dem Mond.

Nichts ist konservativer als die Innovation. Die abendländische Kultur bestand immer aus Porschefahrern, die auf das neueste Modell warteten. Hier traf sich der Adel in seinem blasierten Dandytum mit dem Künstler, der von Berufs wegen an Novitäten interessiert war. Denn kein Vorwurf trifft ihn härter als der, ein Epigone zu sein. So läuft in einer seltsam symbiotischen Kumpanei von der Renaissance bis ins 19. Jahrhundert der Adel Hand in Hand mit dem Künstler immer schneller dem jeweils herrschenden Geschmack davon. Aber es gibt da doch einen Unterschied: Künstler und Handwerker schufen dem Adel eine Kulisse, in der er sich gern bewegte, ohne die künstlerische Qualität, geschweige denn die Details zu erkennen oder auch nur wahrzunehmen. Die Form der Türklinken, die heute jedes Trödelmarktpärchen in Ekstase versetzen würde, wurde seinerzeit ebensowenig beachtet wie die Rubens-Bilder an der Wand, die im Bridge-Salon dunkelten und schließlich auf dem Speicher landeten, bis sie eines Tages von der jungen Schloßherrin, einer passionierten Gärtnerin, zum Abdecken von Frühbeeten verwendet wurden, um die Setzlinge vor Regen und Katzenscheiße zu schützen. So geschehen 1928 in einem Barockschloß nördlich von Breslau, das damals als normaler, »anständiger« Besitz galt. Heute würde dieser Besitz als irdisches Paradies erscheinen. Er wäre belagert von Maklern, und Einrichtungszeitschriften würden ständig um Fototermine bitten, um ihren Lesern im Schloßherrenporträt zu zeigen, wie geschmackvolle Salons auszusehen haben. Eine absolut bürgerliche und geschmacklose Lobhudelei in den Augen des Adels, denn man ließ sich von der Kunst bedienen und hatte folglich keine Ehrfurcht vor ihr. Man besaß geschmackvolle Dinge, aber keinen Geschmack. Man pflegte nicht sein Ambiente, auf das das geschmackvolle Bausparerpärchen von heute so großen Wert legt – ein nach aristokratischer Tradition ganz und gar degoutanter Zug. Das Schöne besaß man, geschmacklos war die Ehrfurcht davor. Der Fürst von Salina – Burt Lancaster in Viscontis glorreicher Verfilmung von Lampedusas ›Leopard‹ – erstarrt vor Ekel, als ein schwatzhafter Emporkömmling die Schönheit eines Leuchters in seinem Palast rühmt. Und wen von uns verdrießt nicht die anheimelnde Bemerkung des sich umschauenden Gastes: *Schön-habt-ihrs-euch-gemacht* und *Wo-sind-denn-die-tollen-Stühle-her?* Entweihende Bemerkungen!

Die Stühle! Stellen wir rasch die zwei Thonet- oder thonetartigen Stühle unauffällig in die Küche. Vor drei Jahren haben wir sie einem dieser Nachlaßgeier für sündhaftes Geld abgekauft, um kurze Zeit später zu merken, daß sie in jedem neu aufgemachten Lokal zu finden sind.

Wie beschreibt Puschkin den Landsitz seines Helden Eugen Onegin: »Der ehrwürdige Herrensitz war gebaut, wie es sich gehört. Überall hohe Zimmer, im Salon Damasttapeten, Zarenporträts an den Wänden ... all das ist heute veraltet – warum eigentlich, weiß ich nicht. Mein Freund (Onegin) hatte übrigens für das Ganze wenig Verwendung, weil er nämlich so oder so gähnte, gleichgültig ob in modernen oder nach Altväterart eingerichteten Sälen.« Diese halb großartige und halb idiotische Mißachtung des Ambientes, dieses Besitzen von schönen Dingen bei gleichzeitigem Fehlen von Geschmack hat dazu geführt, daß der Adel, der seine schönen Gegenstände verlor, heute nicht mehr in der Lage ist, sich aus eigener Kraft geschmackvoll einzurichten. Die Wohnungen des Flüchtlingsadels bestehen, wie ein Rundgang zeigt, aus einer ganz fatalen Zusammenstellung wenig alter, »geretteter« Erbstücke mit katastrophalem Nachkriegskitsch. Hierin ähnelt – eine historische Ironie – der verarmte Adel dem zu Geld gekommenen Bauernstand, der seine jahrhundertealten Möbel gern für ein paar Mark in die Geländewagen der Antiquitätenhändler lädt, um sich endlich zeitgemäß einzurichten.

Allmählich sehnen wir uns mit geradezu neuer deutscher Leidenschaft nach unserem helläugigen Besuch. Ob sie ihren schönen dunklen Haarschwall modisch aufgestruppt hat? Wir wollen uns mit ihr über alle unsere rasenden Erkenntnisse unterhalten. Wird sie Sinn haben für unsere Betrachtung des Äußeren, wo es ihr doch früher nur auf den Kern der Dinge ankam? Was ist, wenn sie sagt, sie interessiere sich einen Dreck für unsere Stühle und Hosen: Denk doch an die Haftbedingungen der RAF-Leute oder wenigstens an die Waffenexporte in die Dritte Welt, du Arschloch! Wir werden sie zu beschwichtigen versuchen und ihr zurufen: Wie alles, was herrscht, ist auch der Geschmack zum Kotzen. Dies ist sogar etymologisch belegbar: der hohe und höchste Geschmack, der berühmte Hautgoût, ist die Krönung der feinsten Küche und gleichzeitig ekelhaft. So ist das Feinschmeckerwesen die buchstäblichste und konkreteste Form der Geschmacksbildung. Die Widerwärtigkeit dieser schmeckenden, schmatzenden Lebenseinstellung kann jede Woche im ›Zeit-Magazin‹ geprüft werden, wo ein bärtig-grinsender Koch seinen Lesern erklärt, wie man Schnecken mit Burgunder löscht.

Geschmack ist immer auch widerlich, und wer wirklich Geschmack hat, läuft ihm davon. Der Terror, den der Geschmack ausübt, ist vielfältig. Im Verbund mit der Mode terrorisieren die Möbelprospekte, die Schmuck-, Uhren- und Porzellan-Beilagen Zeitungsausträger und Abonnenten und setzen einer Millionenkundschaft den Floh ins Ohr, ihr Krempel sei nicht mehr das Wahre. Das alles ist weidlich bekannt. Wie viele Suhrkamp-Bändchen, wie viele ›Argument‹-Aufsätze erschienen nicht zum Thema Werbung und Warenästhetik. Alles veraltet. Auch die sind ein Opfer des Geschmacks. Auf einmal sind uns Wieland und Montaigne näher als Wolfgang Fritz Haug. Womöglich ist der Motor der guten alten Dialektik nichts anderes als das Überkriegen einer bestimmten Denkweise? Selbst das ist nicht mehr auszuschließen. Geschmack ist äußerlich, aber das Äußere spricht Bände. Die 68er mußten unter anderem deswegen scheitern, weil Worte wie »Relevanz« oder »Arbeiterklasse« geschmacklich nicht mehr zu ertragen waren.

Was ist der herrschende Geschmack? Vermutlich gibt

es so viele Geschmäcker wie Parteien, daß heißt vier im Bundestag und 55 weitere. Der Mehrheits- oder Massengeschmack terrorisiert angeblich jene, die ihm folgen wollen, indem er ihnen Kaufnotwendigkeiten einflüstert. Über diesen, auch schon fast guten alten Konsumterror können wir nur lachen. Ist uns scheißegal, ob sich ein Angestellter wegen einer Videoausrüstung in Schulden stürzt. Ärgerlicher ist der verkommene Geschmack der Leute, die mit ihren mißratenen Formen die Umwelt versauen. Über die Architekten wollen wir hier gar nicht reden, denn die als Kriminelle hinzustellen ist zwar richtig, aber auch schon abgeschmackt. Das tun ja alle. Wir sollten aber nicht vergessen, die Designer und Grafiker anzuklagen, die uns mit ihren mißratenen Kreationen bis in unsere vier Wände verfolgen.

Die zur Zeit herrschende Autoform ist von Windkanalfetischisten ersonnen, ähnelt auf unerträgliche Weise silbrigen Raketen und verleidet einem ästhetisch gesehen den Stadtbummel. Zu Hause können wir unseren Wein zwar aus einem passablen Glas trinken; die absurden Dinger, die sich ein finnischer Glasdesigner in seinem klotzigen Finnlandschädel ausgedacht hatte, haben wir in die Mülltonne geworfen. Nicht entziehen können wir uns hingegen den ekelhaften Buchumschlägen, Schuhcremedosen, Streichholzschachteln, die unsere ästhetischen Empfindungen täglich beleidigen. Der hübsche Frosch, der noch bis in die Mitte der siebziger Jahre die Erdal-Schuhcremedose zierte, wurde mit einemmal entthront; an seine Stelle rückte ein stilisierter Frosche, eine absolut unnötige Verhäßlichung, belanglos als Einzelfall, aber es ist eine Massenerscheinung: Der Geschäftsführer hat etwas von Motivation durch Innovation gehört. Der Grafiker braucht Aufträge. Man kommt überein, daß der alte Frosch ein albernes Firmenemblem sei. Der Grafiker ist ein Otl-Aicher-Fan und sieht seine hohe Kunst im Stilisieren. Zwar beweist die Nostalgiewelle, daß die Kunden die Nase voll haben von den verarmten Formen und sich nach Zierde sehnen, aber das dringt nicht vor. Kurz darauf zieht die französische Schuhcreme Kiwi nach und stilisiert nach derselben Art ihren Vogel; ebenso ein Nadelfabrikant, der die sogenannte Eisbärnadel herstellt: Der Eisbär, vorher ein Zotteltier, gleicht nun einem VW-Golf ... Wenn man bei den Firmen anruft, erhält man die einhellige Auskunft: Das alte Emblem sei *nicht mehr zeitgemäß* gewesen. Soviel zur Entstehung von Geschmack.

Noch schlimmer als der Terror des miserablen, des zeitgemäßen Geschmacks ist derjenige des eigenen guten. Den angenehmen Fall gesetzt, Geld spiele keine Rolle, wäre das gar nicht so angenehm. Da ist zunächst der Witzwunsch aller Wohnungsuchenden: die Villa in ruhiger Lage mit altem Baumbestand. Die also wäre plötzlich verfügbar. Das wäre peinlich, obwohl nach unserem Geschmack. Nicht zuletzt deshalb sind die Snobs in die Lofts von London und New York gezogen, weil hier die aristokratische Weitläufigkeit mit dem alten Schweiß der Fabrikarbeiter getarnt werden kann; eine Geschmacklosigkeit anderer Art. Dagegen wirkt die Villa nun wieder fast redlich. Sollen wir diese Villa wirklich nach unserem Geschmack einrichten? Das würde zu schön werden. Wir müssen vor unserem eigenen Geschmack fliehen. Wir könnten auch kein Auto kaufen, das uns wirklich gefällt, denn ein wirklich schönes Auto ist zugleich affig. Terror, wohin man sieht.

Ausweichen hält beweglich, wenigstens das. So weichen wir aus: dem Mobiliar unserer Eltern, den Kiefern von Ikea, dem Nostalgiegerümpel, den Bauernmöbeln – immer auf der Flucht. Denn wir wollen nicht gemeinsame Sache machen mit den herrschenden Geschmäckern.

Aber es wird immer schwieriger, dem herrschenden Geschmack zu entkommen. Man muß eigentlich dauernd auf der Hut sein, das heißt dauernd die Werbung verfolgen, die ihn uns in wahrhaft demokratischer Pluralität vor Augen führt. Das ist ein hartes, fast täglich zu absolvierendes Pensum. Machen wir uns also an die Arbeit. Blättern wir, auf unseren schönen Besuch wartend, ein paar Zeitschriften durch. Nein, nicht die ›Vogue‹ oder gar die ›Männer-Vogue‹, auch nicht ›Ambiente‹ oder ›Schöner Wohnen‹, das halten wir nervlich nicht aus. Nehmen wir eine schöne dicke Vorweihnachtsnummer des ›Spiegel‹ oder des ›Stern‹, essen einen Lebkuchen (altes Rezept) und klopfen die Seiten auf den Geschmack hin ab.

Der Typ, der auf der zweiten Umschlagseite für ›SIR internationale Herrenpflege‹ posiert, ist geschmackvoll angezogen in des Wortes ganzer gräßlicher Bedeutung. Justitiar oder Oberarzt soll das wohl sein, oder es soll diesen Berufsstand ansprechen. Der Kaminsims, vor dem er lehnt, diese grauenvolle Kreation eines zweitrangigen Innenarchitekten, dürfte der Traum so mancher Vorstands-Gattin sein ... Übel auch der Diplomingenieur, der für Meyers Lexika Reklame macht. Revers und Schlipsknoten absolut abteilungsleiterhaft. Daß dieser Mensch den wissensdurstigen deutschen Familienvater darstellen und ansprechen soll, verrät uns eine ganz besondere Art von Bildungsnotstand ... Nach Schreibmaschinen und Fotoapparaten, die sich vermutlich als »sauberes Industrie-Design« verstehen, sticht uns ein Füller für Erfolgreiche böse ins Auge, mit dem man, ohne lange zu fackeln, seinen Schöpfer erdolchen sollte. Es ist ein Füller mit verdeckter Feder. Vor etwa zwanzig Jahren wurde dieser häßliche und unpraktische Füllertyp ersonnen, und sofort folgten alle Füllerfirmen mit devotem Innovationsgehorsam, obwohl man sich mit diesem Schreibgerät nur die Finger tintig machen kann. Offenbar müssen von dieser Dreckschleuder noch Restbestände verkauft werden, denn im Kielwasser der Nostalgie feiert nun wieder der alte, normal schöne Füller sein Comeback, für den zehn Seiten später geworben wird. Was früher jedem Schüler zustand, wird heute als edelstes Schreibgerät annonciert, etwas für Unternehmerunterschriften. Wieder so ein Terror. Denn wenn wir uns jetzt diesen lange vermißten Füller zulegen wollen, kaufen wir sein neues Image unweigerlich mit: dasselbe Gerät wie früher, sympathisch und vernünftig, ist auf einmal geschmackvoll geworden und entzieht sich damit für uns der Benutzbarkeit.

Ist das hysterisch? Geht das zu weit? Es ist doch wohl eher gesundes Mißtrauen. Ein Schreibgerät, das sich an Möchtegernvertragsabschließende wendet, macht uns nämlich zu Möchtegernvertragsabschließenden. Zwischen dem Herrn und seinem Gescherr waltet eine lebhafte Dialektik. Der Aktenkoffer, eine der grotesken und erfolgreichsten Erfindungen der letzten Jahrzehnte, hat durchaus Einfluß auf seinen Träger, ob der nun managt oder nur managen will. Die Ideologie jeder Automarke, jeden Autotyps fährt ebenso unweigerlich mit dem Besitzer mit, wie Schreibgerät oder Feuerzeug ihre eindeutige Aussage zur Person treffen.

Weiter: Eine Alptraumbausparfamilie grinst für eine Versicherungsgesellschaft, und diese scheußliche Marlboro-Pferdeficker werden uns noch zu radikalen Schwulenfeinden machen. Eine Mischung aus Eddie Constantine und Frankenstein sitzt in einem Flugzeugsessel in einer altdeutsch verkitschten Bibliothek, tut so, als läse er, und soll ausdrücken, daß man sich an Bord von Flugzeugen der kanadischen Luftfahrtgesellschaft so wohl fühlt wie zu Hause. Auch hier ist die Verlogenheit durchaus rührend, fatal ist nur, was als Geschmacksideal nebenbei verkauft wird. Ein straffer Beau lehnt vorm Fachwerkhaus in einer Windsor-Glencheck-Jacke. Hofmannsthal muß mit einem Zitat herhalten: »Der gute Geschmack ist die Fähigkeit, fortwährend der Übertreibung entgegen zu wirken.«

Wohin man blickt: widerliche, pseudogemütliche, pseudogroßbürgerliche Einrichtungen, abscheuliche Hemden, Anzüge, Uhren, grauenvolles Besteck und Geschirr, alles überflüssig, unnötig ersonnen. Wir haben gar nichts gegen die Werbung als Verführerin. Mittlerweile lassen wir uns ja gerne verführen. In dem Alter sind wir. Nur hübsch sollte sie sein, die Ware. (Gab es früher nicht ab und zu hübsche Frauen in der Werbung zu sehen? Also entweder sind wir aus dem erotischen Ansprechalter raus, oder die werben jetzt anders.)

Wartend auf unseren schönen Gast begreifen wir bei unserem zweiten Glas Wein: Geschmack ist niemals Geschmackssache, über die sich streiten läßt. Geschmack ist eindeutig und meßbar. Es wäre furchtbar, wenn alles relativ wäre, dann erst wäre der Untergang angesagt. Da fällt uns der Punk ein. Er ist derjenige, der dem herrschenden Geschmack am konsequentesten davonläuft; und tatsächlich, langsam wird er uns richtig sympathisch mit seinem grausam geschorenen Schädel.

Wir blättern weiter und können uns nun dem Sog gewisser Bilder, die wir zwischen den Anzeigenseiten wahrnehmen, nicht mehr entziehen. Nun erst kommt das ganz und gar Grauenhafte. Es sind Bilder aus Bonn. Zu sehen sind unsere Politiker. Wir kennen sie, wir wissen sattsam, wie sie aussehen, wie sie reden – aber jetzt, allein gelassen vor unserem gnadenlosen Blick, offenbaren sie sich erst so recht in ihrer allumfassenden Widerlichkeit. Wir halten uns gar nicht bei den miesen Anzügen und erbärmlichen Schlipsen auf, sondern kommen gleich zur Sache, zur politischen Visage.

Es ist bekannt, daß in der Demokratie die Politiker aufgrund ihrer Visage gewählt werden. Da der herrschende Geschmack, wir können es nicht anders sagen, unter aller Sau ist, ist es nur logisch, daß mehrheitlich Gestalten ins Parlament gewählt werden, deren Visagen diesem Geschmack entsprechen. Sie werden nach ihrer Visage gewählt, aber sie werden nicht nach ihrer Visage beurteilt. Dazu sind sich die Journalisten zu fein. Da gibt es offenbar eine Hemmschwelle. Zwar ist man sich in den Redaktionen aller großen Zeitungen einig, daß Kohl und seine Minister eklig aussehen, aber man schreibt das nicht. Obwohl es juristisch nicht einmal den Tatbestand der Beleidigung erfüllen würde, das gilt ja als persönliche Anmutung. Wir können dem Finanzminister bei einem Interview ins Gesicht sagen: »Herr Minister, es ist schrecklich, aber Sie erinnern mich irgendwie an ein hormongefüttertes Vierzehnrippenschwein.« Gut, man wird kein Interview mehr bekommen, aber das will man ja auch gar nicht.

War die Wende womöglich nichts anderes als ein Umkippen des ohnehin schlechten politischen Geschmacks ins Faulige? Die Metapher ist verführerisch, aber wir wollen die Legende von einer substantiellen Umwandlung der Politik nicht mit schiefen Bildern stärken. Die Wende war nur ein Sieg des noch schlechteren Geschmacks. Das Fleisch ist nun noch wattiger, pampiger, schwammiger geworden, noch aufgeblähter und hormoneller. Brandt und Wehner hatten noch ein paar Knochen. Kohl ist die gelungene Züchtung eines knochenlosen, ungefiederten Mastgeflügels, abscheulich anzusehen, fad im Geschmack und doch ein Bombengeschäft für die bundesdeutsche Großküche.

Nach der Wörnerschen Schwulenstory und den Flickschen Schmierspenden haben einige redlich-wägende Chefredakteure das Wort von der politischen Geschmacklosigkeit vorsichtig in ihre Kommentare gestreut. Ein alberner, seinerseits geschmackloser Einwand. Korruption und homosexuelle Militärs haben seit jeher die Geschichte bestimmt. In Wahrheit geht es nur um das geschmacklose Aussehen. Das Äußerliche ist entscheidend. Wer das bezweifelt, möge sich gefälligst an seine letzte Liebe erinnern. War es der Geist, die herrliche Gleichgesinnung, die uns entflammte? Unsinn, ihr Mund war es, ihr Hintern, ihr Blick. Wo nur bleibt unser Besuch?

Ermattet lassen wir unsere Zeitschriften fallen, mit denen wir uns, den Gast erwartend, die Zeit vertrieben haben. Der Ärger über die Häßlichkeit der Regierenden hat uns die ganze Leichtfüßigkeit genommen. Solange der

Geschmack der Bevölkerung verheerend ist, werden wir mit solchen Visagen leben müssen. Ließe sich eine politische Basisarbeit denken, die eine ästhetische Erziehung der Bürger betreibt? Ein langer Weg wäre das. Aber nicht aussichtslos. Brigitte Bardot, eine auch nach strengen Maßstäben gutaussehende Frau, wird immerhin von zigmillionen Menschen als begehrenswert empfunden. Solange sich die Bevölkerung nicht lüstern nach Mrs. Reagan oder Frau Kohl sehnt, ist nichts verloren.

Es wird Zeit. Der schöne Gast sollte nun kommen. Wir werden zusehends nervös. Wie wird sie aussehen? Sie wird doch um Gottes Willen nicht aufgetakelt erscheinen! Wird sie uns mustern, wird sie sich kritisch umsehen, wenn wir in der Küche den Tee aufgießen? Oder werden verdächtige Pausen eintreten? Sie wird womöglich gar keinen Blick für den Raum haben, immer nur bohrend in unsere Augen sehen. Schon reut uns, daß wir ihretwegen das Andersch-Gedicht aus dem Buch gerissen haben. Es wird ihr natürlich völlig einerlei sein, ob man karg oder üppig lebt, alt oder neu, chaotisch oder ordentlich, stilvoll oder stillos oder mittendrin. Sie hatte ja eigentlich nie Sinn für äußere Zeichen. Nie war ihr die Spießigkeit des Kunstprofessors aufgefallen, bei dem man einst gemeinsam studierte. Es wird ihr egal sein, welche Plakate an der Wand hängen. Nie wieder, so schwören wir uns, werden wir uns wie ein junges Mädchen auf einen Besuch präparieren. Nach zwei oder drei Stunden werden wir ein Taxi rufen, und wenn sie gegangen ist, werden wir noch immer nicht wissen, ob wir verrückt waren mit unserer Selbstinszenierung oder sie mit ihrer Interesselosigkeit.

Jetzt klingelt es. Verdammt, wir haben ja immer noch keine Schuhe an ...

Das letzte Gericht
Oder Wie man Frauen verführt

Hör mal!

Was soll das heißen: es habe keinen Sinn mehr mit uns. Diese Feststellung ist mir zu existentiell. Was hat denn überhaupt einen Sinn, bitteschön. Verglichen mit dem allgemeinen Schwachsinn, war unsere Liaison äußerst sinnvoll, finde ich.

Daß Du es nicht mehr aushältst, mit einem Schriftsteller zusammenzuleben, der fortwährend ins Leere glotzt oder bestenfalls durch Dich hindurch, das kann ich ja als Einwand noch verstehen. Aber nicht gleich als Trennungsgrund.

Du warst wirklich etwas sehr hart. Ich mochte und liebte Dich, wie Du weißt, weil Du eine harte und nicht eine gefühlsduselige Frau bist. Jetzt, wo ich Deine Härte zu spüren kriege, ist sie mir weniger geheuer. (Beachte die Vergangenheitsform, mit der ich meine Neigung zu Dir als gewesene bezeichne!)

Nicht mehr hart, sondern nur noch idiotisch fand ich Deine letzte Bemerkung, die Du mir überflüssigerweise noch aus dem Fenster des anfahrenden Zuges nachriefst. Obwohl ich ja froh bin, daß unser großer Abschied nicht an einem Intercity-Wagen stattfand, wo man nicht einmal mehr die Fenster aufmachen kann. Aber ein gutes altes Zugfenster ist nicht dazu da, daß man derart flaue Sentenzen herausruft: »Nimm's nicht so schwer!« sagtest Du. Na gut, so etwas sagt man wohl manchmal. Aber dann: ich solle mich ein bißchen verwöhnen, um darüber hinwegzukommen. Ich solle nach Hause gehen und mir was Schönes kochen, um mich abzulenken. »Koch dir was!« sagtest Du.

Bist Du übergeschnappt? Was ist denn das für ein erbärmlicher Ratschlag! Hast Du neben mir noch etwas mit einem anderen gehabt, mit einem Feinschmecker? Das könnte ich ja noch amüsant finden. Oder glaubtest Du, weil unsere Liebe mit einem Fressen begann, müsse sie auch mit einem Fressen aufhören? Wie kannst Du auf die Idee kommen, ich könnte mich kochend und essend über unser ruhmloses Finale hinwegtrösten. Das erbost mich. Das läßt mich zweifeln an Dir. Das stellt im nachhinein unsere ganze Verbindung in Frage.

Keinen Schmerz wollte ich je fressend lindern. Du kennst mich doch lange genug, um zu wissen, wie wenig ich mir aus Essen mache, daß ich feine Küche hasse, allerdings auch ordinäre; daß ich nicht koche, von diesem einzigen Gericht abgesehen, an das Du Dich erinnern wirst.

Ich würde mich doch aber niemals für mich allein in die Küche stellen und irgend etwas in irgendwelche Töpfe oder Pfannen schneiden oder legen oder betten; und auch nicht in trotzigem Liebeskummer beleidigt werfen, daß das Fett spritzt und die Hose fleckig wird – obwohl an einem grimmigen Verlotterungsprozeß etwas dran wäre, das sehe ich schon. Aber nicht für mich. Ich bin nicht so.

Nie würde ich mich allein hinsetzen und essen. Wie kannst Du das von mir glauben. Wo Du doch weißt, wie ich mich ernähre, wenn ich allein bin. Ich koche mir nicht einmal ein Ei. Ich bin zu lustlos, mir Butter aufs Brot zu streichen. Ich beiße in diese fünf, sechs, sieben Scheiben Schinken, die zusammen hundert Gramm ausmachen. Ich beiß diese zusammenklebenden Schichten durch, die zu trennen ich überflüssig finde. Wozu hat man Zähne und einen Kiefer? Hast Du das mal gemacht? Es ist belebend. Ich reiße mir ein Stück vom Baguette ab, stopfe es mir in den Mund und spüle mit Mineralwasser aus der Flasche hinterher, oder mit Leitungswasser aus dem Hahn. Das reicht wieder für zwei, drei Stunden. Es ist die einzig angemessene Art, sich zu ernähren, wenn man allein ist. Ab und zu ein Apfel, damit ich nicht an Vitaminmangel eingehe, oder mir nicht die Zähne ausfallen.

In ein Lokal allein essen gehen kann ich auch nicht. Da weiß ich nie, wo ich hinsehen soll. Allein sein ist tierisch, da will ich mich auch wie ein Tier benehmen und nicht wie ein Zivilisierter. Sag mal, war ich Dir vielleicht auf die Dauer einfach zu unkultiviert? Aber diese Seite von mir kannst Du doch gar nicht erlebt haben.

Jedenfalls mache ich mir bei Liebeskummer am allerwenigsten aus Essen. Der Trieb, sich mampfend zu trösten, ist mir fremd. Mit leerem Magen leiden ist bekömmlicher. Wer wirklich Sehnsucht hat, verzehrt sich selbst. Und dann sich Bilder vorgaukeln: wie man immer dünner wird. Und dann eine zufällige Begegnung mit der entflohenen Geliebten herbeiführen! Und sehen, wie die sich Sorgen macht: Du siehst aber elend aus, sagt sie. Und dann antworten: Es ist nichts, ich fühle mich wohl! So muß es doch sein. Solche Vorstellungen will ich mir gönnen. Whisky will ich saufen und fluchen – aber keinen Bissen essen. Ich will nicht satt und zufrieden sein, sondern glühen vor Hunger und Hohn –

Als verlassener Mann bleibt man nicht lange allein. Die Verlassenheit macht einen unwiderstehlich. Sie bildet einen Sog. Gute Frauen haben ein Gespür für diese Sehnsucht, wie gemeine Frauen ein Gespür für Geld haben. Die Sehnsucht als Kapital. War es damals nicht auch so? Hast Du es nicht verstanden, meine vorhandene Sehnsucht auf Dich abzuleiten? Das war der Anfang.

»Sie hat meine Schriftstellerei nicht ausgehalten«, habe ich damals zu Dir gesagt, etwas heroisch, aber ziemlich wahrheitsgemäß. Da hast Du ganz große Augen bekommen. Da war richtiger Zorn auf die unwürdige Vorgängerin in Deinen Pupillen.

Das wird diesmal wieder so sein. Ich möchte diesmal an eine palästinensisch-israelische Mestizin geraten. Diese Wunschvorstellung ist mein Beitrag zu Weltfrieden und Völkerverständigung. »Sie war eifersüchtig auf meine Schreiberei«, werde ich mit beherrschter Verbitterung zu ihr über Dich sagen, und sie wird mich anfunkeln, wie

Du mich damals angefunkelt hast. Dieses Funkeln wird zu wild sein, als daß wir uns noch einmal in einem Lokal verabreden könnten. Ich werde sie zu mir nach Hause einladen, zum Essen, wie ich Dich zum Essen eingeladen habe, weil ein gutes Essen ein guter und völlig durchsichtiger Vorwand ist.

Natürlich empfange ich sie, Du erinnerst Dich, nicht mit einem fertigen Gericht: alles schon fertig auf der Platte oder gar im mittelheißen Rohr zu haben, ist peinlich; dann gerade noch einen Aperitif, und schon mit dem Zeug auf den Tisch – das wäre das letzte, denn auf das Essen kommt es am wenigsten an. Wenn am Essen etwas stimulierend ist, dann ist es allein dessen Zubereitung. Das Dichten ist ja auch geiler als das Lesen.

Die niederen Vorarbeiten sind schon abgeschlossen. Salat (Eissalat; der fällt nicht zusammen, und der normale grüne schmeckt nach nichts), Tomaten (möglichst kanarische; zumindest vorher im Laden gut beschnuppern, ob Tomatenaroma vorhanden, auch wenn der Gemüsehändler das nicht mag) nebst Fenchel, Lauch und Paprika liegen gewaschen und geschnitten in der Schüssel. Eine in dünne Scheiben geschnittene Mohrrübe kann nicht schaden, ebensowenig ein paar Scheiben Gurken, besser jedenfalls, als wenn ein angekauter Gurkenstumpf am Fensterbrett vor sich hinwelkt. Das sieht nicht gut aus. Die Salatsauce ist angemacht (Senf, Knoblauch, Olivenöl, trotz Olivenölskandal – ich kann nicht auf alles verzichten –, Weinessig, Salz und einen Teelöffel Sesamsalz, damit jene rätselhafte und becircende Nussigkeit hineinkommt). Das alles muß fertig präpariert sein, denn ich möchte nicht knechtisch waschen und spritzen und schnipseln; nicht hektisch qualmende Ölflecken von der Herdplatte reiben, sondern großzügig hantieren, wenn meine rasante Antizionistin kommt.

Wie damals bei Dir habe ich auch jetzt wieder zwei Pfund tiefgefrorene Krabben gekauft, Eismeerkrabben, erstaunlich billig, damals 9 Mark 99 das Pfund, und heute, nach anderthalb Jahren, sicher nicht viel mehr. Seltsames, spätkapitalistisches Wirtschaftssystem, das nichts erschwinglicher macht als Delikatessen im Discount-Schuppen. Ich habe die Krabben aus ihrem billigen Plastiksarg befreit, in mein schönes altes abgestoßenes weißes Emaille-Abtropfsieb gelegt und mit wärmlichem Wasser abgespült. Gleich zerfallen die beiden gefrorenen Krabben-Quader, die Krabben lösen sich voneinander, und in Sekunden sehen sie aus wie ein frischer Fang, obwohl sie doch, wie auf der Packung steht, gekocht, geschält und schockgefrostet sind; zumindest machen sie den Eindruck, als seien sie für sehr viel Geld in einem sehr teuren Laden gekauft, der von gegerbten Bilderbuchfischern beliefert wird. Jetzt sofort eine Zitrone darüber ausgedrückt, damit sie nicht so nach Meer stinken. Dann beseitige ich sofort die Plastikverpackungen, erstens weil ich aus ideologischen und ästhetischen Gründen gegen Plastikverpackungen bin. Zweitens, weil das Wort »Eismeerkrabben« draufsteht; dieses kalte Wort könnte von meiner nahöstlichen Flamme zufällig gelesen werden, und die frostige Assoziation könnte meine Verführungsstrategie stören. Es soll ja doch eher eine südliche Atmosphäre entstehen und nicht die heimelige Stimmung zusammenrutschender Nordlandurlauber. Drittens könnte der Billigpreis auf der Packung entzaubernd wirken; zwar werde ich, falls sie mich fragt, gestehen, daß die Krabben nicht viel kosten, aber das wird sie nicht glauben. Viertens schließlich könnte die sperrige Plastikfolie an die Herdplatte rutschen; und der Geruch von versengtem Plastik ist nicht nur liebestötend, er lenkt das Gespräch sofort auf liebesfeindliche Ökothemen und regt zu Wohlstandsmüllerstickungsapokalypsen an. Aus all diesen Gründen habe ich die Krabbenverpackung sogar in der großen Mülltonne im Hof verschwinden lassen, damit die Besucherin den Schandfleck meines Essens keinesfalls zu Gesicht bekommen kann, wenn sie womöglich hilfreich etwas in meinen Küchenabfalleimer werfen will. Lügen ja, aber die Spuren der Lügen nicht in meinen vier Wänden!

Ich habe einmal einem Freund von diesem ersten und letzten Gericht erzählt, das ich einst für Dich so erfolgreich bereitet habe. Und dieser Mensch, der das Meer besser kennt als ich, behauptete, es gäbe gar keine Eismeerkrabben; wenn überhaupt, dann Nordseegarnelen. Er zog ein Buch über die Fauna Europas aus dem Regal und deutete mit geradezu taktlos triumphierendem Finger auf den Artikel »Nordseegarnele«. Da! rief er. Unter dem Absatz »Wirtschaftliche Bedeutung« war folgendes zu lesen: »Eßbar, findet wegen der geringen Haltbarkeit als Tierfutter Verwendung.« Sollte das die Erklärung für die 9 Mark 99 sein? Daß ich kaltgepreßtes Olivenöl mit krebserregenden Reinigungsrückständen verwendet hatte, das war irgendwie noch verzeihlich, aber wenn der sichtbare Hauptbestandteil meines verführerischen Essens sozusagen ungemahlenes Hühnerfutter war, würde sich ein weiterer Makel auf unsere Geschichte legen.

Vor allem müßte ich für die Zukunft auf ein anderes Gericht umlernen. Nach einem Krabbenskandal könnte ich meine vorderorientalische Heidin nicht guten Gewissens mit meinem bewährten Rezept beeindrucken, als sei nichts geschehen. Nicht auszudenken. Eine Umstellung. Ein Alptraum. Die Eismeerkrabbe ließe sich nicht nur nicht mehr auf Mittelmeerkrabbe trimmen, sondern erwiese sich auch noch als verseuchtes Viehfutter aus der ölverschmierten, algenverseuchten Nordsee! –

Im übrigen glaube ich meinem fachmännischen Freund nicht, wie ich keinem Fachmann je ein Wort glaube. So leicht lasse ich mir meine Leibspeise nicht zum Tierfutter machen. Meinem zerfledderten Schulwörterbüchern entnehme ich befriedigt, daß die Engländer und Franzosen für Garnelen und Krabben nur ein Wort haben, nämlich Crevetten und Shrimps. Aber, was immer das für Viecher sind, uns haben sie damals nicht geschadet. Erinnere Dich und denk nicht an Spätfolgen. Wenn etwas resistent macht, dann ist es die Liebeslust.

Der andere wichtige Bestandteil meines Verführungsgerichts ist, wie Du weißt, der Dill. Sämtlichen Dill von zwei Gemüseläden habe ich aufgekauft, für insgesamt 23 Mark. Hier darf nicht gespart werden. Denn nur ein dicker Strauß ist überwältigend. Ein einzelnes Sträußchen bringt kaum Gewinn, außer geschmacklichen. Doch darauf kommt es bei meinem Kochen am wenigsten an. Ein dikker Blumenstrauß ist protzig, heimtückisch und schleimig; ein dicker Strauß Dill (natürlich auch Petersilie, Basilikum, Kerbel oder sonst ein Küchenkraut) sieht nicht so aus, als wolle man sich damit an eine Frau ranmachen.

Auch wenn Dill nicht gerade ein Mittelmeergewürz ist, sondern leider eher ein deutsches, so weckt er als üppige Masse doch mediterrane Vegetationserinnerungen. Daneben haben die Krabben nun nichts Eismeer- oder gar Nordseehaftes mehr an sich. Geradezu korsisch oder sardisch sehen sie aus neben dem tiefgrünen Kräuterbusch. Wichtig noch, vorher ein, zwei kleine Scheiben (höchstens 100 Gramm) geräucherten Specks in Würfel geschnitten zu haben, ferner eine kleine Zwiebel. Die Schneiderei von Speck und Zwiebeln ist nachhaltig asexuell. Wer will sich von Fingern anfassen lassen, auch wenn sie noch so sauber und neutral riechend sind, die eben noch zwieblige Fettfinger waren? Lieber auf Speck und Zwiebeln verzichten als diese rustikale Arbeit in Gegenwart einer Frau zu verrichten, mit der man ins Bett gehen will. Lieber ein fades Mahl als ein irritiertes Gevögel. Liebeskunst geht vor Kochkunst.

Bereit steht ferner genügend trockener Weißwein, bloß kein deutscher Tropfen mit Spießerprädikatsiegel, sondern etwas in der Art von Blanc de Blanc, Orvieto oder Edelzwicker. Auch wenn »trocken« Mode ist: man kann nicht gegen alle Ströme schwimmen. Nichts Teures. Das Herumgetue mit teuren Weinen ist eine Beschäftigung für das Ende des Lebens.

Nun kann es klingeln. Natürlich habe ich keine Schürze an und auch kein Handtuch vorgebunden. Ich bin nicht der Held eines Amifilms. Laden die nicht immer Frauen zum Essen ein? Um keinesfalls in falschen Verdacht zu geraten, baue ich gleich bei der Begrüßung vor und flehe meine Palästina-Israelin an, ich möge sie hoffentlich nicht an Jack Lemmon erinnern. Wieso »hoffentlich«, sagt sie vielleicht, der sei doch ganz pfiffig. Stimmt, sage ich mit möglichst ernstem Lustblick, aber pfiffig wolle ich nicht sein, und im übrigen bitte etwas europäischer.

Und im schönsten Geplauder über das gute alte Europa und die Blödsinnigkeit des Europagedankens kippe ich Speck und Zwiebeln in die heiße Pfanne, ein Schuß Öl dazu, lasse das anbrutzeln, und schreie ganz laut »Scheiße«! Denn wie damals bei Dir habe ich auch diesmal die Champignons vergessen (200 Gramm). Die hätten so gut gepaßt! Dann schütte ich diesen rosa Lavastrom von Krabben hinterher, nicht ohne ihr vorher eine frische Krabbe in den Mund gesteckt zu haben und ihr mein Glas mit Wein hinzuhalten, von dem ich schon dauernd trinke, um mich in Fahrt zu bringen, und weil ich nüchtern gar nicht so einen Blödsinn tun kann, wie aufwendig kochen. Es ist *mein* Glas, sie hat mich daraus trinken sehen. Das macht vertraut. Aber das Glas ist sauber. Ehe sie kam, habe ich ein neues genommen und das mit den Fettfingern weggestellt.

Ich merke, daß sie von der Menge der Krabben beeindruckt ist. Die Pfanne muß tief genug sein, um die vielen hörnchennudelartigen Meerestiere aufzunehmen; denn es ist nicht das Konzept meiner Verführung, mich als liebenswerten Tolpatsch darzustellen, dem das halbe Essen über den Rand purzelt. Die Krabben oder meinetwegen Pseudokrabben schwitzen natürlich bald Wasser aus und schrumpfen zusammen. Den ausgeschwitzten Saft gieße ich ab – nicht *zu* schwungvoll! – in eine Tasse, weil ich die Flüssigkeit noch brauche. Die Krabben sollen nicht in ihrem eigenen Saft schmoren, sondern ein bißchen braten: Erstens, weil mir der Ausdruck »im eigenen Saft schmoren« zu reaktionär ist; zweitens zischt es beim Löschen effektvoller, wenn die Pfanne trocken ist. Ich lösche natürlich nicht mit Wasser, sondern mit reichlich Weißwein, und zwar nicht mit irgendeinem Kochwein, sondern mit jenem Wein, den wir trinken. Das Essen wird dadurch nicht besser schmecken; aber es ist einfacher, sich aus ein und derselben Flasche zu bedienen. Es ist vor allem großzügiger und unsparsamer und daher vorzuziehen. Mein schöner Gast ist vielleicht die Tochter eines heidnischen Arabers und einer ebenso heidnischen Jüdin. Es gefällt ihr, wie ich prasse, und wie der köstliche Wein in der Pfanne zischt und aufwallt.

Viel lieber trinke ich Rotwein, weil man nach dem Trinken von Weißwein beim Küssen oft säuerlich aus dem Mund riecht. Rotweinküsse sind etwas ganz anderes. Auch würde mir gefallen, daß Rotwein zu diesem Essen nicht so gut paßt. Aber es ist bequemer, den Wein zu trinken, den man zum Kochen benutzt. Ich nehme die sauren Küsse also in Kauf.

Jetzt kommt das schönste: der Dill. Die um die einzelnen Sträußchen gewickelten Fäden habe ich zuvor entfernt, weil mich deren Abfummeln immer nervös und wütend macht, und ich mir jetzt keinen Wutanfall leisten kann. Ich will als einer erscheinen, der alles lässig in der Hand hat. In der Hand habe ich nun den gewaltigen Strauß Dill und halte ihn ihr zum Riechen an die Nase, als wären es Orchideen, und improvisiere dazu ein Ständchen. Ich glaube, bei Dir damals sang ich näselnd im Stil der 20er-Jahre-Schnulzen »Dill bricht die Herzen der stolzesten Fraun ...« und behauptete, im Dill sei ein vor allem auf Frauen wirkendes Aphrodisiakum enthalten. Ein etwas albernes Scherzchen, aber irgendwann muß ich doch einmal andeuten, worauf allein es mir ankommt.

Alles, was zu schneiden ist, habe ich vorher zerschnitten, nur nicht den Dill. Das Zerschneiden des Dills gehört mit zu meiner Vorführung, zu meinem Verführungsprogramm. Es ist ein lustvolles Gefühl, einen solchen Haufen Grünzeug mit einem großen scharfen Messer auf einem Brett zu zerschneiden. Das Durchschneiden der vielen kleinen Stengel ist drahtig und lebendiger, als wenn man von einem Stück Fleisch ein paar lappige Steaks abschneidet, die dann tot und schlaff auf dem Brett zusammenfallen; das Grünzeug hingegen verhält sich widerspenstig und würdig. Das spricht für die Vegetarier.

Nachdem ich die Hälfte des Dills zerschnitten habe, bitte ich sie, weiterzumachen: das sei ein so tolles Gefühl, ob sie das auch empfinde? Ich weiß noch, wie Du damals genickt und gelächelt hast.

Jetzt schwindet mit einemmal rapide meine Kochlust. Eine Krise. Der Aufwand kommt mir plötzlich übertrieben vor. Meine Häuslichkeit quält mich. Ich werde hastig. In den abgegossenen Krabbensaft rühre ich schnell noch einen viertel Liter saure Sahne und gieße die Mischung zu den Krabben, die längst nicht mehr auf der Platte stehen. Eine Handvoll Dill dazu; das obligatorische Aufwallenlassen schenke ich mir. Jetzt etwas Salatsauce hinein, weil es mir vorkommt, als könne der Fraß noch Würze vertragen; dann die Salatsauce in den Salat, und ich bitte sie, ihn umzuwälzen. Da staunt sie, was unter den Eissalatblättern alles zum Vorschein kommt! Auch da kann noch Dill hinein. Es ist gut, wenn der Salat nach dem Hauptgericht schmeckt, und das Hauptgericht nach dem Salat. Deshalb versteht nichts vom Essen, wer den Salat von getrennten Tellern ißt.

Aber beim Essen sind wir noch nicht. Ich mache dieselben Fehler wie damals bei Dir. Nicht nur habe ich die Champignons vergessen, deren Geschmack ich fast weniger vermisse als das nicht ungeile Gefühl, das sie im Mund zwischen Gaumen und Zunge verbreiten, wenn man sie nur groß und roh genug gelassen hat. Aber auch den Reis habe ich wieder vergessen rechtzeitig auf die

Platte zu stellen. Wo doch jetzt alles fertig ist. Wo wir doch schon dauernd um die Krabbenpfanne herumstehen und unentwegt probieren.

Also her mit dem Reis. Natürlich kein Naturreis. Der ist zu gesund. Den kann man in alten Ehen essen. Liebe hat nichts mit Gesundheit zu tun. Verliebte wollen nicht an ein langes Leben, sondern an eine lange Liebe denken. – Vielleicht mache ich dasselbe Wortwitzchen wie einst bei Dir und sage, während ich den gelblichen Langkornreis in den Topf rieseln lasse: »Naturreis und menschliche Würde« – Du wußtest damals, daß das die Verdrehung des Titels einer Schrift von Ernst Bloch war. Ich bin gespannt, ob auch meine palästinensisch-israelische Traumfrau das wissen wird.

In fünfzehn Minuten wird der Reis fertig sein. Wir rauchen und trinken und kosten zwischendurch von den Krabben und vom Salat. Sie verdreht die Augen, imitiert ein Spießerweibchen und sagt, ich sei ein Traummann. Ich versichere ihr, was ich auch Dir versicherte: daß ich nur dieses eine Gericht zubereiten könne und sonst gar nichts. Wie Du, glaubt auch sie mir nicht. Sie hilft mir beim Tischdecken. Obwohl es nicht viel zu decken gibt. Zwei Teller, Besteck. Keine Tischdecken, keine Servietten. Keine Kerzen. Hell muß es sein, kein pseudomuscheliger Verführungsdämmer. Zweimal hundert Watt erhellen den Plan. Ich verfluche die Dunkelheit des Spiritualismus. Zum Teufel mit dieser ganzen obskurantistischen Esoterik und dem ekelhaften New-Age-Gefasel, sage ich. Kein Essen ohne Kritik am verschwiemelten Geist der Zeit! Wehe, wenn sie nicht zustimmt und mich jetzt nach meinem Tierkreiszeichen fragt!

Sollen die Krabben in eine Schüssel gefüllt werden? Sollen sie nicht! Alles Umgefüllte in irgendwelches Porzellan ist eine Verschwendung, wie ich sie nicht mag. Verschwenderisch sei allein die Menge der Krabben und des Dills. – Von dem zerschnittenen Dill ist immer noch eine Halde übrig. Es war tatsächlich etwas sehr viel. Ich streife den Haufen in den Krabbensumpf. Zu dem ausgelaugten Grün muß frisches hinzukommen.

Der Reis ist bald so weit. Ich habe kein bißchen Hunder. Sie nascht unentwegt an den Krabben. »Das Rezept?« stammelt sie. »Quatsch. Rezept«, sage ich, ich hätte etwas Besseres zu schreiben als Rezepte. Das kam etwas arrogant heraus. Du hast mich damals auch nach dem Rezept gefragt. Habe ich auch so barsch reagiert? Hier also hast Du es, Verräterin. Es mit einem Schriftsteller nicht auszuhalten! Du weißt, daß es mir auf den Geschmack meines Krabbenfraßes nicht ankommt. Man kann sich auch ein Brot toasten und mit Butter bestreichen, das wäre delikat genug. Viel wichtiger als Zutaten ist anderes: keine geschliffenen Weingläser zum Beispiel. Ein wertvolles Weinglas – und das ganze Essen ist versaut. Ich kann das Wort »wertvoll« nicht hören, ich habe es noch nie hören können. Wertvolle Literatur ist ein Graus wie ein Vollkornbrot mit wertvollen Spurenelementen. Das Wertvolle wird mit Andacht genossen, und Andacht ist am allerschlimmsten. Wenn Essen schmeckt, muß es daher unandächtig verschlungen werden. Bloß nicht den Mund an der Serviette trockentupfen und dann von kristallnen Gläsern nippen. Zum Säubern des Mundes ist der Handrücken da. Irgend etwas müssen wir doch aus den Revolutionen gelernt haben, verdammt noch mal! Aber nein, statt daß der Bürger keck wird, wird der Prolet manierlich.

Während wir darauf warten, daß der Reis gar wird, fragt mich meine antimohammedanische Araberin, wo ich so fantastisch kochen gelernt hätte, und ich sage ihr, daß Kochen kein anderer Vorgang sei als Dichten: nichts anderes als das Umverteilen von verschiedenen Bestandteilen der Wirklichkeit; hier wie dort friere man ein, taue man auf, zerschneide man, koche man, brate man, lösche man ab, fuhrwerke man hin und her, versaue man, würze man, schmecke man ab, pfeffere und salze man, pansche und rühre man, koche man gar oder lasse man roh; hier wie dort gebe man mordsmäßig an, haue man auf den Putz, bluffe man gottserbärmlich – kurz, man versuche, den ganzen Scheiß des Daseins in eine einigermaßen schmackhafte und verdauliche Form zu bringen. Man tranchiere und garniere, man begieße und überstreue, man wolle nichts anderes, als daß sein Zeug geschluckt werde und daß dabei etwas herausspringe. – Ich arbeite gerade an einem Roman, sage ich ihr, in diesem komme eine Frau vor, die auf so unvergleichliche Art das Wort »Becquerel« aussprechen kann, daß sich der Held in sie verliebt. Ich werde meiner PLO-Jüdin nicht verraten, daß Du das bist. Das geht sie nichts an. Dir verrate ich es. Ich stopfe meine Liebe zu Dir in einen Roman. Mitsamt dieser Becquerel-Geschichte. Alle Frauen gingen mir damals auf die Nerven, wenn sie besorgt von den »Becquerels« sprachen. Als Du das sagtest, perlte es wie frisches Mineralwasser. Daran merkte ich, daß ich Dich liebte. – Es hat keinen Sinn, daß wir vor Verseuchungen Angst haben. Wir müssen daraus Fallen bauen, in denen die Verursacher der Verseuchung krepieren. Wir müssen die Polit-, Physik-, und Chemie-Zombies so weit bringen, daß sie pfundweise Atommüll und Dioxin fressen, um uns zu beweisen, wie harmlos Strahlen und Abfälle sind. Wir wollen sie an ihrem eigenen Dreck verrecken sehen. Jetzt muß ich aufpassen, daß die Erinnerung an Dich nicht meinen Verführungsversuch durcheinanderbringt. Ich schütte ein Glas Wein in mich hinein, die Palästinenserin löffelt Krabben aus der Pfanne, sieht plötzlich ganz türkisch aus, und sagt mit eigenartig rauchiger Stimme: »Sie sind ein Genießer!«

Nein, wir duzen uns doch wohl schon. Egal, ich bestreite sofort, ein Genießer zu sein. Meine Kocherei habe nichts, aber auch gar nichts mit Genuß zu tun; ich könne Genießer nicht austehen, warum wisse ich auch nicht, jedenfalls nicht heute; ich werde darüber nachdenken, morgen könne ich es vielleicht begründen; das sei eben der Nachteil vom wohlschmeckenden Essen, schon von dessen Duft, daß einem jeder scharfe Gedanke entfalle; und eben dies zum Beispiel spräche gegen das Genießen, daß es eine gewisse Verblödung mit sich bringe; deswegen äße ich lieber schlecht, dann hindere mich nichts, über die Verkommenheit der Welt im allgemeinen nachzudenken und über die Schlechtigkeit der Gastronomie und der Literatur im besonderen; das mache wenigstens ordentlich bitter, und diese Verbitterung sei zur Verdauung notwendiger als ein Kräuterschnaps.

Ich glaube, wir haben uns bei unserem Verführungsessen über etwas anderes unterhalten; ich glaube, ich habe meinem Zorn auf das Fahrradfahren Luft gemacht; genauer: nicht gegen das Fahrradfahren habe ich gewettert, sondern gegen die traurige Tatsache, daß man heute nicht mehr Fahrradfahren könne, ohne für einen gesundheitsbewußten, herzinfarktvermeidenwollenden Topmanager gehalten zu werden. Man könne eigentlich nur noch im Dunkel ohne Licht in Parks spazierenfahren, sagte ich wohl. Und, um allmählich etwa Erotik ins Gespräch zu bringen, behauptete ich: Das Rad sei im Gegensatz zu Auto und Motorrad zwar ungleich sympathischer, aber sexuell nicht weiter stimulierend, außer für Kinder, die der Reibung am Sattel noch etwas abgewinnen könnten. Man könne aber nicht geil zusammengeklammert wie auf dem Motorrad dahinsausen, und auch nicht wie im Auto die schwere Lusthand auf den Schenkel des andern legen, langsam beinaufwärts bewegen und dabei Gespräche über den Feminismus führen. Radfahren sei vergleichsweise keusch, man könne händchenhaltend nebeneinander herfahren, und man könne auch derart verliebt sein, daß man zu treten vergäße und dann zusammen kreischend umkippte und sich blau und grün am Gestänge schlüge, um sich allerdings dann beim Absuchen des Körpers des anderen nach Beulen und Schürfwunden näherzukommen. Hab ich nicht sogar ein Gedicht aus dem Einfall gemacht, oder wollte ich nur? So jedenfalls, oder ähnlich, hätte es lauten sollen:

So voll und schief ist meine Lust,
daß die Schwerkraft versagt –
nein, nicht die Schwerkraft natürlich,
schön wär's, die andere Kraft,
wie heißt sie nochmal, diese Wunderkraft,
die das Fahrrad nicht umkippen läßt –?
Egal wie sie heißt,
Flieh- oder Zentrifugal-,
rätselhafte Physik:
sie hört ganz einfach zu wirken auf.
Und so spreche ich,
voll von Lust und Liebe,
dem Naturgesetz Hohn und falle vom Rad.
Und wie ein Obst, ein reifes,
Apfel, Pflaume, wie du willst, bedien dich,
kollere ich
über die Wiese zu dir –:
ein Wunder anderer Art,
doch nicht von physikalischer.

Diesmal ist nicht das Fahrradfahren das Thema, sondern das Genießen, und ich muß anders versuchen, das Erwachen meiner Gefühle deutlich zu machen; was nicht so leicht ist, weil ich den Genießer erst einmal diffamieren muß. Das ist nicht erotisch, aber das bin ich mir schuldig. Der Genießer, sage ich gnadenlos, ist kurzsichtig, einfältig, glatt, affirmativ, restaurativ, konservativ, primitiv und pseudokulturell; er ist einer ganz besonders dämlichen weltanschaulichen Doktrin verhaftet, nach welcher man das beste aus seinem Leben machen solle. Das Genießen ist immer ein Befolgen von Gebrauchsanweisungen. Deswegen mein Haß auf Rezepte. »Man nehme …«, wenn ich das schon höre, sträubt sich mir jedes Haar. Immer hockt dem Genießer die Versäumnisangst im Nacken. Er hat feuchte Lippen, und sein Glotzblick ist stets auf Leckereien ausgerichtet. Geschmäcklerisch verdrängte er, was den wahren Menschen ausmacht: die handfeste Verzweiflung. Er erwartet etwas vom Leben, was infantil ist. Er ist ein Absahner, Schaumschläger, Orgasmussammler, ein Befolger von Tips und Trends, ein Schnorrer kultureller Ereignisse, ein Highlight-Geier, ein Premierenarschloch, ein Stück willfähriger Schmelzkäse in einer Wagneroper.

Ein solcher sei ich nicht, werde ich sagen; und weil ich zu wissen glaube, was sie jetzt denkt, werde ich auf den sexuellen Genuß zu sprechen kommen; das sei etwas anderes, obwohl man sich auch hier in acht nehmen müsse. Nein, auch hier sei Genuß unangebracht, zumindest das, was man darunter versteht. Sex sei nicht als Delikatesse zu begreifen; nicht als Luxusmenue, sondern als unverzichtbare Nahrung. Überhaupt seien mir die Begriffe »Genießer«, »genießerisch«, »Genuß« zu passiv und zurückgelehnt. Genuß sei Zivilisationsprodukt, und was von der Zivilisation zu halten sei, das sei ja wohl klar, nämlich sehr wenig. Das Essen müsse wilder und tierischer werden, werde ich sagen, wie auch die Liebe wilder werden müsse.

Dann picke ich mir drei dicke Krabben aus der Pfanne, stecke sie in den Mund, beuge mich zu meiner nun auch schon ganz animalisch aussehenden Palästinenserin oder Israelin oder Libanesin oder Syrerin oder Türkin oder Jordanierin oder Griechin oder Italienerin oder Spanierin oder Finnin oder Britin oder Französin oder gar Österreicherin oder Schwäbin oder Hessin oder meinetwegen Rheinländerin oder Hamburgerin oder Karlsruherin oder Baslerin oder Berlinerin – sie beugt sich auch etwas zu mir, unsere Lippen berühren sich: und schwupp hat sie die drei Krabben in ihrem Mund. Und weil uns das gefällt, beißt und grinst und schluckt sie, und revanchiert sich auf dieselbe Art.

Das haben wir auch gemacht, erinnerst Du Dich? Diese Art zu essen, muß in die Welt getragen werden, sie wird noch viel zuwenig praktiziert. Zu viert kann man vielleicht normal essen; zu zweit, wenn man sich mag, muß man sich tierisch füttern. Es lebe die Vertierung der Tafelsitten! Und verloren jeder Schluck Wein, der nicht während eines Kusses aus dem Mund des einen in den Mund des anderen gepumpt werden würde! Auch deswegen ist Rotwein vorzuziehen, weil die Erwärmung im fremdvertrauten Mund ihn noch runder schmecken läßt.

Habe ich Dir eigentlich gebeichtet, daß der Einfall nicht von mir stammt? Es ist das schöne Beispiel einer beherzigten Lesefrucht. Ich habe es aus Falladas Roman ›Der Trinker‹. Gott hab ihn selig, den Fallada, bzw. das Weib, von dem er es hat.

Wie war das damals bei uns: Wir haben auch nicht den Weg zum Eßtisch geschafft. Auch wir atzten uns stehend am Herd. Der grüne Dill an Deinen weißen langen Zähnen! Ich habe dir den Dill aus den Zähnen gelutscht. Dann waren wir so umschlungen, daß wir nicht mehr essen, sondern nur noch schnaufen konnten. Und auch meine blöde Literatur-Faseleien habe ich bleiben lassen. Wir haben uns ins Schlafzimmer geschleppt. Schwer von Lust, nicht schwer vom Essen. Und dann haben wir es nach allen Regeln der Kunst miteinander getrieben. Und irgendwann mitten in der Nacht sind wir ganz kraftlos geworden. Dann endlich haben wir uns nackt und angenehm stinkend an den Eßtisch gesetzt; so ähnlich stanken wir wie das Essen; und ausgehungert haben wir die Teller mit kaltem Reis und kalten Krabben und matschigem Salat gefüllt und leergefressen, diesmal ohne den Umweg von Mund zu Mund, sondern gierig mit vollgehäufter Gabel. Denn nur die haben es verdient, sich voller Lust über ein Essen herzumachen, die sich zuvor voller Lust übereinander hergemacht haben.

Unbemerktes Feuerlegen
Über Markus Werners Roman ›Zündels Abgang‹

Die einfachsten Stoffe sind doch die besten. Es geht nichts über einen Mann, der sich von einer Frau betrogen fühlt. Solcher Liebeskummer führt zu den bittersten Gedichten, zu den rasendsten Opernarien, zu den härtesten Blues- und Tangotexten. Romanfiguren entwickeln in diesem Zustand jene leidenschaftliche Frustration, jene glühende Misanthropie, mit der sich der Leser bereitwillig identifizieren mag. Nicht nur die Handlung steigert sich ganz von selbst zur spannenden Verwicklung; das finstere Mißtrauen, das Ausgestoßenheitsgefühl verleihen den Beobachtungen der gequälten Helden eine Schärfe, wie sie die Literatur dringend benötigt.

Konrad Zündel, frustrierter Gymnasiallehrer aus der Schweiz und Held des ersten Romans von Markus Werner, glaubt sich von seiner Frau verlassen und kommt auf immer bessere, dümmere, verrücktere Gedanken.

Zündels Liebeskummer setzt einen Zorn frei, der wahrhaft erhebend ist. Die selbstgefälligen Touristen, die Ich-Sucher mit ihrem Identitätsfimmel, die Militärs, die Politiker, die Therapiegruppenaufsucher – sie alle werden seine Opfer. Er haßt Worte wie »Maßnahmenpaket«, und er haßt die Leute, die nichts als ihre Ruhe haben wollen, er haßt die *»schauderhafte Gepflegtheit der Schweiz«*, die aussieht, *»als leckte sie eine Million Zungen unaufhörlich sauber«*. Er haßt die modische Umwertung der Werte und macht sich Notizen zu einem »Neuen Wörterbuch«, die es in sich haben: *»Eigensucht heißt jetzt Selbstentfaltung, Rücksichtnahme heißt Selbstverlust. Charakterlosigkeit heißt Aufgeschlossenheit für alles Neue. Hohlheit heißt Empfänglichkeit«* – und so geht das fort. Hinter diesen wenigen Notizen stehen mehr Witz und Erkenntnis, als man von der Gegenwartsliteratur gewöhnt ist.

Und natürlich haßt Zündel sich selbst: Er haßt seinen (äußerst liebenswerten) Mangel an Zivilcourage; seine Feigheit; seine Sanftmut. Er haßt seine Notizen, seinen Schreibzwang, weil er *»all die verstohlenen Schreiber«* nicht ertragen will. Weil er auch alles Beziehungsgerede nicht ausstehen kann, verfällt sein Lamento nie in die geschmähte Beziehungssprache; weil er die Tagebuchschreiber so fürchterlich findet, werden seine Notizen auch nie fürchterlich und tagebuchhaft. Zündel und sein Autor Markus Werner verschwenden ihre Sensibilität nicht bei kläglicher Innenschau, sondern beim genauen Beobachten ihres Denkens beziehungsweise ihrer Sprache.

Dadurch werden sprachliche Ausrutscher nicht nur verhindert, sondern in elegante Figuren verwandelt. Wenn sich Zündel in der Badewanne zu der Erkenntnis hinreißen läßt, daß *»eher noch Zartes durchs Leben als Hartes ins Himmelreich«* komme, dann wird ihm spätestens beim Herausziehen des Stöpsels klar: *»vermutlich habe ich den Mund soeben etwas voll genommen. Weder kommt Zartes durchs Leben, noch kommt Hartes ins Himmelreich.«*

Immer wenn Zündels Denken ins Pathos entgleisen will, fängt es sein Autor ab: *»Die Welt – so dachte er nun doch ein bißchen trotzig – die Welt hat mich zum erratischen Block gemacht, sie soll sich die Zähne an mir ausbeißen.«* Der pubertäre Hautgout dieser Formulierung verliert sich sofort durch den Hinweis auf die Trotzigkeit.

Auf Zündels Stilgefühl ist Verlaß. Einmal ist er in einem Anflug von Weltfremdheit versucht, sich über eine Selbstverständlichkeit wie seinen Strahl beim Pinkeln zu wundern. Aber Konrad Zündel ruft sich rechtzeitig zur Räson. Ehe er in jene typisch neosensibilistische Verwunderung verfällt, wie sie etwa die Helden Handkes gerne vor sich hertragen, sagt er sich: *»Nur nicht den Bezug zur Wirklichkeit verlieren! Nur das Staunen nicht übertreiben!«* Und wenn Konrad Zündel, der für Mohrenköpfe eine *»große, wenn auch nie offen eingestandene Vorliebe«* hatte, sich allzu schlaue Sätze aufschreibt, dann beendet er sie immer mit dem richtigen Kommentar: *»Die Wirklichkeit, seelenruhig fürchterlicher werdend von Tag zu Tag – zwingt entweder zu totalem Rückzug oder zum jaulenden Anarchismus – Ach Scheißdreck!*

Aufhören ist feig. Weitermachen ist feig. Aufhören ist tapfer. Weitermachen ist tapfer. Und das Leben ist eine Frage der Wortwahl. – Ach Scheißdreck!«

So manchen Sprüchen von Nietzsche bis Wittgenstein stünde die Zündelsche Schlußformel gut zu Gesicht.

Mit ›Zündels Abgang‹ hat der Schweizer Autor Markus Werner, Jahrgang 1944, einen moralisch und stilistisch großen Roman geschrieben, 116 Seiten, bei denen sich Worte wie »Wurf« oder »Glücksfall« aufdrängten, wenn man nicht mit dem Autor fände, *»der Satz töne gestanzt«*. – Im übrigen aber, so kann man sich auch mit dem Autor trösten, gibt es Schlimmeres als gestanzte Sätze in einer Welt, *»die sprachliche Wendungen kritisiert, aber Elend duldet ... Ach Scheißdreck!«*.

Zündels Abgang, das ist die klassische Abkehr des Helden von der erbärmlichen Wirklichkeit, die alte, realistische Geschichte vom Mißgeschick und vom Mißlingen, von den Hindernissen der Liebe und von dem bitteren, schrecklich komischen Weg in den Wahnsinn. Ach Scheißdreck!

Hier wäre doch mal ein Text, den die landläufige Kritik mit ihren Lieblingsvokabeln überhäufen könnte. Ist Zündel nicht *verstört* und macht er nicht *betroffen*? Offenbar nicht. Er steht jenseits der erbarmungswürdigen Betroffenheitsliteratur. Das ist nobel. Aber dafür wird er vom Feuilleton nicht gebührend wahrgenommen, jedenfalls nicht vom bundesrepublikanischen. Seltsam, dieses Buch, das die Kraft haben müßte, so einzuschlagen wie Goethes ›Werther‹ oder Hamsuns ›Hunger‹, ein Buch mit so gekonnten Selbstbezichtigungen seines Helden, wie man sie nur in erstklassigen Büchern wie Karl Phillip Moritz'

›Anton Reiser‹ (1785/90) und Puschkins ›Eugen Onegin‹ (1825/33) findet, ist es nicht einmal den Juroren der »Bestenliste« ein Plätzchen wert.

Vermutlich ist man tatsächlich nicht mehr in der Lage, auf Bücher zu reagieren, die die einfachsten Stoffe der Wirklichkeit zum Thema haben und die aus einem aufklärerischen Grimm heraus schärfsten Witz entfalten. Vermutlich liest man wirklich nur noch Ende und Elfenbücher und Mythenkram und Mittelalter und die ganze übrige ethnologische und übersinnliche und esoterische und irrationale Nonsensliteratur, Fantasy und humorvolle Kochbücher nicht zu vergessen. Wenn einer an der zentraleuropäischen Spießigkeit zündelt, bleibt das natürlich unbemerkt. – *»Ach Scheißdreck.«*

Gernhardt und ich
oder Die Hysterie der Poeten

Ich muß um die Vierzig gewesen sein. Damals sah es so aus, als würde ich in der Schriftstellerei Fuß fassen können. Gerade war von mir ein kleines Buch erschienen, mit Texten, die ich gerne mit großspurigem Trotz als »Essays« bezeichnete, da ich sie von dem Ruch literarischen Geblödels fernhalten wollte. Nun machte ich, um meine Familie nach meiner längeren gedanklichen Abwesenheit zu versöhnen, eine kleine Landpartie mit Frau und Kindern, für die allein ich an diesem und an den folgenden Tagen dazusein versprochen hatte.

Die Kinder schrien wie üblich bereits nach zehn Kilometern nach Proviant, und alsbald parkte ich den verhaßten Ford in der österlichen Sonne vor einem dörflichen Lebensmittelgeschäft. Das Los, welcher Elternteil sich der Qual zu unterziehen habe, die Kinder durch die Anfechtungen dieses Edeka-Ladens zu schleusen, hatte mich verschont. Ich saß bequem zurückgelehnt im Wagen, und nachdem ich vergeblich am Autoradio herumgedreht hatte, griff ich nach einem Bändchen, in dem einiges Maßgebliche über Glück, Glanz und Ruhm mit vorbildlicher Ironie ausgearbeitet war. Dieses Buch lag schon seit geraumer Zeit im Handschuhfach, zum einen, weil ich immer wieder gern darin herumlas, zum andern, weil ich Mitfahrer, die es zur Hand nahmen, scheinbar unauffällig darauf aufmerksam machen konnte, daß so ähnlich mein eigenes Buch aussehe, im selben Verlag erschienen, ja, nur nicht ganz so edel sei es leider. – Mein eigenes frisch gedrucktes Buch wie ein Vertreter mit mir herumzuführen, das war selbst mir zu eitel.

Ich schlug den mittleren der drei Texte auf, den ich vor einem ober anderthalb Jahren gelesen haben mochte, und stockte heftig an der bald einsetzenden Briefform: »Teure

Freundin« – hatte ich nicht vor einigen Monaten eine Liebesbriefgeschichte in Briefform geschrieben, wo die Begehrte ebenso oder sehr ähnlich angesprochen wird? Demnächst würde diese Briefgeschichte in dem Literaturmagazin desselben Verlags veröffentlicht werden. Peinlich. Hatte ich diese Idee womöglich bewußtlos übernommen? Schließlich hatte ich dieses Buch hier schon einmal gelesen, und zwar bevor ich meine Liebesbriefgeschichte geschrieben hatte.

Aber das waren lächerliche Bedenken. Jeder hat das Recht, »teure Freundin« zu schreiben. Das war kein geschützter Ausdruck. Schließlich gab es genügend wirkliche Frauen, die ich gelegentlich in wirklichen Briefen mit dieser ironisch gestelzten Anrede beglückt hatte. Seit Jahren gab es die nachweislich, als noch keine Spur von diesem Buch hier dagewesen war! Das konnte keine Nachäfferei sein von mir, das mußte eine Art von Verwandtschaft mit diesem mir persönlich unbekannten Autor sein. So etwas gab es.

Es fiel mir ein, was ich seit Jahren vergessen hatte: daß ich mich vor Jahren als Herausgeber eines erfundenen, hochbegabten englischen Lyrikers ausgegeben und dessen schmales Werk mit unterwürfiger Akribie kommentiert hatte. Von diesem kleinen literarischen Spaß, einer Art poetischer Wissenschaftsparodie, hatte ich in einem Privatdruck 20 Exemplare hergestellt und an 20 befreundete Menschen verschenkt, die allesamt in den Fußnoten dieses Büchleins vorkamen. (Damals war ich der Ansicht, daß man Interesse für Bücher nur von Menschen erwarten kann, die selbst in diesen Büchern vorkommen; heute weiß ich, daß selbst Bücher von den leibhaftigen Vorbildern des Figurenpersonals nicht mehr gelesen werden; keine Sau ist daran interessiert, wie sie verbraten wird.) – Kaum hatte ich mein selbstloses Werk, das mich zwei Semester und 150 Mark Fotokopiergebühren gekostet hatte, verteilt, trübte einer der auserkorenen Empfänger meine Freude über die Einzigartigkeit meiner Erfindung mit dem nachlässigen Hinweis, da gebe es doch schon ein *wirklich* tolles Buch über eine erfundene Figur, Arnold Hau nämlich, oder so ähnlich; ein Buch, das er mir einige Tage später wortlos zuschickte, als solle mir gezeigt werden, wie so etwas gemacht werden müsse.

Anstatt den offenbar geistesverwandten Autor fortan zu meiden, ihm böse zu sein und ihm alle Qualitäten abzusprechen, wie es die Sitten des Literaturbetriebs in solchen Fällen empfehlen, machte ich einen Fehler: Ich las das Buch aus Scheu nicht, behauptete aber aus Höflichkeit, es gelesen zu haben. Da mir die literarische Kollegenmißgunst schon immer auf die Nerven gefallen war, lobte ich den ungelesenen Autor aus vollem Hals. Ein wunderbares Buch sei das! Man könne es wieder und wieder lesen. – Jedem, der mich damals preisen hörte und der nun zufällig die Wendung mit der »teuren Freundin« bei diesem Autor und bei mir zu Gesicht bekommen würde, mußte mich für einen Nachahmer der schlimmsten Sorte halten. Mein kleiner literarischer Erfolg würde sofort erstickt werden: In den Staub mit dem Plagiator!

Heiß fiel mir jetzt ein, daß ich später völlig arglos auch noch die weitere Unvorsichtigkeit beging, ein Gedicht besagten Autors in meiner Doktorarbeit zu zitieren, einem ungeratenen Pamphlet, das nimmermüde gegen die Ansicht zu Felde zieht, dichten heiße leiden, das Schreiben sei eine einzige Qual, der Dichter ein nächtlich ringender Außenseiter usf. Wer dies von sich behauptete, behauptete ich, sei kein Dichter, sondern ein Arsch, und wer das von einem Dichter behauptet, sei ein Kritiker- oder Germanistenarsch – folglich bestünde die literarische Szene nur aus Arschlöchern. – Der Autor, der mich nun wahrhaftig quälte, der mir plötzlich wie ein monströses, ungebetenes Vorbild erschien, hatte sich in einem Vers über das Klagen einer Robbe lustig gemacht, und diesen Vers hatte ich zitiert. Damit, fiel mir jetzt ein, hatte ich meine geistige Abhängigkeit von diesem Autor gleichsam wissenschaftlich besiegelt.

So schweifte ein Teil meiner Gedanken in die Erinnerung, während ich weiterlas und alsbald vom »trotzigen Zurückwerfen« ihres Haars die Rede war, des Haars eben jener teuren Freundin; eine Bewegung, die den Briefschreiber »seit der ersten Begegnung nicht aufgehört hatte zu bezaubern«. Auch diese Wendung schien meinem eigenen Blickfeld entnommen; ich verspürte zunächst nur eine gewisse Sympathie mit der Perspektive, las weiter und stieß auf die Anrufung: *»Wie schön Sie in Ihrem Unmut waren!«*

Dieser Satz fuhr durch mich hindurch wie der Schlag einer Kröte. Klopfte mein Herz? Das wohl nicht. Ich will nicht übertreiben. Aber ich war hellwach. Vorher nämlich war ich schon etwas müde geworden, wie meistens, wenn ich lese. Immer wenn ich lese, mache ich nämlich dreierlei: lesen, an etwas anderes denken und müde werden. Deshalb komme ich zu nichts.

Zernichtet, sagten die Hypochonder vor 200 Jahren. Ich war zernichtet. Dieser Satz mit dem »schönen Unmut« war das Ende meiner beginnenden Schriftstellerlaufbahn. Es war besser, die Schreiberei an den Nagel zu hängen. Diesen Satz, das war eindeutig, hatte ich auch geschrieben. Er stand in meinem soeben erschienenen Buch. In einem Essay über die Blödigkeit von Zeitungen lobte ich mit eben diesem Satz eine Frau, die eine Zeitung angewidert beiseite legt, so wie dieser Autor, dieser schauerromantische Zernichter meiner Poetenexistenz in seinem Text eine Frau lobte, die sich von den miesen Produkten der modernen Kunst abwendet. Der Satz war nicht nur gleichlautend, er war auch noch zum selben Zweck und im selben Sinn eingesetzt.

In meinem Schock hatte ich nicht gemerkt, daß sich das Auto wieder mit meiner Familie gefüllt hatte. Eines der Kinder trat von hinten in meine Lehne und rief: »He, weiter geht's, Alter«, während mir meine Frau das Buch aus der Hand nahm; »gelesen wird nicht«, sagte sie.

»Die Schönheit des Unmuts«, sagte ich, traurig in vielfacher Hinsicht. Wir alle waren unmutig, keiner war schön. »Ich muß zurück«, sagte ich; wir würden nicht mehr als eine Stunde verlieren, bettelte ich, als ich merkte, auf welchen Granit ich mit meinem Wunsch stieß; ich müsse in meinem Buch etwas nachsehen. Wichtig. Eine gräßliche Doublette. »Seht ihn euch an«, sagte meine Frau erbarmungslos zu den Kindern, »ein hysterischer Literat!« Sie drängte ans Steuer.

Kraftlos rutschte ich auf den Beifahrersitz, weigerte mich allerdings, auf der Straßenkarte die ideale Route zu suchen. Statt dessen blickte ich ins Impressum des Buchs mit dem schönen Unmut-Satz: September 1983. Das könnte meine Rettung sein. Die erste Fassung meiner Anti-Zeitungsgeschichte war im Spätsommer 1983 erschienen, in der ersten Nummer einer längst pleite gegangenen Alternativzeitung. Ende August mußte ich meine Geschichte geschrieben haben. Die unmutige Frau hatte ich auch damals schon im Text gehabt, nachweislich. Der Tatbestand des Plagiats war nicht erfüllt. Aber was nutzte das. Ein furchtbarer Makel blieb an mir haften. Als hemmungsloser Abschreiber würde ich dastehen, wenn das auffiele. Ein Dieb so dreist, der die Autoren des eigenen Verlags beklaut.

Die Tage auf dem Land waren eine Qual. Nein, das stimmt nicht. Ich verbiete mir selbst, als Qual zu bezeichnen, was mit Schreiben zu tun hat. Die Sonne schien, ich fraß und soff und dachte ab und zu an die Rätsel mit der unmutigen Frau. Eine wirklich romantische Pointe à la Poe wäre es erst, wenn dieselbe reale Frau unseren getrennten Beobachtungen zugrunde läge. Das war kaum möglich. Leider. Wir lebten in verschiedenen Städten. Ich dachte an das reale Vorbild meiner unmutigen Frau: ihr das Buch mit dem Hinweis auf besagte Stelle zu verehren, würde mir Spaß machen und mich über den Makel der Doublette hinwegtrösten: Das bist Du, Baby! Erkennst Du Dich? – Oh, wie meine Chancen steigen würden!

Als die Tage auf dem Land zu Ende waren, fuhr ich

schnell zurück. Nix Tempo 100. Ungern nur hielt ich, die Kinder pissen zu lassen. Zu Hause griff ich sofort nach meinem Buch, blätterte wie wild, fand die Stelle nicht. »Jetzt liest der Idiot schon wieder sein eigenes Buch«, sagten die Kinder, während meine Frau vorwurfsvoll den schweren Koffer an mir vorbeitrug.

Ich fand die Stelle nicht. Sie war doch in diesem Text übers Zeitunglesen gewesen! Gleich hinter dem mißmutigen Mann war die schöne unmutige Frau gekommen! Oder hatte ich sie woanders plaziert? Manchmal schiebe ich die schönen Frauen in meinen Geschichten hin und her, je nachdem, welcher ich in Wirklichkeit gerade nachstelle.

»Jetzt hilf doch mit auspacken!« schrie meine Familie. Ich trug einen Beutel mit schmutziger Wäsche in den Keller zur Waschmaschine und ging dann zum Altpapierstoß. Irgendwo in diesem schiefen Haufen mußten die Korrekturfahnen von meinem Buch sein. Während man oben nach mir rief, riß ich fanatisch verdächtigte Papiere aus den Stapeln. Alles rutschte und brach zusammen. Das Altpapier benahm sich wie Hochwasser. Ich watete. Da!

Da waren sie. Wie ein berauschter Bankräuber in riesigen Banknoten blätterte ich in den alten Korrekturfahnen. Da war die Geschichte. Da war die Stelle, da war sie! Hier war der Absatz, unausgestrichen, der im Buch fehlte: Von einer Frau war die Rede, die bei aller Attraktivität beileibe nicht nach Seifenmarke und Landesbausparkasse aussah. Hervorragende Bemerkung! Und dann der Satz: *»Sie wäre so küssenswert mit ihrem mürrischen Mund.«* Also doch anders. Aber doch ähnlich! Aber doch nicht penetrant ähnlich? Doch irgendwie liebenswert ähnlich. Keine Spur von mieser Abschreiberei! Nur eine amüsante Familienähnlichkeit, mehr nicht.

Während mir meine Frau durchs Haus rief, sie werde sich von mir trennen – diesmal wirklich –, suchte ich nach der älteren Nummer eines Literaturmagazins, in dem meine Geschichte das zweite Mal abgedruckt gewesen war. Und siehe, auch hier war die mürrische Frau noch vorhanden. Die Nähe von meiner »mürrischen und küssenswerten Frau«, Erfindungsdatum August 1983, zu der »schönen, unmutigen«, Erscheinungsdatum September 1983, war zwar deutlich, aber nicht aufdringlich. Das war noch vertretbar. Warum zum Teufel fehlte meine Mürrische? Welche freche Hand hatte ohne mein Wissen diese fünf Zeilen gestrichen? Wohin war diese äußerst wichtige Passage geraten? Hatte es einer gut mit mir gemeint oder was war hier los? Stand ich womöglich schon im eigenen Verlag im Verdacht, ein Plagiator zu sein, und wollte man mich sanft vor diesem Ruf bewahren? Hatte der freundliche Lektor die stillschweigende Entfernung dieser Passage für besser befunden, so wie einem wortlos der treue Diener den trockenen Vogelschiß von der Jacke bürstet? Oder war der Setzer ein Frauenfeind?

»Hol der Teufel die Literatur«, sagte ich und trat in das Altpapier, daß die Stapel ineinanderrutschten. Der Terror des Recycling. Ich ging nach oben. Meine Tochter war gerade dabei, den Titel meines Buches typografisch umzugestalten. »Warum ich trotzdem doof bin«, müßte das Buch heißen, sagte sie und erntete mein Lob.

Später betrachtete ich Erika, Urania, Olympia und Groma, meine lieben Schreibmaschinen, wählte Groma, spannte einen Briefbogen ein und schrieb: »Teure Freundin! Mit Ihrem schönen mürrischen Mund hatte ich Sie in eine Badewanne gelegt und in mein Buch plaziert. Das Buch wollte ich Ihnen schicken, die Stelle anstreichen und am Rand vermerken: ›Wann endlich darf ich zu Ihnen in die Wanne? Ich möchte endlich mit Ihnen zusammen im Badewasser liegen und auf den Verlauf der Dinge schimpfen! – Durch ein Versehen oder eine Bösartigkeit des Verlags ist diese Stelle, mit der ich Sie zu verewigen gedachte, getilgt worden. Mein Wunsch ist es nicht. Bitte, geben Sie bald ein Zeichen. Solange werde ich mich nicht waschen. In Bewunderung Ihrer Verdrießlichkeit bin ich wie immer Ihr treuer Dichterdepp.«

Kostümzwang
Eine Studie zur Massenhysterie

Es mehren sich von Jahr zu Jahr die Stimmen, die dem Fasching nichts mehr abgewinnen können. Jede bessere Frauenzeitschrift, die im vorderen Teil reichlich Tips zum Schneidern närrischer Kostüme bietet, leistet sich mittlerweile auf den hinteren Seiten eine karge Glosse, wo eben jenes vorne bedenkenlos propagierte knallbunte Treiben mausgrau in Frage gestellt wird – meist von Spätberufenen, die sich jahrelang konfettiübersät auf Kostümfesten amüsierten und vielleicht sogar Reisen in die Hochburgen der Verkleidung buchten, um in Venedig, Basel oder gar in Rio Fasnacht oder Karneval in ethnologischer Reinkultur zu erleben.

Jetzt sieht es so aus, als bahne sich ein Umdenken an, als gelte es allmächlich als schick, wenn man die Nase rümpft und mit leichter Verachtung das Wort »Pappnasenfröhlichkeit!« über den Tisch ruft, wie man eben noch Luftschlangen in den Raum warf. Den »Faschingsmuffel« sah man früher als Spielverderber an; nun gesteht man nicht ohne Spuren von Stolz, selbst ein solcher zu sein.

Diese Entwicklung ist hart für Leute wie mich, die es schon immer gewußt haben. Ein Leben lang hat man entbehrungsreich Widerstand geleistet, nun gesellen sich billige Überläufer zu einem, und man sieht aus, als befolge man einen Trend. Bitter. Mit sechs Jahren war ich das erste und letzte Mal verkleidet, natürlich Indianer, weil schon damals auf seiten der Unterdrückten. Dann nie wieder maskiert. Jahrzehntelang nichts als eisiges Absagen von Einladungen zu Faschingsbällen. Wunderbar war es, sich als einziger, greisenhaft kopfschüttelnd, vom kostümierten Rummel abzuwenden; und nie habe ich so gern häuslich gelesen und ferngesehen als in den Rosenmontag- oder Faschingsdienstag-Nächten, als es selbst die Skeptiker des Kostüm-Spektakels in die Ballsäle trieb, weil auch Skeptiker nicht gegen das Gefühl gefeit sind, es könne doch etwas dran sein an dem, was alle Welt lustvoll zu genießen scheint, und sie könnten etwas versäumen. Gegen solche Versuchungen hilft nur ein hartes ideologisches Fundament. Am besten, man hält den ganzen Faschingszauber von seinem innersten Wesen her für zutiefst repressiv. Wurde der Karneval nicht von Herrschern erfunden, damit sich das Volk einmal ungeniert austobe, um es nachher um so besser schröpfen und knebeln zu können? Was sich als Ausdruck von ungebundener Lebensfreude gibt, ist von seiner Herkunft nichts anderes als das eilfertige Befolgen einer gnädigen Erlaubnis.

Natürlich hat der Fasching mit seinem Kostümzwang noch andere Wurzeln, die dadurch nicht sympathischer werden, daß sie mittelalterlichen oder noch älteren Ursprungs sind. Was Faschingsfanatiker mit Hochschulabschluß und folkloristischen Interessen am Fasching übrigens so schätzen, ist, daß in ihm archaische Rituale bewahrt werden. Diese volkskundliche Legitimation der närrischen Tage – was heißt »Tage«: Wochen! – ist ebenso dumpf wie die von reaktionären Psychologen: daß nämlich der Mensch hin und wieder das Bedürfnis habe, ein anderer zu sein; dieses Bedürfnis zu befriedigen sei der Sinn des Faschings. All diese pseudowissenschaftlichen Rechtfertigungsversuche von Fasching oder Karneval sind allerdings noch lustig, verglichen mit den abnormen Ordensverleihungen von Berufsschunklern an Möchtegernnarren. Ordensverleihungen werden dadurch nicht besser, wenn die spießige Feierlichkeit von Streichquartetten gegen besoffene Blechbläser und der falsche Ernst gegen falschen Unernst ausgetauscht wird.

Man darf den Fasching nicht schulterzuckend als lästiges Spektakel abtun, für das man nichts übrig hat. Dann bleibt er uns nämlich ewig erhalten. Er ist wahrhaft hassenswert, und nicht nur, wenn man Kinder hat, die das abscheulich

Zwanghafte dieses befristeten Verkleidungsrituals noch nicht erkennen können und einen folglich in die Kaufhäuser zerren, wo fertige Cowboyausrüstungen ebenso zu haben sind wie Prinzessinnen-Kleidchen für 39 Mark, Wichtelumhänge ab 18 Mark 50, Piratensäbel schon ab 9 Mark 80, ferner Musketieranzug, Mädchenkostüm »Ungarisch«, Pierrothut nur 6 Mark 70 und ein Zorro-Kostüm. Falls die störrischen Eltern doch noch weich werden, können sie das Partner-Kostüm »Vampir« nehmen plus Schminkekästchen oder das freche Neon-Kleid »Kiss me!« komplett mit Stirnband. Und für ihn den Neon-Frack mit passender Fliege. – Neon-Frack!?!?

Mummenschanz nannte man den Fasching ehedem. Flechten wir also in unsere Büttenrede, wie üblich zu diesem Anlaß, das unvermeidliche politische Scherzchen und kommen zum Schluß: Wenn schon die Vermummung von Demonstranten gesetzlich verboten wurde, obwohl sie doch einem noch wirklich sinnvollen existentiellen Schutzbedürfnis entspringt, so ist es nun an der Zeit, auch gegen den unsinnigen Faschings-Mumpitz gesetzgeberische Schritte einzuleiten und das längst fällige Verbot von Maskierungen und demonstrativen Umzügen durchzusetzen.

Lieber Charles!
Offener Brief an den englischen Thronfolger

Leugne es nicht, Charles, ich weiß, daß Du mein Buch kennst, in dem ich bekenne, »Warum ich Monarchist geworden bin«. Die Schrift kursiert ja nicht nur im Volk, sondern auch an den letzten verbliebenen Höfen dieser Welt. Soviel Literatur gibt es schließlich nicht mehr, worin Eurer Staatsform eine Bresche geschlagen wird. Leugne es nicht, Bruder, auch Du hast meine Botschaft gelesen.

Unsere bürgerlichen Repräsentanten, so meine simple Argumentation, seien derart mies, derart abscheulich anzusehn, so gänzlich ohne Charme, so ungeschlacht, daß ein König vielleicht doch eine bessere Figur abgäbe. Weil ihm sein Amt ohne Anstrengung zugefallen sei, habe der königliche Sproß etwas Lässiges und Souveränes an sich, ja fast etwas Reines; ihm fehle das Verbissene des Emporkömmlings, das jeden gewählten Volksvertreter auszeichnet, der krampfhaft seinen mühsam erschlichenen Posten umklammert. Wenn schon Politik zum Fernsehspektakel geworden sei, dann habe man als zuschauender Steuerzahler ein Recht auf eine elegante Komödie und müsse nicht immer mit diesem täglichen spießbürgerlichen Trauerspiel berieselt werden. Du kannst Dir vorstellen, Charles, daß ich Deinen Auftritt nervös verfolgte: Denn wenn Du Dich schlecht benimmst, stellt das sofort meine Theorie in Frage.

Die ahnungslosen gesamtdeutschen Fernsehzuschauer waren mit Dir und Deiner Diana ganz zufrieden. Ich allerdings als Theoretiker der Monarchie hatte heftige Bedenken an der von mir propagierten Staatsform.

Zwar bist Du die Ehrenformation etwas lässiger abgeschritten als unser lachhafter Kanzler – doch dazu gehört nicht viel. Auch unser Bundespräsident, diese angeblich letzte Stütze des nationalen Selbstwertgefühls, hat übrigens trotz seines Adelspartikels eine fürchterliche, spießbürgerlich-verklemmte Art, an einer Reihe von wie tot dastehenden Uniformträgern vorbeizugehen. Da war mir der österreichische Bundeskanzler lieber, der diese angebliche Pflicht ohne die Spur von wichtigtuerischem Stolzieren teilnahmslos und hastig absolvierte, mit einem Gesicht, dem zu entnehmen war, daß er das Ganze für einen Schmarrn hält.

Warum aber, Charles, hast du es nicht fertiggebracht, nach drei Schritten anzuhalten, abzuwinken und mit den Worten »fuck it!« den Plan zu verlassen, wie es meine Protokoll-Anweisungen vorschreiben. Auch als Kronprinz kannst du solchen Blödsinn nicht einfach mitmachen. Wir können keinen Thronfolger oder König gebrauchen, der bescheuerte Rituale folgsam ausführt, anstatt sie im richtigen Augenblick zu durchbrechen.

Ein Ritual hast Du wenigstens teilweise durchbrochen, indem Du Dir eine Frau nahmst, die nicht aus königlichem Haus ist. Ich finde aber, auch da hast du danebengegriffen. Diana ist einerseits noch zu aristokratisch, andererseits hat sie eine so bürgerlich-kaffeetantenhafte Art, steif in ekligen Klamotten herumzustehen. Das will mir nicht gefallen. Da wäre mir eine richtige Frau aus dem Volk lieber gewesen. Warum hast Du nicht eine Zigeunerin auserkoren? Aber ich will in diesem Punkt nicht in Dich dringen. Du mußt schließlich mit Deiner Frau am Tisch und im Bett zurechtkommen. Man versteht sowieso nie, nach welchen absurden psychologischen oder psychotaktischen Gesetzen sich zwei Leute zusammenbinden. Die Wahl einer Zigeunerin aber wäre nicht nur ein Signal gegen die Diskriminierung von Minderheiten gewesen, sondern auch ein Schlag gegen die von kitschigen Kaufhausbildern genährte Vorstellung von der schönen Zigeunerin. Du hättest der Welt zeigen können, wie wunderschön unkitschig Zigeunerinnen wirklich sind.

Ganz gut hat mir gefallen, als Du und Diana im Norddeutschen Rundfunk in Hamburg einen Kinderchor anhören mußtet: Wie ihr da verzweifelt auf Euren Stühlen gesessen seid und betreten vor Euch hin starrtet – das war schon eine ganz gekonnte Art, Mißfallen auszudrücken; obwohl Du ruhig etwas deutlicher mit Deinem Mund hättest zucken können.

Entsetzt, lieber Charles, war ich allerdings von dir, als du bei der Besichtigung der Firma Messerschmitt-Bölkow ein völlig zügelloses Interesse für die Herstellung des Kampfflugzeugs »Tornado« an den Tag legtest. Das war ein Schock für mich: daß ein Mann wie du, den ich bislang für einen Ästheten hielt, mit leuchtenden Augen ekelhaftes Kriegsgerät begafft.

Davon bist Du offenbar solchermaßen in militärische Rage geraten, daß Du beim anschließenden Mittagessen im Kasino der Bundeswehrhochschule eine fünfzehnminütige Tischrede gehalten hast, die nun wirklich verheerend war: diesen Unsinn von der Notwendigkeit militärischer Abschreckung kennen wir doch zur Genüge aus dem Mund realpolitischer Vollidioten.

Euren nächsten Besuch bei uns werdet Ihr ja hoffentlich als Königspaar absolvieren, dann darfst Du keine Fehler mehr machen. Schmink Dir bis dahin bitte Deinen Militärfimmel ab, Du bist jetzt um die vierzig, Mann, da mußt Du doch was anderes im Kopf haben als tödliches Spielzeug. Ich bitte Dich, Charles, nutze später als König Deine Stellung, um nichtswürdige Leute tödlich zu beleidigen. Ich hab's Dir ja schon aufgeschrieben, was zu sagen und zu tun ist. Du mußt allerdings noch üben. Vor allem die Nummer, wenn Dir wichtige Staatsmänner vorgestellt werden, die Dir nicht gefallen: wie Du Dich dann abzuwenden hast, so als röchen die. Und dann leise, aber für jedes Ohr und für jedes Reportermikrophon vernehmlich diese unmißverständlichen Sätze sagen, die Du aus billigen Kriminalfilmen kennst: You better get outa here!

Denn, lieber Charles, Du weißt: Du hast als König eine Existenzberechtigung heute nur dann, wenn Du all die Nichtswürdigen mit königlicher Verachtung strafst. Halte Dich bitte bei Deinem nächsten Besuch an meine Empfehlungen. Andernfalls bin ich die längste Zeit Monarchist gewesen.

Editorische Notiz

Unter Umständen, schöne kluge Leserin (die Du nach neuesten Ermittlungen zu den 80 weiblichen Prozent der Gesamtleserschaft gehörst) – und letzter übriggebliebener Leser männlichen Geschlechts (das nur noch 20 Prozent hält, Tendenz sinkend), unter Umständen seid Ihr mit dem Erwerb dieses Buches betrogen worden. Dann nämlich, wenn Ihr einen blitzblankfrischen Band des emsig schreibenden Autors erwartet habt und nun womöglich feststellt, daß die Texte Euch schon bekannt sind. Schon höre ich die schmerzhaften Worte »Betrug!«, »Etikettenschwindel!«, »Mogelpackung!«, »Du auch!«, »Alter Wein in neuen Schläuchen!«.

Zürnt nicht, anbetungswürdige Leserin und artenschutzbedürftiger Leser, der Autor lebt von Euch, will Euch nicht verprellen und erklärt daher folgendes: Betrug herrscht überall, und keiner will was dafür können. Seit der Erschütterung der linken Positionen ist es aus der Mode gekommen, das System als Ursache allen Übels zu beschuldigen. Deswegen muß es an dieser Stelle endlich einmal wieder verantwortlich gemacht werden: Das hochgelobte und in tumber Konkurrenzlosigkeit dastehende System der freien Marktwirtschaft ist schuld an diesem Buch, dessen Entstehungsgeschichte jetzt kurz und unverblümt erzählt wird, weil Klarheit ein Prinzip dieser Textsammlung sein soll; auch die Entstehungsgeschichten der einzelnen Texte werden ja in den anschließenden Nach- und Hinweisen unverblümt ausgebreitet. In der Literatur und auf der Bühne wird soviel gelogen, da wollen wir wenigstens hinter den Kulissen einigermaßen ehrlich sein.

1989 erschienen in der Taschenbuchreihe des Züricher Haffmans Verlags zwei vollschlanke Bände zu je 350 Seiten, in denen ich meine verstreuten Arbeiten von 1981 bis

1989 gesammelt hatte. Der stolze Titel: MODERNE ZEITEN – Blätter zur Pflege der Urteilskraft, 1. und 2. Folge. Die beiden Bände fanden etliche Liebhaberinnen und Liebhaber (8 bzw. 7 Tausend verkaufte Exemplare). Schon machte ich mich erfreut an die Zusammenstellung einer dritten Folge, der ich die allerneuesten Arbeiten einverleiben wollte, als der Haffmans Verlag mit seiner Taschenbuchreihe in eine finanzielle Krise geriet. Anfang 1993 übernahm der Münchner Heyne Verlag die Vermarktung der Haffmansschen Taschenbücher. Sofort wurde die Reihe saniert, d.h. reduziert. Aus war mein schöner eitler Traum, alle paar Jahre meine verstreuten Arbeiten in eine neue Folge der ›Modernen Zeiten‹ zu packen, um am Ende meines langen Lebens auf anderthalb Dutzend Bände einer von mir selbst kommentierten Gesamtausgabe meiner Kleinen Schriften zurückzublikken. Zum 80. Geburtstag hätte mir der gütige Verleger dann einen Registerband zum schnelleren Auffinden verschollener Stellen spendiert. 16, 17, 18 Bände, die Zeugnis meiner Entwicklung geben, meiner Stagnation oder meiner Verblödung.

Das Ende der Träumerei hatte auch Vorteile. Die Rechte an den Texten fielen wieder in meine Hände, und ich konnte sie dem Deutschen Taschenbuch Verlag verkaufen, der allerdings den edlen, wenn auch etwas eintönig-allgemeinen und zeitschriftenartigen Titel der Erstausgabe durch griffigere Einzeltitel zu ersetzen wünschte. Unter diesen (insgesamt drei) soll nun das Beste aus den ›Modernen Zeiten‹ selektiert und der rege nachfragenden Leserschaft erneut zum Kauf angeboten werden.

Das neue Mischen und Verpacken von beliebten Hits erinnert an das Editionsgebaren des Schallplatten-, heute CD-Gewerbes. Um endlich in den Besitz des unvergleichlichen ›I just wanna make love to you‹ des Blues-Löwen Muddy Waters zu gelangen, muß ich, obwohl ich sechs Muddy-Waters-Platten habe, eine 3er CD-Box erwerben, denn nur da ist der Titel drauf. Sehr ärgerlich.

Um nicht länger ohne ›If you can't hold the man you love‹ zu leben (Duke Ellington, vokal Evelyn Preer, am 10. 1. 1927 aufgenommen), muß ich 39 Mark 90 hinlegen, obwohl ich die übrigen 19 Ellington-Titel längst alle und mehrfach auf CD besitze.

Plattenproduzenten ködern oder trösten einen neuerdings mit einem sogenannten »Bonustrack«. Der Käufer, der schon alles hat, findet eine Zusatznummer, die garantiert das erste Mal veröffentlicht wird. Ich habe allen Ernstes erwogen, diese Unsitte zu parodieren und zu imitieren und einen Bonustrack hinzuzufügen, um das eventuell enttäuschte Publikum zu versöhnen, das verrückt und vernünftig genug ist, wegen eines einzigen neuen Textes ein paar Mark auszugeben und im übrigen den Doppelbesitz in Kauf zu nehmen. Die halbseidene Idee wurde fallengelassen. Der Witz ist zu kurzlebig. Die künftige Editionsplanung gerät dadurch durcheinander. Auch geht es nicht nur darum, die Betrogenheitsgefühle alter Leser zu beschwichtigen. Schließlich hoffen wir auf Scharen neuer Leserinnen und ein entsprechende Schar von Lesern. Bei der Gelegenheit sei angekündigt, daß neben den wiederaufgelegten Texten aus den ›Modernen Zeiten‹ neue verstreute Texte in Originalausgaben gesammelt werden sollen – vorausgesetzt, es raffen sich genügend Interessentinnen und Interessenten zum Kauf auf. Ohne Nachfrage kein Angebot.

Die Texte und die Erläuterungen wurden belassen, wie sie waren. Allerdings konnte ich es mir nach fast fünf Jahren nicht verkneifen, den alten Kommentaren noch frische hinzuzufügen.

Mit einer Flucht nach vorn versuchte ich seinerzeit aus plötzlichem Schiß vor der eigenen Courage, meine mir etwas keck erscheinende Unternehmung vor den möglichen Attacken der Kritiker zu schützen. In der Editorischen Notiz der 1. Folge der ›Modernen Zeiten‹ hieß es 1989:

»Es ist eine alte Unsitte, daß Publizisten immer wieder glauben, das für den Tag, die Woche, den Monat Geschriebene in einem Buch sammeln und der Ewigkeit übergeben zu müssen.«

Sätze wie dieser sind in etwa 70 Prozent aller Rezensionen von Sammelbänden zu finden, die besagter Unsitte frönen. Dann gabelt sich die Rhetorik der Rezensenten: die weitaus meisten benutzen die restlichen zur Verfügung stehenden Zeilen, um dem Autor des Machwerks klar zu machen, daß er ein eitler und unredlicher Popanz sei, der nichts anderes im Sinn habe als sich selbst zu feiern; er versuche künstlich zu erhalten, was seinerzeit vielleicht gar nicht schlecht gewesen, jedoch verderbliche Ware, und mittlerweile längst wertlos sei. Es wird gewisserweise ein Betrugsvorwurf erhoben: Verstoß gegen das literarische Lebensmittelgesetz; Gebrauch verbotener Konservierungsstoffe; Mißachtung des Verfalldatums.

Der Haken an den so ausholenden Rezensionen ist, daß sich der Rezensent dem Verdacht aussetzt, es plage ihn der Neid beziehungsweise die blanke Konkurrenznot. Hat er nicht auch eine stolze Mappe von properen Texten, die er verständlicherweise lieber in einem Buch versammelt sähe als im sperrigen Leitzordner? Es ist ein Kreuz.

Ein Teil der Rezensenten solcher Publikationen benutzt die drohenden Hinweise auf die eitlen Machenschaften von Autor und Verlag nur rhetorisch, um nämlich dann das zu besprechende Buch um so hingebungsvoller aus dem schmierigen Sumpf der Gattung herauszuhieven und zu polieren und als Perle zu empfehlen. So überwindet der Hymnensänger seine albernen Konkurrenzgefühle durch Überkompensation. Ich weiß, wovon ich rede: alles schon selbst gemacht. Im Zug der immer noch herrschenden Ehrlichkeit ist auch die Beteuerung Mode geworden, man fände das Sammel-Werk »beneidenswert« gut; und, als höchste und naivste Form der Vereinnahmung: man hatte es selbst gern geschrieben. Ich weiß, wovon ich rede. Fast hätte ich mich auch einmal zu dieser Formel hinreißen lassen.

Solche Töne bilden die vertraute Geräuschkulisse auf der kulturellen Animal Farm. Vielleicht würde etwas fehlen ohne dieses Hackordnungsgegacker, das gleichwohl von falschen Voraussetzungen ausgeht: Denn was sind ein paar selbst völlig überflüssige Bücher von Literaten gegen die überflüssigen Wortmassen, die täglich den Mündern von Politikern und anderem Machtgesocks entströmen und den Äther und die Zeitungen füllen. Was ist die lächerliche Literateneitelkeit gegen die tausendfach dreistere und verbreitetere Eitelkeit der Politiker? Was ist der kleine muffelige Tümpel selbst der völligen literarischen Blödheit gegen die riesigen Stinksümpfe politischer Verkommenheit?

Ich weiß nicht, was mein Zeugs taugt und wie lange es haltbar ist. Ich weiß nur, daß meine paar Tropfen besser geschrieben und besser gedacht sind als das unsägliche Geseich, das täglich hektoliterweise die Auserwählten von sich geben und diejenigen, die stramm oder auch nur schlaff hinter ihnen stehen.

Erstaunlicherweise wurde mir dieses mit Selbstironie nur sparsam übertünchte Getöne kaum verübelt, sondern brachte im Gegenteil die schwungvollsten Rezensionen ein (siehe Text auf Seite 1 und Umschlagrückseite). Ganz ungerügt blieb die vorlaute Haltung allerdings nicht. Ich zitiere aus einem Fachorgan mit dem barocken Titel ›Das gute Buch in der Schule. Empfehlenswerte Bücher für die Bibliotheken und Realschulen Bayerns, 1990, Folge 2, Herausgegeben vom Prüfungsausschuß für die Schulbibliotheken und Realschulen Bayerns im Auftrag des Bayerischen Staatsministeriums für Unterricht und Kultus, Römisch IV, Lehrerbibliothek, 1. Gruppe: Schöne Literatur (episch, dramatisch, lyrisch)‹:

Dr. Joseph Graf von Westphalen kann schreiben, beherrscht die Kunst, jeden Floh amüsant zum Elefanten aufzublasen, zeigt Phantasie beim Auffinden abgelegener, doch zeittypischer Themen. Andererseits versteht sich der Graf als Führungskraft des linken Establishments. Leute, die dieser Riege nicht anhangen, besonders den gegenwärtigen Bundeskanzler, findet er schlicht eklig. Seine Herkunft überhebt ihn des Zwangs, solchem Pöbel gegenüber Fairneß zu bewahren. Ob man diese Art Arroganz Schülern nahebringen soll, ist zu bezweifeln. Der kritische Leser zieht aus den Bänden Gewinn, und sei es nur die Erkenntnis, welche Art Leute auf der Kultursuppe oben schwimmt.

So? Meiner Ansicht nach schwimmen ganz andere Leute oben. Und was die »Führungskraft des linken Establishments« betrifft, so sehe ich das möglicherweise etwas realistischer, weniger haudegenhaft, mehr so, wie es nicht unzutreffend im glorreichen Artikel des Munzinger-Archivs Erwähnung findet: »Der 68er Bewegung stand er nach eigenem Bekunden ›mit größtem Wohlwollen und mäßigem Engagement‹ gegenüber.« Ansonsten Dank, du unbekannter Zu- oder Mitarbeiter des CSU-Ministeriums, daß du mich an mein altes Vorhaben erinnerst, den längst fälligen Essay über die Wonnen der Überheblichkeit zu schreiben. Ist doch die vornehmste Pflicht des Autors: nicht einsam über den Dingen zu schweben, sondern die Leser zu Rundflug und Überblick einzuladen – frohgemutes Runterspucken und wohltuendes Ergötzen über die Deppen da unten inklusive.

Joseph von Westphalen
September 1993

Im Auswärtigen Amt

Unter diesem Titel erschienen 1982 in der September-Nummer von ›TransAtlantik‹. Nachdem ich ein Jahr zuvor in dieser Zeitschrift eine Reportage über die GEMA geschrieben hatte, war man in der Redaktion der Ansicht, daß ich es ein weiteres Mal versuchen solle, eine große, trockene, langweilige, ungenießbare Institution einigermaßen genießbar zu beschreiben. Von Katharina Kaever und Hans Magnus Enzensberger kam die angenehm unverbindliche Anregung, mich gelegentlich im Auswärtigen Amt umzusehen. Der Vorschlag gefiel mir gut, weil das Auswärtige Amt das allerletzte war, für das ich mich interessierte; und nichts tut einer Reportage besser, als wenn sich ein völlig Unwissender dem Gegenstand nähert.

Ich machte telefonisch ein paar Termine mit Leuten aus dem Auswärtigen Amt aus und merkte zu meinem Entzücken, daß schon das Nennen meines gräflichen Namensbestandteils, das ich normalerweise vermeide, sich als Sesam-öffne-dich erwies und mir von vornherein vertrauensvolle Gespräche in der Bundeshauptstadt garantierte. Im Februar 1982 fuhr ich nach Bonn und besuchte eineinhalb Tage lang Lokal- und Bundespolitiker, Mitglieder und Chefs von Hilfsorganisationen, sowie Abgeordnete, von denen ich wußte, daß sie nichts, aber auch gar nichts vom Auswärtigen Amt hielten, und die mein Vorurteil gegen diese Behörde mit herzlichen Auskünften in das schönste Urteil verwandelten. Dann trieb ich mich eineinhalb Tage im Auswärtigen Amt selbst herum, wo mir das eben gewonnene Urteil von fast allen Diplomaten mehr unfreiwillig als freiwillig bestätigt wurde. Einige verwechselten mich lustigerweise mit einem mir unbekannten Verwandten gleichen Namens, auch Graf Westphalen, der regelmäßig für den tiefschwarzen ›Rheinischen Merkur‹ schreibt – eine Verwechslung, die dem Informationsfluß förderlich war.

Weil es mir in meiner Reportage nicht auf das Denunzieren einzelner ankam, erfand ich als Auskunftgeber die Figur des Harry von Duckwitz. Der Name klang in meinem Ohr typisch nach Auswärtigem Amt. Das Sprechende des Namens war von einer Art, die mir gelegen kam. Daß es im Auswärtigen Amt tatsächlich einen Duckwitz gegeben hatte, Georg Ferdinand Duckwitz nämlich, ein mutiger Herr, der in der Nazizeit einigen Juden zur Flucht nach Dänemark verholfen hatte und der später, 1968, als Staatssekretär des Auswärtigen Amts bei der Vorbereitung der Brandtschen Ostverträge mitwirkte, wußte ich damals nicht. Als ich die Reportage niederschrieb und sicherheitshalber in Bonn nachfragte, ob auch niemand im Amt Duckwitz heiße, wurde ich nicht auf die Existenz des damals doch erst vor kurzem aus dem diplomatischen Dienst geschiedenen Georg Ferdinand Duckwitz aufmerksam gemacht; das mag bezeichnend sein für die Traditionslosigkeit bzw. das Traditionstrauma des Auswärtigen Amts.

Die Figur des Harry von Duckwitz hat insofern mit mir zu tun, als ich mir vorstellte, wie sich die Dinge bei mir entwickelt hätten, wenn ich nicht Literaturwissenschaft studiert hätte, sondern Jura, wenn ich eine traditionsverbundenere Erziehung gehabt hätte und in andere Kreise geraten wäre, wenn ich einfältig genug gewesen wäre, aus Verzweiflung oder Tollheit in den diplomatischen Dienst einzutreten; wenn ich, als Mensch mit einer gewissen Erregungsfähigkeit, dort gelandet wäre, wo Zurückhaltung gefordert wird. Vor allem nach meinen Recherchen in der Aus- und Fortbildungsstätte der Diplomaten in Bonn-Ippendorf begriff ich, daß ein Typus wie Duckwitz im Auswärtigen Amt, wie in jedem Betrieb, der als glatt verschrien ist, gerade wegen seiner schroffen Art akzeptiert wird; daß er bis zu einem gewissen Grad aufsteigen kann, aber die Vereinnahmung als unerträglich empfinden muß. Nachdem mir diese Karriere-Formel klar war, konnte ich meine eigenen Berufserfahrungen als Journalist umrechnen und auf die Figur des Duckwitz übertragen. Das Echo auf die Reportage aus Bonner Fachkreisen zeigte mir später, wie legitim diese Arbeitsmethode ist: Das wenige, was ich in meiner Geschichte dazu erfunden hatte, war in Wirklichkeit ebenso passiert wie das, was mir als verbürgt berichtet worden war.

An dieser Stelle will ich mich bei einem mir leider unbekannten Herrn bedanken. Als ich mit der Reportage schwanger ging, besuchte ich eine Filmvorführung im Münchner Leopold-Kino. Früh dran, es war noch hell, und diese idiotische Musik. In der ersten Reihe saß, vielleicht angetrunken, zumindest erheblich enthemmt oder auch etwas verwirrt, jener Herr: ein bißchen unordentlich und zerlumpt, möglicherweise asozial, vielleicht aber auch vornehm, sehr elegant, offener Mantel, Schal um den Hals, schräg im Sitz, die Beine weit von sich übereinandergeschlagen. Dunkler Wuschelkopf, nur das hintere Halbprofil erkennbar. Eine eindrucksvolle Erscheinung. Er wäre dennoch kaum aufgefallen, wenn er nicht schon während der Säuselmusik sympathisch-ungehalten vor sich hingemurrt hätte. Als die Werbefilme abgespielt wurden, steigerte sich sein Murren, und einzelne Worte waren herauszuhören: »Alles Quatsch!« »Dummes Zeug!« Der Gentleman hatte eine schöne Stimme, nicht laut, aber tragend und gut vernehmlich. Kein soldatisches Befehlsgeschrei, sondern zivile Ruhe, exakt an der richtigen Stelle. Als die Vorankündigungs-Filmausschnitte liefen, wurde er noch prägnanter, seine Kommentare noch schwungvoller, souverän und unüberhörbar. Tauchte eine Figur bedeutungsvoll im Bild auf, rief er »Hau ab!«, und siehe, die Figur haute ab. Fing eine andere Figur an, irgendwelchen Hollywoodblödsinn von sich zu geben, sagte er »Halt's Maul!« und siehe, die Figur hielt ihr Maul. Jeder Ruf eine knallende Ohrfeige. Es war, als ob dieser wunderbare Mann die Handlung der Filmausschnitte unter Kontrolle hatte. Er verjagte die Figuren von der Bildfläche, er brachte sie zum Schweigen, nicht hysterisch zeternd, sondern sonor, gelassen, überzeugend und von grandioser Unduldsamkeit. Widerspruch zwecklos.

Die Leute im Kino aßen Pfefferminz und Gummibärchen und begriffen nicht, daß hier Großartiges geschah. Es war keine Vision. Ich habe eine Zeugin. Ich war mit meiner Frau im Kino, und uns beiden war sehr schnell klar: dies war Duckwitz. »Zisch ab, dumme Sau!« sagte er und verjagte wieder eine Null von der Leinwand. Dann stand er auf, verschwand und kam nicht mehr wieder.

Dieser Mann beherrschte perfekt die Kunst, mißliebigen Gestalten Verwünschungen imposant entgegenzuschleudern. Ich habe Duckwitz mit dieser Fähigkeit ausgestattet, und in vielen meiner Texte bemühe ich mich seither selbst, diesen Ton zu treffen. Die Theorien bezüglich der Hohen Schule der Verunglimpfung, die ich Duckwitz in der Reportage zu nächtlicher Stunde entwickeln lasse, waren der Anfang meiner eigenen Überlegungen in dieser Richtung.

Der erste Text, in dem ich als Autor von der Duckwitzschen Theorie profitierte, war die ein Jahr später anläßlich der vorhersehbaren Kohl-Wahl im März 1983 geschriebene Entrüstung ›Warum ich Monarchist geworden bin‹. Seitdem versuche ich, die richtige Dosis, die richtige Lautstärke, die richtige Tonhöhe, die richtige Wortwahl von Beschimpfungen herauszukriegen und glaube, daß jeder vernünftige Text unter den heutigen Umständen hinterhältige, unerwartete, gemeine, obszöne, verletzende, unfaire, zwischenrufartige Kommentare enthalten muß, wenn er nicht in wattiger Beliebigkeit absaufen will. Am ausführlichsten habe ich diese Theorie in den Entrüstungen ›Warum ich keine Zeitung lese‹ (Monarchisten-Buch), sowie ›Warum ich trotzdem schreibe‹ und ›Warum ich nicht immer bissig sein will‹ (Seitensprung-Buch) dargelegt; natürlich hat kein Schwein diese durchaus ernstzunehmenden Thesen in einer Theorie der Polemik aufgegriffen.

Den ersten großen Ärger hatte ich dann nicht mit der Staatsanwaltschaft (das Ermittlungsverfahren gegen das im Herbst 1986 erschienene Haffmans'sche freie Flugblatt ›Warum ich Terrorist geworden bin‹ wurde nach einem dreiviertel Jahr im Sommer 1987 freundlicherweise unverrichteter Dinge wegen Geringfügigkeit eingestellt), sondern mit der liberalen Wochenzeitung ›Die Zeit‹, wo ich wegen einiger harmloser Unmutsäußerungen im bewährten Duckwitz-Stil als Autor herauskatapultiert wurde.

Die Reportage zirkulierte in der Branche und im Auswärtigen Amt. Es gab Aufsehen und Lob, was ich erst später richtig schätzen lernte, als ich die Publikations-Branche und ihre Interesselosigkeit besser kennengelernt hatte.

Franz Josef Strauß, über dessen Umtriebe in Togo ›TransAtlantik‹ an anderer Stelle berichtet hatte, erwirkte im September 1982 eine lächerliche Gegendarstellung. Um diesen unausweichlichen Unsinn zu verspotten, hatte sich die Redaktion von ›TransAtlantik‹ entschlossen, zwei fingierte Gegendarstellungen hinzuzufügen. Unter der Überschrift ›Noch mehr Gegendarstellung‹ formulierte Gundolf Freyermuth im Heft 10 folgenden Text, der dazu beitrug, die fiktive Figur des Harry von Duckwitz weiter mit Leben zu füllen:

In ›TransAtlantik‹ Nr. 9/82 werden in dem Bericht ›Im Auswärtigen Amt‹ von Herrn Joseph von Westphalen Behauptungen aufgestellt, die unrichtig und ergänzungsbedürftig sind.

1. Unrichtig ist schon die Behauptung, ich hätte dem Bundeskanzler zweimal die Äußerung »Halt's Maul« entgegengeschleudert.

Ich pflege mich nicht zu wiederholen.

2. Ebenso unwahr ist die weitere Behauptung, ich hätte bei der Rückkehr aus Jakarta in meinem persönlichen Diplomatengepäck »eine prachtvolle Stereoanlage, ein riesiges japanisches Motorrad und allerlei indonesische Möbel und Antiquitäten« zollfrei in die Bundesrepublik eingeführt.

Hier gilt, daß ein solches Verhalten nicht der persönlichen Entscheidung unterliegt, sondern im Bereich des auswärtigen Dienstes zum guten Ton gehört.

Damit ist aber auch die weitere Behauptung des Herrn von Westphalen haltlos, daß der Verkauf dieser Gegenstände mir »wider Erwarten 40000 Mark eingebracht« habe. Ich war vielmehr über den zu erwartenden Reingewinn bestens informiert.

3. Unwahr ist schließlich die Behauptung des Herrn von Westphalen, Führungskräfte der Firma Siemens, die ich am Flughafen von Quito/Ecuador in meiner Eigenschaft als Legationsrat empfing, hätten mich nach den »besten Puffs« befragt.

Dies trifft nicht zu. Unrichtig ist daher auch die implizierte Behauptung, die Herren hätten sich in Quito nicht ausgekannt. Davon konnte, wie ich mich noch in derselben Nacht überzeugen durfte, keine Rede sein.

(Adresse unleserlich), den 30. August 1982
Dr. Harry Freiherr von Duckwitz
Vortragender Legationsrat im vorzeitigen Ruhestand.

Exkurs
(Wie aus einer Reportage ein Roman entstehen kann, obwohl doch der Autor bisher der Ansicht war, daß es schon genügend Romane gebe.)

Die spielerische Idee, aus der Duckwitz-Reportage einen Duckwitz-Roman zu machen, kam schon beim Kürzen des Manuskripts aus der ›TransAtlantik‹-Redaktion.

Gundolf Freyermuth hatte den Text eingerichtet und war gezwungen gewesen, einige der Manuskriptseiten aus Längengründen zu streichen; es waren Stellen, die absolut nichts mit dem Thema, dem Auswärtigen Amt, zu tun hatten; Stellen, die das Auftreten der beiden Frauen von Duckwitz beschrieben, was für den darzustellenden Gegenstand unwesentlich war, nicht aber für die Figur des Duckwitz. Damals sagte Freyermuth so dahin, ich solle die Geschichte doch zu einem Roman aufpäppeln, sehr viel mehr gehöre gar nicht dazu. Auch die restliche ›TransAtlantik‹-Elite äußerte sich wohlwollend über die literarische Qualität der Reportage und gab mir das schöne Gefühl, es handle sich um ein gelungenes Stück.

Als der Text erschienen war, erfuhr ich noch Monate später von Leuten, die ihn gottweißwo gelesen hatten: Toskanadeutsche in der Toskana, Botschafter in Maputo/Mozambique, Legationsräte in Moskau, jede Menge Ministerialbeamte in Bonn und Reporter aus Berlin und München. Einige hatten geglaubt, es handle sich bei dem von mir erfundenen Harry von Duckwitz um einen authentischen suspendierten Diplomaten. Dadurch entfaltete die Gestalt zunehmend eigenes Leben. Man erkundigte sich spaßeshalber, wie es dem Duckwitz gehe, was seine Weibergeschichten machten usw., und ich fing an, weitere Duckwitzsche Liebes- und Polit-Abenteuer zu erzählen.

Nachdem mein erstes Buch im Haffmans Verlag (›Warum ich Monarchist geworden bin‹, 1985) ganz gut ankam, fragte mich Gerd Haffmans, ob ich nicht auch mal an einen Roman dächte? Eigentlich nicht! Aber vielleicht könnte man eines Tages aus dem Duckwitz tatsächlich einen kleinen Roman machen: ›Im diplomatischen Dienst‹. Wenn ich die ungekürzte Originalfassung nähme und noch ein bißchen was dazuschriebe, hätte ich im Nu einen 150-Seiten-Roman. Darauf kündigte Haffmans ohne mein Wissen den Roman auf einem Haffmans-Werbeplakat an, so als würde er 1987 erscheinen. Ende 1986 rief er an und fragte, was jetzt mit dem Roman sei? Ich log ihn an, daß ich schon eine ganze Menge habe, eigentlich sei ich so gut wie fertig, jetzt sei mir aber gerade vor ein paar Tagen eingefallen, daß der Held einen Bruder bräuchte, der müsse Dichter sein; eine Dichterfigur bräuchte ich unbedingt im Roman zur Verarschung der Gegenwartsliteratur, dadurch würde sich die Sache etwas verzögern. Das war die Geburt von Harry von Duckwitzens Bruder Fritz, der also das Produkt einer spontanen Notlüge ist.

Es wurde ein bißchen ernster. Ich nahm es mir jetzt wirklich vor, den Roman zu schreiben. Die Idee war: alles, was ich in nächster Zeit zu schreiben haben würde, egal ob Brotarbeiten oder ungetreue Liebesbriefe, würde ich als Romankapitel schreiben, damit schon mal wieder was fertig wäre.

Den Anfang machte ich 1987 mit einem Text für den Vorläufer der ›Rübe‹, den kulinarischen ›Raben‹. Dafür schrieb ich eine Geschichte übers Essengehen, nicht wie ursprünglich vorgehabt im bewährten Glossenstil, sondern als Duckwitzepisode, die ich so, wie sie war, an einer noch nicht festgelegten Stelle in den Roman einzusetzen gedachte. Ein erster Puzzlestein. Im Frühjahr 1987 lud mich Eckhard Henscheid, der sich in diesem Jahr in die Jury des Ingeborg-Bachmann-Preises von Klagenfurt verirrt hatte, ein, beim Klagenfurter Dichterwettstreit teilzunehmen. Gekicher bei meinen schreibenden Kollegen. Ein Quatsch, ein Flachs – und komischerweise trotzdem ein Ansporn. Ich schrieb eine weitere Episode aus dem Duckwitzschen Diplomatenleben und las die, zusammen mit dem schon fertigen Manuskript über das Essengehen in Klagenfurt vor, mit wenig Erfolg bei der Jury; aber das Publikum hörte auf dieselbe lebendige, mir angenehme Art zu, wie ich es von den Lesungen meiner Entrüstungen gewohnt bin. So unerträglich konnten die Romanepisoden also nicht sein. Die Kritik von Hellmuth Karasek, Sigrid Löffler und Jörg Drews verdroß mich daher nicht sonderlich, zumal da noch Peter Demetz war, dieser alte Gentleman. Der war als einziger Juror dem Text gewogen und meinte, dies sei eine Art von Literatur, wie sie in Deutschland keine Tradition habe, leider, und er nannte zum Vergleich und zum Trost ehrenvolle Namen wie Evelyn Waugh und Somerset Maugham. – Auch der aus Zürich angereiste Clan des Haffmans Verlags hielt mir und meinem Text die Stange und gab mir das wohlige Gefühl, daß es wieder einmal die anderen waren, die sich irrten.

Harry von Duckwitz, seine beiden Frauen Rita und Helene (die in der Reportage Jane und Annalena hießen) nebst seinem Bruder Fritz und dessen Freundin Ines füllten sich noch am selben Tag in Klagenfurt weiter mit Leben. Den Abend und die ganze Nacht lang wurde die Duckwitz-Story als improvisiertes

Rollenspiel weitergetrieben, wobei Annemarie Stoltenberg eine perfekte Helene war und ihrer noch im Entstehen begriffenen literarischen Vorlage einige neue Facetten verpaßte, Bruno Kerein spielte den Fritz (und machte mir klar, daß dieser unbedingt einen Schreibcomputer benutzen muß); Harrys ständig klavierspielende exotische Frau Rita wurde von dem Piper-Lektor Uwe Heldt gespielt, Ines von einer grünäugigen Ungarin, die mir nachsehen mag, daß ich ihren Namen vergessen habe, und ich selbst nahm mir heraus, den Duckwitz darzustellen. Von da an war die Geschichte nicht mehr zu bremsen. Und wenn Romane noch so überflüssig waren, dieser mußte geschrieben werden, und es würde nicht einmal peinlich sein.

Über Harry von Duckwitz hatte ich 1982 schon die in München lebende Berlinerin, Modeseitenredakteurin der ›Süddeutschen Zeitung‹ und vor allem erstklassige Reiseschriftstellerin Ursula von Kardorff kennengelernt. Die alte Dame hatte die Reportage bei ihrem Erscheinen, wie sie sagte, ein dutzendmal fotokopiert, allen möglichen Leuten geschickt (weil sie den Diplomaten-Adel darin getroffen fand), hatte mich als Autor des Duckwitz zu ihrem Wahlneffen gemacht, und sich im Gegenzug zu meiner Wahltante machen lassen. Ihre Begeisterung für Harry von Duckwitz ist auch ein Grund dafür, daß diese Figur weitergeschrieben wurde. – Als die Klagenfurter Texte gedruckt vorlagen, schickte ich der Kardorff meine beiden Stückchen. Sie war damals, im Spätsommer 1987, schon sterbenskrank. Die Klagenfurter Jury habe keinen Dunst von Literatur, schrieb sie. Alles Spießer! Sie jedenfalls liebe diesen Duckwitz, »diesen wunderbaren Anarchisten im Stresemann«, wie sie schrieb. Im Stresemann hatte ich mir den Duckwitz noch nie vorgestellt. Ich solle sie weiter mit Duckwitz-Stories versorgen, schrieb sie, ich solle mich beeilen, sie sei schließlich am Sterben.

Sie starb im Januar 1988, ich war mit dem Duckwitz noch nicht weitergekommen. Sie starb mit Bonmots auf den Lippen, und ich habe mir die Freiheit genommen, sie zu Harrys Tante zu machen, die zeitversetzt in den 50er Jahren mit eben diesen Bonmots auf den Lippen in schnoddriger Würde stirbt. – Als ich diese Erinnerungspassage irgendwann im Frühling 1988 gerade aufschrieb, rief Benedikt Erenz von der ›Zeit‹ an und fragte, was ich so mache. Ich sagte ihm, daß ich gerade dichtete und nebenbei meinen Kindern beibrächte, wie man Briefmarken ablöst. Nach einer halbstündigen Ratscherei sagte Erenz: »Jetzt hören wir auf, sonst werden die Briefmarken kalt.« Ich legte auf, schrieb meinen Satz zu Ende, machte einen Absatz und ließ Harrys Tante Ursula einen Freund namens Onkel Benedikt haben, der den siebenjährigen Harry mit der Bemerkung beeindruckt: »Paß auf, daß deine Briefmarken nicht kalt werden!«

Nach den Klagenfurt-Passagen hatte ich mir im Sommer 1987 erstmal eine Episode vorgenommen, die ich schon 1982 für die Reportage geschrieben, aber nicht darin aufgenommen hatte: wie Duckwitz sich bei einem Essen in Afrika bewußt danebenbenimmt und vor aller Augen bei festlich gedecktem Tisch einen Mund voll Pudding auf den Teller zurückspuckt. Ich ließ Jörg Drews und Sigrid Löffler, die als Juroren in Klagenfurt meine Duckwitz-Geschichten als danebengegangen empfunden hatten, nun als Reisende in Sachen Goethe-Institut bei jener Duckwitzschen Entgleisung anwesend sein. Anschließend kritisieren die beiden Duckwitz mit denselben Worten, mit denen sie meinen Text in Klagenfurt kritisiert hatten. Diese Geschichte las ich beim Haffmansschen 5-Jahres-Jubiläum im September 1987 in Zürich vor und stellte fest, daß sie auch ohne Kenntnis der geheimen Zusammenhänge verständlich war und erheiterte. Später gab es eine Gelegenheit, die Episode noch einmal in der Münchner Autorenbuchhandlung in Gegenwart von Jörg Drews vorzulesen, und ich weiß bis heute nicht, ob er sich oder wenigstens seine eigenen Worte darin wiedererkannte oder nicht. Die meisten Botschaftsangehörigen hatten beim Lesen der Reportage ja auch geglaubt, nicht sie selbst würden verarscht, sondern die Kollegen.

Soviel war nun klar: Das liebevolle oder bösartige Verwursteln von Feinden und Freunden, von Erlebnissen und Obsessionen, von Tagen und Nächten würde mir beim Romanschreiben einigen Spaß machen. Und es war zu hoffen, daß auch einige andere Leute an dem Roman ihren Spaß haben würden. Ich brauchte nicht das Gefühl zu haben, etwas Unsinniges zu tun. Haffmans würde den Roman sicher drei-, viertausendmal verkaufen, dachte ich mir, so daß eine gewisse finanzielle Entschädigung für die vielen Tag- und Nachtschichten und das versäumte Leben gegeben wäre.

Diese unschuldigen Überlegungen verloren sich rasch, als der Hoffmann und Campe Verlag im Herbst 1987 aus heiterem

Himmel ein Angebot machte. Ein Vorschuß, von dem ich bequem ein Jahr würde leben können. Jetzt war der Duckwitz auf einmal kein Spaß mehr für ein paar Leute, sondern ein Geschäft, auf das ich als Familienvater und freier Autor bei aller Liebe zum Haffmans Verlag wohl kaum würde verzichten können. Großes Hin und Her von wegen Treue. Aber nur nicht alle Kräfte für diese Entscheidung verzehren. Erstmal mußte das Ding geschrieben werden. Im Herbst 1988 sollte er in jedem Fall erscheinen, dazu müßte er im Mai fertig sein. Am 1. 1. 1988 wollte ich anfangen und jeden Tag 10 Seiten schreiben, dann wäre Ende März der 300-Seiten-Roman fertig. Da er erst im Mai fertig zu sein brauchte, schob ich den Start auf den 1. Februar. Am 12. Februar fing ich an. Als ich merkte, daß ich an manchen Tagen auch 30 Seiten tippen konnte, machte ich eine Pause. Ich schrieb von hinten nach vorn. Die letzte Liebesgeschichte Harrys interessierte mich aus bestimmten Gründen ganz besonders. Im Schnitt entstanden in der Woche zwei, drei, vier abgeschlossene oder abschließbare Episoden von 10 bis 20 Seiten. Nachdem ich im April unbemerkt ein Kapitel zu Papier gebracht hatte, das ich im Februar schon einmal geschrieben hatte, wie ich überraschenderweise im Mai bemerkte, überlegte ich mir endlich ein Ordnungssystem und klemmte vor jede Episode ein Deckblatt mit einem ausführlich formulierten Kapitelinhalt. Im Mai war ich fast fertig, aber nicht ganz. Der Erscheinungstermin Herbst 1988 war damit geplatzt. Ein schöner Mund tröstete mich mit dem Hinweis, das werde doch auch kein Roman für Lebkuchenesser.

Ende Juli glaubte ich, endlich alles zusammenzuhaben. Nun wollte ich die fertigen Teile vernähen. Wenn ich mich aber morgens hinsetzte, um mit einem Übergangssatz zwei Episoden zu verbinden, waren am Nachmittag schon wieder weitere 20 Seiten entstanden, die mir von Satz zu Satz eingefallen waren und die mir unerläßlich erschienen. Ich brauchte nur die Seite mit den Auslandsmeldungen in der Zeitung aufzuschlagen, schon wieder war unverhofft ein ganz neues Kapitel hinzugekommen.

Das Erfinden von Geschichten, das Verbraten von Realitätsbestandteilen, von Realpersonen und von realer Liebe und realem Haß war das reinste Vergnügen gewesen, mit dem ich nicht aufhören wollte; wie eine entsetzliche Schwerarbeit hingegen lag es noch immer vor mir, diesen lustvoll hingetippten Sprachbrei, wo fast kein Wort nicht vertippt ist, fast kein Satz die richtige Syntax hat, wo bei fast keinem Gedanken die Logik sitzt – diese mühelos geförderte Rohmasse zu reinigen und zu ordnen. Ordnung und Sauberkeit! Kämmen, bürsten, entklumpen, ausduschen, abwaschen – es ist eine Schande, daß es nicht ohne geht.

Auf gut Glück ein Romanmanuskript fertigzustellen und anzubieten – dazu würde mir die Putz-Kraft fehlen, denke ich beschämt. Aber selbst in der überaus privilegierten Autorenlage, nicht nur sicher zu sein, daß das Zeug gedruckt wird, sondern auch ordentlich dafür bezahlt zu werden, plagen mich, wenn der für die Fertigstellung so wichtige Größenwahn für eine Weile verfliegt, gelegentlich die üblichen häßlichen Bedenken. Gut, ganz schlecht kann der Roman nicht mehr werden, aber hat er Wucht, hat er etwas Zwingendes? Wenn man sich nicht daran laben kann wie an einem guten Song, dann hat es wenig Sinn gehabt. Ein Buch muß einen stärken. Ich jedenfalls lese nur Bücher, die mich stärken. Die Vorstellung, ein Buch zu schreiben, das ebensogut nicht hätte geschrieben zu werden brauchen, ist eine Plage. Es ist im übrigen anstrengend, Ambitionen zu haben, ohne ambitioniert zu schreiben, allgemeinverständlich, aber nicht trivial, unterhaltsam, aber nicht seicht, deutlich, aber ohne Zeigefinger, moralisch, aber nicht säuerlich, witzig, aber nicht unernst, wahrhaftig, aber nicht triefend – es ist ein einziges Sichverstellen. Werden all diese Rechnungen aufgehen, frage ich mich etwas nervös. Es sind eine Menge Rechnungen.

In diesem peinlichen Zustand, wo plötzlich die eventuelle Nichtigkeit der ganzen Unternehmung nicht ganz auszuschließen ist, kann nur noch der Anruf eines pfiffigen Journalisten für eine Verbesserung der Stimmung sorgen: Er habe ein paar Fragen zu diesem doch hoffentlich bald fertigen Roman, ob er ein Interview machen dürfe? Darf er!

Was ist das Interessante am diplomatischen Dienst?

Nichts. Der diplomatische Dienst ist völlig uninteressant. Es ist eine unglaublich langweilig vor sich hinarbeitende Mühle. Gerade das macht es aber literarisch interessant. Die meisten Menschen haben leider eine uninteressante Tätigkeit. Insofern ist der diplomatische Dienst geradezu beispielhaft. Wenn Sie so wollen, ist der diplomatische Dienst nur ein Metapher für die allgemeine Nichtigkeit vieler unserer Jobs. Solange wir nicht abgestumpft sind, ist die Auseinandersetzung mit der Nichtigkeit ein ganz interessantes Thema. Nicht *was* geschieht, ist spannend, sondern daß so wenig geschieht.

Ist das Nichtigkeitsgefühl im Auswärtigen Amt verbreitet?

Das kommt auf das kritische Bewußtsein des einzelnen an. Ich kenne einige, die ziemlich frustriert sind. Aber wo gibt es Leute, die nicht frustriert sind. Ich kann das nicht beantworten. Die Leute kompensieren, sie machen sich etwas vor. Man verbirgt natürlich seine Bedeutungslosigkeit. Ich weiß nur, was ich in dem Verein empfinden würde. Ich kann nur ins Innere meiner Romanfigur blikken. Ich weiß nicht, was der Außenminister denkt. Vielleicht hat er tief innen eine gar nicht so abweichende Ansicht. Duckwitz jedenfalls ist ein Mensch, dem es nirgends recht ist. Das ist doch ein vernünftiger Wesenszug für eine Romanfigur, finden Sie nicht?

Darf ich Ihnen eine ganz besonders altmodische Frage stellen?

Her damit!

Verbinden Sie mit dem Roman ein Anliegen?

Natürlich! »Anliegen« ist doch ein wunderbares Wort. Klingt richtig nach Bett und Erotik! Duckwitz ist ein Sprachrohr für meinen Unmut über gewisse Dinge. Er spricht mir häufig aus der Seele, und ich hoffe, daß er auch vielen seiner Leser aus der Seele spricht. Er spricht aus, was uns allen stinkt. Er nimmt selten ein Blatt vor den Mund.

Und ausgerechnet im Auswärtigen Amt? Von einem Diplomaten erwartet man ja nicht gerade deutliche Töne!

Eben das macht den Reiz aus. Wenn ich den Roman im Milieu autonomer Kernkraftgegner hätte spielen lassen, wäre es nichts besonderes, wenn ständig vom »Schweinesystem« die Rede wäre. Es wäre ebenso realistisch wie ermüdend. In diplomatischen Kreisen, wo deutliche Unmutsäußerungen nicht gerade an der Tagesordnung sind, da kann ein so albernes Wort wie das vom »Kanzlerschwein« wie ein Blitz hineinfahren. Das heißt für mich als Autor, ich kann im Roman sparsamer mit Verbalinjurien umgehen. Ich kann differenzierter Unmutsäußerungen dosieren. Obendrein ergibt sich damit ganz von selbst ein weiteres Thema: daß man nämlich heutzutage, wenn man sich ein bißchen eckig und schroff verhält, eine Weile durchaus sein Ansehen mehrt, nicht nur im Auswärtigen Amt, sondern auch in anderen Saftläden, die an ihrer Glätte leiden. Wenn Sie heute als Manager eines Konzerns, der Videorecorder herstellt, auf einer Vorstandssitzung von einer »beschissenen Marktlage« sprechen, vom »Geseich« des Finanzministers und davon, daß der Wirtschaftsminister ein »Esel« ist, dann nimmt Ihnen das nicht nur keiner übel, es trägt zur Ausprägung Ihres Profils bei. Diese Tendenz ist in Behörden und Ministerien auch vorhanden, natürlich nicht so kraß wie in der freien Wirtschaft. *Das* ist die Realität! Unrealistisch ist es, wenn immer noch so getan wird, als müsse man sich krümmen und speichellecken, um durchzukommen. Der Witz an der Karriere des Harry von Duckwitz ist, daß sich hier zeigt, wie man auch, ohne sich zu ducken, ganz gut durchkommt. Der Arschkriecher hat längst ausgedient. Man sollte die Legende nicht weiter kolportieren. Die Realität ist viel komplizierter und infamer. Heinrich Manns ›Untertan‹ ist ein tolles Buch, aber der heutige Untertanengeist hat ein ganz anderes Gesicht. Es kam mir in meinem Roman nicht darauf an, ein Bild von der Tätigkeit beziehungsweise Untätigkeit des Auswärtigen Amts zu zeichnen. Das habe ich damals in der Reportage getan. Das ist für einen Roman nicht interessant. In diesem Roman interessieren mich andere Dinge. So etwa die Beschreibung des Vorgangs, wie heute aufmüpfige Schnoddrigkeit vom Machtapparat wohlwollend integriert wird. Das ist längst Praxis. Das ist gefährlich und viel zuwenig bekannt. Die Leute üben immer noch erbost Sozialkritik an längst nicht mehr vorhandenen Klischees aus der Kaiserzeit.

Sie gaben das Stichwort »realistisch«. Wie authentisch ist der Roman denn? Wieviel darin ist sozusagen nachprüfbar der Wirklichkeit entnommen? Handelt es sich vielleicht um so etwas wie einen Tatsachenroman?

»Tatsachenroman« ist natürlich auch wieder so ein wunderbarer, ganz aus der Mode gekommener Ausdruck, und schon deswegen nicht zu verachten. Die Tatsächlichkeit war für mich eher ein handwerkliches Problem.

Wie ist das zu verstehen?

Ein Problem der Tiefenschärfe sozusagen.

Verstehe ich noch weniger.

Ich meine damit: Die Figuren um Duckwitz herum sind scharf abgebildet, der Hintergrund aber mußte aus bestimmten Gründen etwas verschwommen sein. Zwar auch realistisch, auch authentisch, aber verschwommen.

Das ist mir zu abstrakt, können Sie ein Beispiel geben?

Entschuldigen Sie! Ich kann Abstraktion selbst nicht ausstehen. Also: Der Roman spielt von 1975 bis heute. Der Held Harry von Duckwitz war nach seiner Ausbildung in Bonn 3 Jahre in Kamerun, dann wieder in Bonn, dann in Ecuador, dann wieder in Bonn. Er hat also eine andere Laufbahn als in der Reportage, die ja 1982 enden mußte. Das sind reale Zeiträume und reale Orte. Aber es gab keinen realen Harry von Duckwitz in dieser Zeit, weder in Bonn, noch in Kamerun, noch in Ecuador, noch sonstwo. Der Held und die Figuren, die ihn umgeben, sind erfunden. Ich will gar nicht wissen, wer wirklich von 1977 bis 1980 dritter Mann in der bundesdeutschen Botschaft in Kamerun war, ob der wirkliche Botschafter ganz passabel war oder eine Pflaume. Das spielt keine Rolle. Da hört die Authentizität auf. Stimmen hingegen müssen gewisse Kameruner Details. Da dürfen keine groben Fehler drin sein. Falls das Botschaftsgebäude beschrieben ist, darf nicht ausführlich von einer prachtvollen Kolonialresidenz die Rede sein, wo es sich in Wirklichkeit um ein scheußliches Schuhkarton-Bauwerk handelt.

Sie meinen mit den handwerklichen Problemen das richtige Mischungsverhältnis zwischen Authentizität und Erfindung?

Das ist es! Ich kann in Ecuador oder Kamerun nicht irgendwelche weltbewegenden Massaker erfinden, die tatsächlich nicht stattfanden, auch keine Wahlen, die es nicht gab, bloß weil es mir gut in den Kram passen würde. Sachen, die nachprüfbar sind, dürfen nicht falsch sein. Erfunden ist beispielsweise, daß die italienische Botschaft in Jaunde einen Swimmingpool hat. Wenn dem nicht so ist, wäre es mir egal. Wenn es aber darum geht, wann Idi Amin die Asiaten aus Uganda vertrieben hat, dann kann ich das nicht meiner Dramaturgie zuliebe 5 Jahre später sein lassen. Es gibt bei diesem Thema reale Vorgaben, die ich nicht verfälschen darf. Manchmal dachte ich mir, wieviel angenehmer es wäre, einen Roman in einer nicht näher genannten mittelfränkischen Kleinstadt spielen zu lassen mit einem unüberprüfbaren, frei erfundenen Figurenpersonal, wo nur die Psychologie stimmen muß. Das ist kompliziert genug. Wo ich nicht Mühe aufwenden muß für die Gestaltung einer fehlerfreien Kulisse. Das meinte ich vorhin mit Tiefenschärfe: Ich hatte das Gefühl, meinen Roman nicht auf eine Leinwand malen zu können, sondern über eine fotografische Vorlage legen zu müssen, auf der Umrisse von Bonn, Kamerun und Ecuador zu sehen sind. Was da zu sehen ist, muß zwar stimmen, aber es kann und sollte etwas unscharf und schemenhaft sein, weil es darauf nicht ankommt. Das meinte ich mit den handwerklichen Problemen: die Frage, wie montiere ich eine erfundene Figurengruppe in einen tatsächlichen Hintergrund ein.

Aber gibt es solche Montageprobleme nicht bei jedem Thema? Auch in der mittelfränkischen Kleinstadt muß ja einiges stimmen. Da stehen eben Fachwerkhäuser und keine Häuser mit ostfriesischen Reetdächern. Und einen Film über den Vietnam-Krieg kann man wahrscheinlich nicht in Oberammergau drehen.

Ich will Sie mit meinen Montage-Problemen nicht strapazieren. Dies ist mein erster Roman, da beschäftigen mich eben diese handwerklichen Fragen. Ihren Hinweis auf den Film nehme ich sehr dankbar an. Es gibt Filme, die dokumentarische Sequenzen in die Spielhandlungen einschneiden, zum Beispiel Dokumentarmaterial vom Einmarsch der Russen in Prag 1968 in der Kundera-Verfilmung ›Die unerträgliche Leichtigkeit des Seins‹. Und tausendmal hat man irgendwelche dokumentarischen Sequenzen aus der Nazi-Zeit in Spielfilme über das Dritte Reich einmontiert. So kann ich auch beim Schreiben mühelos dpa-Meldungen zitieren. Ich habe das erwogen. Es gibt zwischen 1975 und 1988 gewisse Ereignisse, die in irgendeiner Form vorkommen müssen, wenn die Geschichte realistisch sein soll. Der deutsche Herbst 1977 mit der Schleyer-Entführung, mit Mogadischu und der Terroristen-Hatz muß in irgendeiner

Weise erwähnt werden, wie auch Tschernobyl. Das hat normale Menschen beschäftigt, und das muß auch ansatzweise die Romanfiguren beschäftigen, wenn sie normal wirken sollen. Andererseits muß ich vermeiden, daß solche Erwähnungen aufdringlich und pseudo-realistisch klingen. Lassen wir doch das Thema jetzt.

Nur noch eine Frage dazu: Wie halten Sie es mit dem Kanzler und dem Außenminister. Ohne die geht es doch wohl kaum in einem Roman mit diesem Thema?

Doch! Die treten auch in Wirklichkeit kaum auf. Die spielen im Leben eines normalen Diplomaten, wenn er nicht gerade in London, Paris, New York oder Moskau Dienst tut, kaum eine Rolle. Deswegen konnte ich Duckwitz auch nicht in New York oder London oder Moskau einsetzen. Dann wäre es noch mehr in Richtung Tatsachen-Roman gegangen. Natürlich ist der Besuch des Kanzlers oder Außenministers in Moskau oder New York eine Sache, die nicht spurlos an der Botschaft vorbeigeht. Hätte ich Duckwitz zum Beispiel an der Botchaft in Washington sein lassen, dann hätte die Wirklichkeit noch mehr in meinen Roman hineindiktiert. Das wäre mir zu weit gegangen: als Schriftsteller auch noch die albernen Reisen dieser Tölpel zu rekonstruieren. Aus dem Grund ist Duckwitz in Kamerun und Ecuador, wo in dieser Zeit wenig los ist. Dort, wie auch als Dutzend-Diplomat im Auswärtigen Amt, kriegt man von den Knallchargen an der politischen Spitze nicht viel mehr mit als der normale Zeitungsleser und Fernsehzuschauer auch: Sie quatschen irgendwelchen Mist, und als kleiner Beamter ärgert man sich über sie. Man kriegt sie kaum zu Gesicht. Man redet von ihnen, wie man auch als Lehrer oder in Richterkreisen von Politikern redet; oder auch am Stammtisch: also sehr schlecht.

Es handelt sich demnach nicht um einen Roman, der die Ära Helmut Schmidt und Helmut Kohl zum Inhalt hat?

Die Ära der Helmuts – nein, nein! Der Kanzler ist einfach Synonym für einen Blödmann, wie das eben so ist. Der Diplomat denkt auch nicht anders als der Volksmund spricht. Kanzler und Minister sollen austauschbar sein. Der Kanzler hat keinen Namen, er ist so verwischt wie möglich. Da huscht nur mal so etwas Unflätiges herum, ein paar Zeilen lang. Mehr nicht. Es ist kein Anti-Kohl-Roman. Er soll ja noch länger halten als die Bundesregierung. Sie sehen, ich habe nicht nur ein Anliegen, sondern auch einen Anspruch. Man soll auch noch in 25 Jahren in dieses Buch hineinschauen können, nicht um zu erfahren, welchen Mist Schmidt und Kohl im einzelnen gemacht haben, das wird in den Geschichtsbüchern stehen, sondern um sich vor Augen zu halten, mit welcher erfrischenden Verachtung damals, in den 70er und 80er Jahren, über die politische Elite gedacht und gesprochen wurde, selbst in den Ministerien, und daß es nur so auszuhalten war. Deswegen habe ich zum Entsetzen des Verlags bis zur Erschöpfung darauf bestanden, daß der Roman eine Fadenheftung bekommt, also nicht in drei, vier Jahren auseinanderfällt. Ich bin nicht abergläubisch. Aber ich finde, diese Duckwitz-Abenteuer müssen unbedingt mit Fäden zusammengehalten werden und der Nachwelt zur Verfügung stehen. Solche Figuren gibt es nicht alle Tage.

Sie haben bisher sehr viel bösartige, polemische Texte veröffentlicht, in denen die Ihrer Ansicht nach üblen Zustände und ihre Verursacher ihr Fett abbekommen; das waren nicht nur Politiker, sondern auch Zeitgeist-Moden aller Art, nicht zuletzt die Literaten selbst. Sie haben einen Text geschrieben, der sich nennt ›Warum ich lieber döse als lese‹, worin Sie allen Ernstes dem Dösen eine Lanze brechen und die meisten Bücher und Romane als überflüssig beschreiben. Und nun das. Sie sind sich untreu geworden!

Ja. Untreu, ja. Untreu ist immer gut. Ich bin ein Liebhaber der Untreue. Denken Sie doch, was für fürchterliche Dinge als Folge der Treue geschehen sind! Treue zu Deutschland zum Beispiel. Wie viele Juden könnten heute noch leben, wenn es nicht diese widerwärtige Treue zu diesem Deutschland gegeben hätte. Und jetzt wird herumgejammert, weil es in Politik und Kultur nur noch schauerliche Nullen gibt. Natürlich! Aus Treue zu Deutschland wurde der so dringend nötige jüdische Witz, der ganze raffinierte Geist ausgerottet. Nun, wo es nicht mehr genügend Juden gibt, feiert das geistlose deutsche Hausschwein seine Triumphe. Alles Folgen der Treue.

Sie weichen aus, in ein ernstes Terrain. Ich darf Sie aber doch bitte kurz zurückholen in den weniger furchtbaren Bereich des literarischen Marktes. Es gibt genug Romane, und Sie schreiben einen. Untreu hin oder her, wie rechtfertigen Sie das?

Reiner Egoismus. Das Romanschreiben hat mir großes Vergnügen gemacht. Meine Texte, Essays, Reportagen, Glossen waren immer sehr polemisch. Es gab da keine Weiterentwicklung mehr. Man muß mit Verwünschungen, Beschimpfungen, Verunglimpfungen sehr vorsichtig umgehen, nicht nur aus juristischen Gründen. Es ist auch eine Frage der Dosierung. Ein bißchen zu viel, und schon ist der ganze Text versalzen, literarisch ungenießbar. Es gab immer mehr Meinungsverschiedenheiten mit Redakteuren, die andere Genießbarkeitsmaßstäbe als ich hatten, aber leider die Macht des letzten Wortes. Diesen Pfeifen waren meine Sachen plötzlich zu scharf. Seit 1981/82 veröffentliche ich regelmäßig; umgerechnet an die 600 bis 700 Buchseiten sind da entstanden, die Verunglimpfungspassagen machen insgesamt allenfalls 3 Seiten davon aus. Trotzdem haben sie mir den Ruf eingetragen, ein polternder Polemiker zu sein, der nichts anderes kann als schimpfen.

Und jetzt wollen Sie zeigen, daß Sie auch einen Roman schreiben können?

Tatsächlich ja, das will ich. Im übrigen versuche ich mich nach wie vor in der Hohen Schule der Verunglimpfung und halte die Verhöhnung von Respektspersonen nach wie vor für äußerst sinnvoll. Nur kann man im Roman ganz anders arbeiten. Da brauche ich mich nicht mit Redakteuren herumstreiten, die immer glauben, irgendwelche harmlosen Kraftausdrücke den Lesern ihrer Glanzpostillen nicht zumuten zu können. Im Roman fällt das Problem doppelt weg. Es gibt keine feigen Redakteure, und dann kommt ein Roman mit weniger Kraftausdrücken aus. Vor allem, wenn er im diplomatischen Dienst spielt.

Haben Sie keine Angst, daß Ihre Attacken in der bei aller Realitätsnähe doch fiktiven Romanwelt an Wirkung eher verlieren?

Doch, die Angst habe ich. Aber man kann es ja mal probieren. Man muß es mal probieren. Ein Roman, der an einigen Stellen ein bißchen penetrant scharf wird: Das wird nicht allen schmecken. Soll es auch nicht. Aber ich habe doch Hoffnungen. nach meinen vorsichtigen Schätzungen wird die Harry-von-Duckwitzsche Denkweise von etwa 20 Prozent der CDU/CSU-Wähler goutiert, von 30 Prozent der SPD-Wähler und von 40 Prozent der Grünen-Wähler. Ich habe seit 1982 50 sogenannte »Entrüstungen« veröffentlicht, verteilt auf die 3 Publikationen ›Warum ich Monarchist geworden bin‹, ›Warum ich Terrorist geworden bin‹ und ›Warum ich trotzdem Seitensprünge mache‹. Das ziemlich einhellige Lob auch konservativer Zeitungen sowie meine Erfahrungen bei etwa zwei Dutzend Lesungen an allen möglichen Orten haben mir gezeigt, daß für eine gesunde Portion Staatsfeindlichkeit eine Menge durchaus bürgerlicher Leute zu haben ist.

Das heißt, ›Im diplomatischen Dienst‹ *ist eine logische Folge, eine Art notwendiger Fortsetzung Ihrer Polemiken mit anderen Mitteln, nämlich mit den Mitteln des Romans?*

Exakt! Etwas martialisch formuliert, aber exakt! In meinen Essays und Glossen mußte ich der Logik zuliebe alle Risse verkleistern, in der Reportage mußten Prozentzahlen stimmen, da kam es darauf an. Im Roman muß ich nicht jeden krausen Gedanken gleich abbremsen, Prozentzahlen müssen auch stimmen, aber sie haben keine große Bedeutung. Sie sind Kolorit. Ich habe die Reportage damals geschrieben, damit man die Tätigkeit des Auswärtigen Amts begreift. Das war 1982. Darum geht es im Roman nicht. Hier geht es darum, wie einer wie Duckwitz es in so einem Verein aushält. Daher ist von seiner Tätigkeit als Angehöriger des Auswärtigen Amts oft nur ganz beiläufig die Rede. Ich brauche das als Autor nicht dauernd ausführlich zu beschreiben. Das Arbeitsleben des Diplomaten ist so langweilig wie das Arbeitsleben eines Mathematiklehrers – trotzdem kann ein Mathematiklehrer ein erzählenswertes Leben führen.

Ein Schriftstellerleben halten Sie wohl nicht für erzählenswert?

So ist es. Das gibt es ja auch genug. Gottseidank habe ich mit 18, 20 keinen Roman geschrieben. Damals wäre natürlich ein Schriftsteller mein Held gewesen. Von nichts anderem als vom Schreiben wäre die Rede gewesen. Entsetzlich. Das ist doch das uninteressanteste Problem. Oder interessieren Sie meine Schreibticks? Wie viele Texte ich wem alles zusagen muß, um so in Druck zu geraten, daß ich wenigstens einen termingerecht fertigkriege. Weil ich nämlich immer das Gefühl haben muß, Arbeit zu schwänzen, wenn ich arbeite. Ich kann einen Text nur dann schreiben, wenn mir 5 andere dringend bestellte Texte im Nacken sitzen. Eine Neurose! Lästig. Aber völlig uninteressant! Scheiternde Dichter sind das allerletzte, in Wirklichkeit und als Figuren in der Literatur. Allerdings bin ich auch nicht ganz ohne Dichterfigur ausgekommen. Mein Held Harry ist derart unliterarisch, daß wenigstens sein Bruder Literat sein muß. Zwecks Verspottung des schreibenden Gewerbes brauchte ich die Figur.

Sie wirken eigentlich ziemlich selbstsicher. Dafür daß der Roman noch gar nicht fertig ist ...?

Lassen Sie mir bloß meine Selbstsicherheit! Sie wissen doch, wie leicht die zerbrechen kann. Wollen Sie lieber vor einem Scherbenhaufen sitzen? Zerbrechen tue ich nur, wenn ich allein bin. Finde ich unanständig in Gegenwart von Mitmenschen. Ich bin kein Freund von Urschrei und Analyse.

Fürchten Sie sich vor der Kritik?

Ich bin vor allem neugierig. Als ich studierte, waren meine Referate und meine Doktorarbeit den Professoren zu feuilletonistisch. Als ich journalistische Arbeiten schrieb, waren die den Redakteuren erst mal zu akademisch. Die Reportagen und Essays waren dann zu erzählerisch. Und vermutlich heißt es jetzt: der Roman sei zu reportagehaft und essayistisch und nicht episch genug. Es paßt den Affen nie. Ich habe mich daran gewöhnt. Meine Entrüstungsbücher haben allerdings ziemlich gute Kritiken bekommen. Da wäre jetzt also ein Dämpfer fällig. Zumal ich mich an der großen Form vergriffen habe. Kann schon sein, daß einige pädagogische Kollegen das vermessen finden. Vielleicht haut einer mit der Hormonmetapher auf mich ein.

Hormonmetapher?

Die erfinde ich hiermit. Das ginge dann so: Westphalens Reportage war ja noch ein ganz lesbarer kompakter Text, ein netter westdeutscher Ableger des »new journalism«. Der Autor wäre allerdings gut beraten gewesen, es dabei bewenden zu lassen. Nun hat er mit Hilfe von Hormoncocktails die Geschichte zu einem Roman aufgemästet, dessen Fleisch labberig und fad ist. Nichts dahinter! – So könnte es heißen. So heißt es häufig, wenn ein Nicht-Romancier es wagt, einen Roman zu schreiben. Obwohl das natürlich Quatsch wäre. Mein Kalb ist immerhin sechs Jahre auf der Wiese herumgesprungen und hat bestes Gras gefressen.

Ist es denn ein moderner Roman, den Sie schreiben?

Nein. Und ich höre den Vorwurf schon, es werde zu herkömmlich erzählt. Ein experimenteller Roman ist es ja nun wirklich nicht. Trotzdem ist es für mich ein Experiment. Nämlich: kann ich heute die geläufigen Stilmittel des nichtavantgardistischen Romans des 20. Jahrhunderts, also zum Beispiel eine geradlinige personale Erzählperspektive, benutzen, um einen modernen Inhalt zu transportieren? Warum eigentlich nicht? Warum nicht, wenn der Inhalt frisch und nicht gewöhnlich ist, sage ich mir. Aber ist der Inhalt frisch? Ist nicht alles bekannt? Wissen wir nicht, wie mir Hellmuth Karasek in Klagenfurt freundlich vorhielt, über Einzelheiten chilenischer Folter längst aus Zeitungen genauestens Bescheid? Blöder Einwand! Natürlich wissen wir Bescheid. Alles bekannt. Es kommt aber darauf an, wie eine solche Nachricht auf eine Figur wirkt. In dieser Brechung kann die Neuigkeit liegen. Ob das allerdings funktioniert, ob, durch das Bewußtsein des Helden gebrochen, auch das Bekannte den Leser noch packen wird, das wird sich zeigen. Ob Duckwitz, dieser Bastard, wenn er das Licht der Welt erblickt, auch lebensfähig ist, das ist heute, am 29. 11. 1988, überwältigend unbeantwortbar und beschert mir eine Spannung, die alle Poker- und Roulette-Spiele nicht bieten können: Was kommt bei diesem Einsatz raus? Immerhin bin ich wegen dem Scheiß Roman 100 Nächte nicht ins Bett gegangen. – Experimentell ist für mich übrigens der Duckwitz-Roman in dem Sinn, als ich in ihm versuche, gemeine, böse, ungefällige, unfaire, verletzende, beleidigende, abstoßende Bemerkungen in Maßen einzubringen, die den harmonischen Witz des Ganzen durchaus stören sollen. Das ist im Roman auch heute noch ungewöhnlich, ungewöhnlicher als im kurzen Text, der dann eben »Polemik« oder »Satire« genannt und damit legitimiert wird. Wie aber ehedem unsere Großeltern erotisch freizügige Gedanken in der Literatur gestört haben, stört heute noch in einem nicht als Polemik ausgewiesenen Text das freizügige, häßliche, unflätige Wort – egal ob über das Maul des Bundeskanzlers oder den Schließmuskel des US-Präsidenten. Wenn man heute nicht mehr anders stören kann, dann muß man eben auch zu solchen Mitteln greifen. Störung muß schließlich sein, oder?

Für wen schreiben Sie?

Diese Frage ist ja seltsamerweise nicht unsinnig, weil es tatsächlich verschiedene Antworten darauf gibt. Als ich einen Ausschnitt des Romans beim literarischen Wettfurzen in Klagenfurt vorlas vor öffentlichem Publikum, da gingen die Leute bei der Lesung schön mit, lachten, wenn es lustig war, und es gab ein eisiges Schweigen bei einer politischen, brutalen Stelle. Genauso soll es sein, dachte ich. Nachher sagte mir einer der Juroren, er hätte den Verdacht, ich dächte beim Schreiben an den Leser. – Das nennt sich dann deutsche Literaturkritik. Der ernsthafte Autor darf nicht an den Leser denken. Ich weiß nicht, an was er denken soll. An die Kritiker oder an die Ewigkeit oder die Literaturgeschichte? Es ist grotesk. Ich will mich möglichst vielen Lesern verständlich machen. Und das kann man, ohne unter Niveau zu gehen. Das glaube ich einfach mal. Auch wenn die Literaturkritiker in der allgemeinen Verständlichkeit eines Textes oft schon ein Zeichen von Trivialität sehen. Sollen sie. Aber dann sind Tolstoi und Flaubert auch trivial.

Und wie geht es jetzt weiter?

Das entscheidet der Leser.

Wie bitte?

Wenn der Roman einigermaßen befriedigend ankommt, gibt es eine Fortsetzung. Harry von Duckwitz ist Anfang vierzig, wenn der Roman aufhört, er hat sein Leben noch vor sich. Ich weiß schon genau, wie es weitergeht. Aber ich schreibe das nur, wenn man sich dafür interessiert. So angenehm das Romanschreiben ist, wenn die Krönung fehlt: das Gelesenwerden, dann verzichte ich. Es ist nicht nur eine Frage der Tantiemen. Es macht einfach keinen Spaß, für 5000 Leute ein Jahr lang an der Schreibmaschine zu sitzen und sich vorzumachen, daß die wahren Werte der soeben verzapften Literatur schon noch einmal entdeckt werden, wenn man siebzig ist.

Aber 5000 verkaufte Ro-

manexemplare, das ist doch schon eine satte Zahl. Viel mehr schaffen oft eingeführte, bekannte und preisgekrönte Romanautoren nicht.

Ich weiß, ich bin größenwahnsinnig. Aber lassen Sie mir meinen Größenwahn. – Ich denke, daß jeder ein bißchen von Duckwitz in sich trägt. Er ist doch nichts anderes als die Verkörperung des herrschenden Unmuts und der ebenso herrschenden Sehnsucht nach Liebe. Also die uralte Geschichte. Andere fressen Aufputschmittel, ich halte mich mit der Vorstellung wach, daß sich genügend Leute für diesen Duckwitz interessieren.

Das ganze ist ja wohl ein Gegenwartsroman. Wann endet die Gegenwart des Romans?

Die Handlung des Romans endet jetzt, genau gesagt bei Abgabe des noch nicht fertiggestellten Manuskripts. So ein Ding wie der Tod von Franz Josef Strauß könnte also durchaus noch darin vorkommen, natürlich etwas verwischt und verzerrt; nicht näher benannt, eine exakte Beschreibung wäre zu penetrant. Also exemplarisch und austauschbar gemacht als Beispiel für absurden Leichenrummel. Über solche Sachen macht sich nämlich Harry von Duckwitz ziemlich häßliche Gedanken, die dem Leser nicht vorenthalten bleiben sollten. Natürlich würde sich Duckwitz, um mal ein Beispiel seiner Denkweise zu geben, hierbei nicht über die Heuchelei der Trauernden erregen wie ein braver Linksintellektueller. *Er* geht vielmehr einen Schritt weiter: Er ärgert sich nämlich über eben jenen pseudokritischen Heucheleivorwurf, weil der seiner Ansicht nach den Punkt nicht trifft. Wirklich abstoßend nämlich findet Duckwitz, daß es eben *keine* Heuchelei ist, was da zutage tritt; daß nicht nur die Polit-Elite, von der nichts anderes zu erwarten ist, sondern auch die Bevölkerung so unbelehrbar blöde ist, daß *wirklich* getrauert wird, wenn es einen Mistkerl hinwegrafft.

Könnte man denn Duckwitz als einen frustrierten Altlinken bezeichnen?

Bei dem Wort »Parteifreund« kommt es ihm jedenfalls hoch. Die Sache ist ziemlich brüchig. Ihm macht mehr und zunehmend die gräßliche Einsicht zu schaffen, daß allzu oft diejenigen, mit denen man einer Meinung ist, unsympathische Nervtöter sind, die ideologischen Ekel hingegen durchaus manchmal sympathisch, diese abscheuliche kleine Einsicht, daß die politischen Drecksäcke manchmal die bessere Politik machen als die ehrlichen Saubermänner. In diesem Zwiespalt bewegt sich Duckwitz, wobei er übrigens den Ausdruck »sich im Zwiespalt bewegen« ablehnen würde. Den fände er affig und geradezu unappetitlich pathetisch. Hingegen nicht unappetitlich findet er es, vom »Kanzlerschwein« zu sprechen. Natürlich nicht bei einer Vollversammlung, aber immerhin bei einem diplomatischen Empfang. So ist er eben.

Da von den Angehörigen des Auswärtigen Amts keine wirkliche Politik gemacht werden kann und gemacht werden soll, macht man sich wenigstens seine polemischen Gedanken, und hin und wieder äußert man sie auch. Duckwitz tut das jedenfalls. Und man duldet es. Es ist die Stimme des Unmuts, den jeder in sich trägt. Daher duldet man im Amt seinen saloppen Spott. Vielen spricht er damit aus der Seele. Wenn die Rechnung dieses Romans aufgeht, wird sich zeigen, daß er damit auch vielen Lesern aus der Seele spricht.

Könnten Sie in Ihren Worten die Essenz Ihres Romans darlegen?

Na hören Sie mal, darum bitten Interviewer immer, wenn sie zu faul waren, das Buch zu lesen, um das es geht.

Was denn! Wie sollte ich! Ihr Buch ist doch noch gar nicht erschienen! Sie reden doch nur in einem fort davon und machen alle Welt verrückt. Unter uns gesagt: ich weiß nicht, ob das die beste PR-Methode ist.

Das hat mit PR nichts zu tun. Es ist eine Schreibmethode. Nachdem ich den Leuten vorgelogen habe, was ich gerade geschrieben habe, setze ich mich hin und schreibe es. Als ich als Jugendlicher meinen Freunden gegenüber fälschlicherweise behauptet hatte, ich hätte schon mit meiner Freundin geschlafen, kriegte ich sie auf einmal rum, und wir schliefen miteinander. So habe ich diesen Roman herbeigelogen.

Da ich den Inhalt ja auch nicht kennen kann, bitte ich nochmals, etwas dazu zu sagen. Lügen Sie ruhig, wenn es nicht anders geht, geben Sie an, hauen Sie auf den Putz, stellen Sie sich vor, Sie müßten einen Staubsauger verkaufen, Duckwitz rapid...

Sie sind ein Scheusal.

Mein Gott, ich hab noch 10

Minuten auf dem Tonband, sagen Sie doch irgendwas, das Appetit zum Lesen macht.

Na gut, ich komme noch einmal zu Ihrer allerersten Frage zurück: die Uninteressantheit des Auswärtigen Amts. Die ist natürlich interessant.

Seien Sie doch nicht so paradox. Das ist so affektiert!

Nein, im Ernst: Es geschieht unglaublich wenig im Auswärtigen Amt, und was geschieht, ist unglaublich belanglos. Aber gerade die Bedeutungslosigkeit des Auswärtigen Amts hat ihre Reize. Im übrigen sind das Auswärtige Amt in Bonn und die bundesdeutschen Botschaften in Kamerun und Ecuador, wo Duckwitz eingesetzt ist, nicht Gegenstand des Romans, sondern seine Kulisse. Zu etwas anderem taugt das Auswärtige Amt auch nicht. Als Kulisse hat es allerdings seine Verdienste.

Man braucht das Buch übrigens nicht zu lesen, um zu erfahren, daß Harry von Duckwitz nicht so unrecht hat, wenn er das Auswärtige Amt einen »Saftladen« nennt. Die Erkenntnis ist so ungewöhnlich nicht. Spannender ist es, zu erfahren, wie und warum man es als Mann von Charakter in einem Saftladen aushält.

Bekanntlich ist das Auswärtige Amt nur einer von vielen Saftläden. Insofern wäre die Geschichte des Harry von Duckwitz zwar als ungewöhnlich, aber doch auch als exemplarisch zu bezeichnen – wenn man Duckwitz damit keinen Tort antäte; denn zu den vielen Sachen, die er erbittert ablehnt, gehören auch die griffigen Slogans. Trotzdem, in der Hoffnung, daß er nicht hinhört: es ist eine ebenso ungewöhnliche wie gewöhnliche und exemplarische Geschichte. Sie beschreibt, wie man es aushält oder nicht aushält am Rande von Verwicklungen dreckiger politischer Geschäfte und inmitten von Verwicklungen alter und neuer Liebschaften.

Unerträglich erscheint Duckwitz seine Tätigkeit im diplomatischen Dienst. Und es wird immer unerträglicher. Aber was ist für einen wie Harry von Duckwitz nicht unerträglich! Auszuhalten ist das alles nur, weil in seinem Leben kein Mangel an Frauen und auch nicht an Lust und Liebe herrscht. Zumindest nicht an Lust *auf* Liebe. Trotzdem kann es auf die Dauer nicht gutgehen. Was nicht heißt, daß es schlecht gehen muß.

Ein verliebter Diplomat – ist das nicht etwas trivial?

Die beste Antwort hat Duckwitz selbst parat, als ihm gegenüber jemand diesen Verdacht äußert: »Trivial? Für Sie immer noch genial, bitteschön!« Und an seine alte Freundin schreibt er am selben Abend: »Lieber trivial als rustikal, am liebsten aber wäre mir brachial!«

Haben wir so etwas wie einen »gehobenen Unterhaltungsroman« zu erwarten?

Auch dazu äußert sich Duckwitz selbst: »Ich sag so oft ›Scheiße‹, daß ich nicht mehr gehoben unterhaltsam bin!« Und nach zwei weiteren Gläsern Whisky: »Keiner schimpft so viel wie ich. Ich habe die Verwünschung in die Diplomatensprache eingeführt. Ich übe mich in der Hohen Schule der Verunglimpfung. Sie haben es mit einem Verhöhnungskünstler zu tun, lieber Herr, nicht mit einem Unterhaltungsheini. Übersehen Sie meine avantgardistischen Züge nicht!« Und am selben Tag schreibt Duckwitz wieder an seine ferne Freundin: »Wenn ich die Wahl hätte, Held in einem gehobenen Unterhaltungsroman zu sein oder alberne Randfigur in einem Werk der gehobenen E-Literatur, dann würde ich keines von beiden sein wollen.«

Für die zeitgenössische Kunst und Literatur hat Harry von Duckwitz nicht viel mehr als Spott übrig. Er ist Zeitungsleser mit gut funktionierendem Verstand und gut funktionierendem Gedächtnis.

Weit außerhalb des Kulturbetriebs stehend ist er ein heftiger Kulturkritiker, der nicht nur die zeitgenössische Poesie verhöhnt. Seine Verärgerung reicht tief hinunter bis zu den wesentlichen Dingen des Alltags: zu den abscheulichen Formen neuer Brotschneidemaschinen, zu den Motorrädern ohne Speichen, die ebenso Opfer seiner ungewöhnlich ungnädigen Gedanken werden wie die E- und U-Musik dieser Tage.

Von großer Gewöhnlichkeit sind allerdings die Gelüste des Harry von Duckwitz: Der Anblick eines schönen Frauenhinterns, ja schon eines schönen Frauenknies läßt all sein Kritikvermögen dahinschmelzen und versüßt ihm mehr als nur einen Tag. Kritik kommt dann von seiner Gefährtin Helene, die in der Reportage noch Annalena heißt! Deren weiblichem Selbstverständnis ist Harrys männlicher Blick ein Dorn im Auge.

Allerdings ein eher spielerischer, denn Helene ist alles andere als eine gewöhnliche Emanze. Im übrigen gibt es da noch Rita, seine exotische Ehefrau, die in der Reportage Jane hieß, und Ines, die neu dazugekommen ist. Irgendein weibliches Wesen ist immer für Harry da, nicht, weil er einen Busen zum Ausweinen brauchte – das wäre unter seinem Niveau –, nein, weil er ein Ohrläppchen zum Knabbern braucht und weil er das braucht, was dann hoffentlich immer seinen Lauf nimmt.

Jetzt geraten Sie ja richtig in Fahrt!

Warum nicht. Da Duckwitz kein verstiegener Intellektueller ist und alles andere als eine poetisch angehauchte Gestalt mit versponnenen Gedanken, kann der aus der Perspektive des Duckwitz erzählte Roman auch nicht versponnen und kompliziert und prätentiös sein. Er kann gar nicht anders sein als handfest, einfach und für jeden verständlich; und nicht nur für Juristen und Diplomaten interessant. Denn ein bißchen Duckwitz ist in jedem von uns.

Ein ganz gewöhnlicher Roman der Gegenwart also, lesbar für Leute von 15 bis 85, und zwar ohne Mühe. So simpel wie er geschrieben ist, stellt er doch heimlich den ehrgeizigen Versuch dar, ein Buch zu sein, das Linksintellektuellen ebenso Spaß macht wie lesenden Schreinermeistern oder Elektroingenieuren und vor allem allen Frauen, und das Chaoten und Beamten gleichermaßen sympathisch ist, was kein Widerspruch sein muß, denn die heimliche Sehnsucht der Beamten ist das Chaos, und die heimliche Sehnsucht der Chaoten ist die Sicherheit.

Jetzt ist es langsam gut. Sie fangen an, wie ein Verlagsprospekt zu sprechen. Vermutlich haben Sie auch schon Vorablob von prominenten Autoren für Werbesprüche?

»Really not bad!« sagte der englische Autor David Elphinstone, nachdem er das Manuskript von drei nicht zusammenhängenden Kapiteln gelesen hatte und ihm ein viertes Kapitel am Telefon vorgelesen worden war. »Das Zeug«, sagte er, »klingt irgendwie nicht nach neuer deutscher Gegenwartsliteratur. Klingt eher wie die gute Übersetzung eines vernünftigen englischen oder amerikanischen Romans.« – Und das, obwohl doch Duckwitz die Amis nicht sonderlich mag und so gerne seine Vorurteile pflegt. Darauf angesprochen hat Duckwitz übrigens durchaus eine Antwort: »Warum nicht! Andere lecken ihre Wunden oder treiben Sport, da pflege ich lieber meine Vorurteile!«

Ist Duckwitz nun ein typischer Diplomat?

Er hat furchtbare Angst davor, daß man ihn aufgrund seiner Kapricen für einen etwas übergeschnappten, versnobten Diplomaten alter Schule halten könnte. Der Leser wird ihn kaum dafür halten. Die blöde alte Cocktail- und Sektglas-Diplomatie gibt es längst nicht mehr. Das ist ein noch umlaufendes Klischee, das in der Realität keine Entsprechung mehr hat. Eine solche Kulisse wäre völlig unrealistisch. Das Auswärtige Amt wird diesem Roman dankbar sein, daß er dieses völlig falsche, immer noch beliebte Bild des Botschaftlebens nicht ein weiteres Mal nachzeichnet. Das Auswärtige Amt selbst ist bemüht, von sich ein Bild zu zeichnen, das seine Leute bei der harten Arbeit zeigt, clevere Vermittler deutscher Interessen in aller Welt, mehr in Khakihemden Siemensleute in Indonesien aufs Baugelände begleitend als im Smoking herumstehend. Dieses Bild vom Diplomaten als Macher ist natürlich noch falscher. Auch dies wird aus dem Roman deutlich, weswegen ihm das Auswärtige Amt womöglich doch nicht dankbar sein wird.

Nachtrag 1993: Als der Roman 1991 endlich herauskam, gab es durchaus positiven Zuspruch aus Diplomatenkreisen. Man erkannte sich wieder, man erfreute sich an Duckwitz, weil der so frech erschien, wie man selbst gern wäre. Das Feedback ist allerdings nicht repräsentativ. Denn ein Autor bekommt Echo fast nie von Leuten, geschweige denn Diplomaten, die seinen Roman blöde finden. Bücher, die sie blöde finden, lesen meist nur Kritiker zu Ende. Kein normaler Leser schreibt einem: Ich habe Ihren Roman auf Seite 24 aus der Hand gelegt und halte Sie für einen Esel. Es rühren sich immer nur die, die sich amüsiert haben.

Beim Durchlesen dieses fingierten Interviews nach fünf Jahren muß ich mich wundern: sehr kurz und siegesgewiß! Ganz so einfach war es nicht mit der Romanschreiberei. Es ist gerade noch einmal gutgegangen. Das Spekulieren über den unfertigen Roman, im Kommentar zur Reportage reichlich praktiziert, hielt mich zum Schreiben an und natürlich vom Schreiben ab. Andere, schnellere Buchprojekte kamen noch dazwischen, so die Wissenschaftsparodie ›Sinecure von David Elphinstone‹, die ich im Januar, Februar, März 1989 schreiben mußte und die mir nicht erlaubte, den Roman endlich in Angriff zu nehmen. Ein Jahr später war die deutsche Vereinigungshysterie im Weg: Als ich im Januar 1990 starten wollte, um den Roman endlich hinzuschreiben und im Herbst auf die Messe zu bringen, bekam ich einen Anruf vom Knesebeck-Verlag, ob ich nicht rasch ein Buch gegen das nervtötende Deutschlandgebrüll schreiben wollte. Das Buch mit dem hübschen Titel ›Von deutscher Bulimie – Diagnose einer Freßgier. Vergebliche Streitschrift gegen die deutsche Einheit‹ war dann früher fertig als die deutsche Einheit, nämlich nicht erst am 3. Oktober 1990, sondern schon im September.

Auf der Buchmesse 1990 ging ich am Stand von Hoffmann und Campe vorbei und wollte einen Zettel hinterlassen, daß es ja nun wohl zu spät sei, den Roman für den Frühjahrstermin 1991 zu schreiben. Man zeigte mir den fix und fertig angedruckten Schutzumschlag, der mir nicht so sonderlich gut gefiel, aber doch eine anstachelnde Wirkung hatte: »Im diplomatischen Dienst. Roman« stand darauf. 60 Seiten hatte ich schon, fehlten nur noch 300 weitere, und das Buch wäre fertig. Im November/Dezember 1990 und Januar 1991 habe ich diese Seiten dann geschrieben. Ein paar Sätze aus der Reportage, dem Ur-Duckwitz, sind hineingegangen, vor allem ins zweite Kapitel des Romans, das die Entscheidung der Hauptfigur beschreibt, den Anwaltsjob an den Nagel zu hängen und in den Auswärtigen Dienst einzutreten. Da dies eine idiotische Entscheidung ist, Harry von Duckwitz ein so großer Idiot aber nun auch wieder nicht, fiel mir dieses Kapitel nicht leicht. Ich habe es Ende Januar/Anfang Februar 1991 in einem Hamburger Hotelzimmer geschrieben, in der Nacht, in der vom Fernseher übertragen wurde, wie der amerikanische Kongreß dem Präsidenten in Sachen Golfkrieg den Rücken stärkte. Die Bilder liefen stumm und sahen stalinistisch aus.

Der Roman lief gut, aber nicht überwältigend. In der Liste der am besten verkauften Bücher kletterte er auf Platz 19 oder 21, aber erst auf Platz 15 hätte er es in die begehrte Fetisch-Bestsellerliste des ›Spiegel‹ geschafft. Die Startauflage betrug 12 Tausend. Dann wurden das 13. bis 16., dann das 17. bis 20. Tausend nachgedruckt und auch verkauft. Filmrechte wurden auch gleich verkauft und Drehbücher geschrieben – die Sache endete aber nicht in Hollywood. Nicht einmal eine Hollywoodschaukel für den Autor, geschweige denn ein Haus mit Swimmingpool kamen dabei heraus, sondern das, was in dem Gewerbe meistens herauskommt, nämlich gar nichts. Im Sommer 1993 verfiel die Option auf die Verfilmung wieder, an der ich 60 Prozent von 15 Tausend Mark verdient hatte.

Von Februar bis August 1993 schrieb ich die Romanfortsetzung ›Das schöne Leben‹, die im September 1993 erschien und den Helden nun nicht als Diplomat zeigt, sondern als angegammelten Frührentner. Im zweiten Kapitel des Romans habe ich mir den dramaturgisch gut in den Kram passenden Spaß erlaubt, einen Reporter auftreten zu lassen, der den suspendierten Harry von Duckwitz interviewt, und damit eine Karikatur meiner selbst als Reporter versucht. Am Ende des achten Kapitels lasse ich die Zeitschrift mit der Reportage erscheinen (es ist im Roman Sommer 1992) und zitiere bei der Gelegenheit einige meiner eigenen Beschreibungen von Harrys eigenartigem Wesen wortwörtlich zum Ergötzen einiger anderer Romanfiguren, denen damit die Gelegenheit gegeben wird, Harry zu verspotten.

Regelt nun eigentlich die Nachfrage das Angebot, oder umgekehrt? Man kann es darstellen, wie man will. Sobald Nachfrage nach einem dritten Band zu spüren ist, wird mich dieser Sog zum Schreiben einer weiteren Fortsetzung animieren. Eine Trilogie macht sich besser. Jetzt aber Schluß mit dem Ausplaudern intimster Zeugungstricks. Von ihren Romanen faselnde Autoren sind nicht besser als von ihrem Nachwuchs schwärmende Eltern. Immer dasselbe. Was die Form des fiktiven Interviews betrifft, so lädt sie zum haltlosen Reden ein. Denn sich selbst kann man endlich ungeniert fragen, was zu fragen jedem Journalisten zu billig ist. Auf diese Weise ist zwischen dem Erscheinen des ersten Romans ›Im diplomatischen Dienst‹ (März 1991) und dem Schreibstart der Forsetzung ›Das schöne Leben‹ (Februar 1993) ein Haufen hingetippter Seiten im Interview-Stil entstanden. Ein scheuer Blick ins Regal läßt mich befürchten, daß es 400–500 Seiten mit ziemlich wahren Produktionsgeschichten und wüsten Rezeptionsvermutungen sind, deren Veröffentlichung nur nach einem Akt brachialer Selbstzensur möglich wäre.

Abgesehen davon, daß mir die Reportage über das Auswärtige Amt eine brauchbare Romanfigur beschert hat, muß ich mich fragen, ob dieses vor elf Jahren recherchierte und zu Papier gebrachte Behörden-Porträt heute nur noch von historischem Interesse ist oder auch noch von gegenwärtigem. Schließlich hat sich einiges getan in der Welt. Es gibt keine bilateralen Spannungen mehr, keine Sowjetunion, dafür einen Haufen neuer Staaten und damit neuer Botschaftsposten mit neuen Arbeitsplätzen für noch mehr Diplomaten. Es gibt keine deutsche Geteiltheit mehr, sondern ein Neugroßdeutschland. Alles anders. Dennoch riskiere ich auf Grund meiner alten Kenntnisse die Behauptung, daß sich im Auswärtigen Amt wenig geändert hat, was ich im übrigen gar nicht unsympatisch finde. Natürliche Trägheit. Ein Ministerium bleibt ein Ministerium. Wie soll das Klima sich grundlegend wandeln. So grundlegend sind die weltpolitischen Wandlungen im übrigen auch wieder nicht. Nur nicht übertreiben. Hält sich alles in Grenzen. In der Dritten Welt wird nach wie vor gehungert, in der Ersten gefastet und die wie wild diskutierte Frage, ob deutsche Blauhelmeinsätze im Ausland sein dürfen oder nicht, ist im Endeffekt weniger weltbewegend als ein guter alter Song der Rolling Stones, und jede Liebesgeschichte ist einem normalen Menschen mehr wert als so ein Blödsinn wie das Ansehen von Deutschland in der Welt. Das gilt auch für Diplomaten. Die wollen ihre Ruhe haben und befördert werden. Ihr Unwohlsein, als Individuen im Ausland einen Staat und unweigerlich auch dessen Regierung verkörpern zu müssen, werden sie nach wie vor mit einer verkniffenen Arroganz überspielen. Es ist nicht zu erwarten, daß sie in Zukunft deutschdröhnender, nationalstolzer, sozusagen gesamtdeutsch-wichtigtuerischer auftreten. Die Mehrzahl der Diplomaten wird eher Bescheidenheit an den Tag legen, um eben dieser Sorge des Auslands vor einer neuen deutschen Großmäuligkeit keine Nahrung zu geben.

Der Geschäftsfreund

Ursprünglich Auftragstext für eine PR-Broschüre der »Bayerischen Rückversicherung«, geschrieben 1986. Ergänzt mit Teilen aus einer Auftrags-Glosse für das ›Kulturjournal‹ des bayerischen Rundfunks über deformierte Freundschaften, lag der aufgefrischte Text dann beim ›Zeitmagazin‹ ein halbes Jahr herum und sollte dort im Herbst 1988 gebracht werden. Nachdem die Wiener Wochenzeitung ›Falter‹ im September 1988 meine von einigen Leuten bei der ›Zeit‹ als geschäftsschädigend empfundenen Auslassungen über die ›Zeit‹ (›Der Rabe‹ Nr. 22) vorabgedruckt hatte, waren beim ›Zeitmagazin‹ mit dem (dankenswerterweise schon honorierten) ›Geschäftsfreund‹ »keine Geschäfte mehr zu machen«, wie mir mitgeteilt wurde. Ich brachte dann den Text in die hier vorliegende Form und bot ihn der Zeitschrift ›Esquire‹ an, die ihn in ihrer Aprilnummer 1989 erheblich gekürzt abdruckte.

Angenehm unklar ist mir, wie ein derartiger Text zu bezeichnen wäre. Erzählung mit essayistischen Einschüben oder Essay mit erzählerischen Einschüben oder Psychogramm eines Phänotyps? Oder ist so etwas ein Feuilleton oder gar eine dieser gottverdammten Glossen? Oder eben einfach eine Geschichte?

Nachtrag 1993: Es ist unvermeidlich, von Kritikern gelegentlich mit anderen Autoren verglichen zu werden. Da meine Texte, was ich selbst nicht so finde, offenbar häufig einen satirischen Einschlag haben, fällt immer mal wieder der Name Tucholsky. Das ist als großes Kompliment gedacht. Natürlich kommt sofort der Zusatz, der mich zum Großneffen und weit entfernten Verwandten des Großmeisters verkleinert. Auch die Namen Lawrence Sterne und Woody Allen fielen schon einmal, um das Komische und Großstadtneurotische zu kennzeichnen und freundlich mit dem Duft des Ruhmes zu versehen.

Voll Respekt und Neid blicke ich immer auf die Kollegen, bei denen den Kritikern sogleich übergroße Namen einfallen. Dem begeisterten Hellmuth Karasek entschlüpft im ›Spiegel‹ nach der Lektüre von Tilman Spenglers Roman ›Lenins Hirn‹ der Vergleich mit Robert Musil. Und es gibt einen neuen Roman des Ex-DDR-Dichters Wolfgang Hilbig, der sich ›Ich‹ nennt, dem werden sogar James Joyce und Robert Musil gleichzeitig an die Seite gestellt, während ich mit meinen zwei Romanen erst in den Dunstkreis des noch lebenden und schon deshalb nicht so gigantischen Amerikaners John Updike gelangt bin, und das auch nur, weil mein Romanheld wie Updikes Mr. Angstrom Harry heißt und gerne vögelt.

Um nicht länger als Satiriker und Erotiker mißverstanden, um endlich als seriöser Autor ernstgenommen zu werden, vergleiche ich in einem Anfall von verzweiflungsvoller Hybris diese Geschäftsfreund-Geschichte mit Botho Strauß, jawohl, gegen den ich mich schon des öftern beiläufig und halbgerecht ausgelassen habe. Wenn sich Botho Strauß nicht mit deutschen Mythen befaßt, kann er sehr schön bestimmte Typen beschreiben. In dem 1987 erschienenen Buch ›Niemand anderes‹, in dem mir viele Texte dunkel bleiben, gibt es auch schöne helle Skizzen, mit denen Charaktere beschrieben werden, so etwa ›Der arme Angeber‹. Jetzt mein kühner Selbstvergleich: »Manchmal gelingen dem Rabaukenautor Westphalen auch ein paar erstaunlich sensible Beobachtungen, so etwa in der Charakterskizze ›Der Geschäftsfreund‹, die in ihren besten Passagen entfernt an die kleinen Arbeiten des großen Botho Strauß erinnert.«

Schrott vom Schreibtisch

Erschienen 1983 in der November-Nummer von ›Westermanns Monatshefte‹, dortselbst versackt wie alles, was für diese Zeitschrift geschrieben wurde. Da ich das fiktive Interview formal wie inhaltlich für nicht ganz unwitzig hielt und ›Westermanns Monatshefte‹ dringend etwas Aufmerksamkeit nötig hatten, schlug ich dem Geschäftsführer und der Werbeabteilung vor, einen Auszug des Interviews auf einem kleinen Faltblatt vorab drucken zu lassen, »Lesen Sie weiter in der Novembernummer von Westermanns Monatshefte« darunter zu schreiben und das Faltblatt auf der Buchmesse reichlich zu verteilen. Das wurde auch gemacht.

Daß ich mit dieser Aktivität das Klischee vom engagierten Angestellten erfüllte, der einen preiswerten Vorschlag zur Geschäftsbelebung macht, war bitter, aber nicht unerträglich. Etwas bitterer war die Erfahrung, daß im Trubel der Buchmesse natürlich kein Mensch für solche Späßchen Ohr und Auge hatte.

Nachtrag 1993: Zehn Jahre alt ist dieser Text, es gibt keine Sowjetunion mehr, aber die satirisch dahinphantasierten Probleme der literarischen Überproduktion sind heute realistischer als damals. Überraschend, daß es trotz der Machtergreifung der Computer immer noch Bücher gibt und immer noch zu viele. Wo werden eigentlich die zu hoch kalkulierten unverkäuflichen Auflagen wirklich vernichtet?

Feinkost in Öl

Erschienen 1984 in der Mai-Nummer von ›Westermanns Monatshefte‹; geschrieben auf Wunsch des verfressenen Chefredakteurs Dieter Zimmerling.

Nachtrag 1993: Beim Überfliegen dieser kleinen, mäßig gelehrten Betrachtung finde ich den Hinweis auf den Pin-up-Charakter der bildenden Kunst am originellsten. Ohne mich an diesen Text zu erinnern, habe ich in meinen Roman ›Im diplomatischen Dienst‹ die Hauptfigur Harry von Duckwitz diesen Gedanken weiterspinnen lassen, den ich heute zum zentralen Gedanken machen würde, wenn ich einen Essay über die Funktion von bildender Kunst zu schreiben hätte.

Der Mechanismus der Vermehrung

Unter dem Titel ›Hin und Her – Bilder aus dem Familienalbum‹ 1983 in der Anthologie ›Die stillenden Väter‹ erschienen, die ich zusammen mit Klaus Konjetzky herausgegeben hatte. Titel und Idee zu diesem Projekt stammten von Klaus Konjetzky: Um dem Schwall an normaler Hausmanns-Literatur bzw. Hausmanns-Erfahrungstexten und Neue-Väter-Erfahrungen etwas entgegenzuhalten, war geplant, fortschrittlich gesonnene Schriftsteller um entsprechende Beiträge zu bitten. Wir hatten uns Texte vorgestellt, in denen das Kind auch als Störfaktor auftritt. Ein Schriftsteller, so dachten wir, ist nicht ein simpler Schürzenmann, der seine erfolgreiche Frau in Praxis, Kanzlei oder Schule gehen läßt, um emsig gebeugt den ehemals weiblichen Pflichten des Haushalts nachzukommen. Nein, ein Schriftsteller sitzt zwar zu Hause, und wenn er fortschrittlich gesonnen ist, traut er sich nicht, seine Frau den ganzen Haushaltsdreck allein machen zu lassen; andererseits aber muß er in diesem Chaos von Küchendreck und Kinderscheiße und Geschrei seine Produktion aufrechterhalten. Wir würden also endlich einmal Texte kriegen, die nicht in billiger Selbsterfahrungssprache überemanzipiert scheißfreundliche Loblieder auf den längst fälligen Rollentausch der Geschlechter sängen, sondern prachtvolle Dokumente der Zerrissenheit: Man hat ja nichts gegen Kinder, man liebt die seinen natürlich, aber man erlebt täglich, wie sie einen aufs grauenvollste behindern.

Die Texte, die dann eintrafen, entsprachen diesen Erwartungen nur sehr unzureichend. Von der erhofften Darstellung einer ordentlichen Zerrissenheit war wenig zu spüren. Die meisten Beiträge waren auf unvorstellbare Weise brav und bieder, manche geradezu von babybreiartiger Nuckelhaftigkeit. Angesichts dieser Ernte entschloß ich mich, mit Erfahrungen ausreichend gesegnet, selbst einen Beitrag zu verfassen, der in etwa dem entsprechen sollte, was ich erwartet hatte. Wenn dieser Beitrag ein literarischer Text geworden ist, dann war es mein erster.

Wenige Monate vorher hatte ich die Reportage ›Im Auswärtigen Amt‹ geschrieben, deren Hauptfigur ein sogenannter Harry von Duckwitz war. Es war mir angenehm, mich beim Schreiben dieser Vätergeschichte wieder dieser Figur zu bedienen, die einiges mit mir zu tun hat und einiges nicht. Distanzschaffende Projektion. Daß der Harry von Duckwitz im Auswärtigen Amt einen anderen Beruf, eine andere Frau und keine Kinder hat (und daß der versehentlich kinderzeugende Harry von Duckwitz Journalist ist, der wohl kaum eine Reportage über sich selbst im Auswärtigen Amt schreiben kann), störte mich nicht. Der Journalisten-Duckwitz und der Diplomaten-Duckwitz stehen in keinem logischen Verhältnis zueinander; sie sind so etwas wie verschiedene Aggregatzustände desselben Charakters. – Verkniffen hatte ich mir im Erstdruck nur die

Passage, die jetzt der Geschichte ihren Namen gibt: Wie Harry den Schwangeren aus de Sade vorliest.

In dem Text ›Die Kunst des Seitensprungs‹ tritt besagter Harry zusammen mit seiner Frau Clara noch einmal in Aktion.

Nachtrag 1993: Diese zehn Jahre alte Geschichte wurde im Lauf der Zeit, meist gekürzt, in verschiedenen Anthologien nachgedruckt, im März 1993 zuletzt in einem einschlägigen Sammelband des Luchterhand Verlags (mit dem Titel ›Himmel und Hölle‹). Dieses Buch wurde in Hamburg in einer öffentlichen Veranstaltung vorgestellt. Schauspieler lasen die Texte, der Norddeutsche Rundfunk sendete, und ich bekam eine Tonkassette zugeschickt. Mittlerweile sind meine Kinder Nora und David, die für Rebecca und Aaron die Vorlage abgaben, 15 und 12. Ich erwarte nicht, daß sie sich glühend für Literatur und die Bücher ihres Vaters interessieren. An einem Sonntagmorgen im Mai 1993 spielte ich ihnen die Kassette mit dem Mitschnitt der Lesung vor. Hören ist bekanntlich weniger anstrengend als Lesen und die Aufzeichnung einer öffentlichen Lesung zu hören ist noch leichter, weil das Lachen des Auditoriums mit aufgenommen ist und man weiß, wann es komisch ist. Obwohl die Teenager sich heftig und bitter ernst von ihren Eltern abkehren, die sie zu Recht voller Skepsis betrachten, hatten sie nicht viel Verständnis dafür, daß ihr Vater ihre Ankunft einst mit Skepsis beobachtete. Heute gibt es andere Probleme. Aus den spezifischen Qualen der Vaterschaft sind Qualen beider Eltern geworden. Jede Woche böte reichlich Stoff für die Schilderung neuer grotesker Familiendramen. Entsprechende Prophezeiungen hatte man damals nicht glauben wollen. Heute werden Eltern von den Kindern erpreßt. Dem Ausflug zu den Freunden, dem Pflichtbesuch bei der Großmutter wird widerwillig nur dann zugestimmt, wenn während der Autofahrt die Musik der Halbwüchsigen gehört werden kann. Sonst bleiben sie eben zu Hause und sind den Gefährdungen von Alkohol und Nikotinmißbrauch ausgeliefert, bitteschön. Zum triftigen Musik-Geschmacksproblem siehe *Nachtrag 1993* zu ›Das Drama des gewissen Etwas‹.

P.S. Bei flüchtiger Durchsicht der alten, für junge Eltern unverändert aktuellen Vermehrungsgeschichte fällt dem etwas wehmütig gewordenen Autor auf, daß sein Held Harry seiner

Liebsten 1982 eine Postkarte mit den Worten »Warten ist geil« schreibt, als eine Verabredung wieder einmal ein paar Tage verschoben werden muß. Da wundert sich der Autor, denn der (kinderlose, aber sonst ziemlich ähnliche) Harry von Duckwitz des Romans ›Das schöne Leben‹ muß 1993 gar elf zackige Monate lang auf ein Treffen mit der Geliebten warten. Seltsame Konstanten, seltsame Inflation der Wartezeit. Die Geliebten sind offenbar immer dieselben. Warum nur lassen sie Harry warten. Nicht immer sind die Kinder der Grund. Wollen sie sich seiner Liebe entziehen? Sie können ihr nicht entkommen. Wenn nicht bald jemand einen Aufsatz über das Motiv des wartenden Liebhabers in meinem Erzählwerk schreibt, muß ich das selbst tun, um endlich meinen Figuren auf die Schliche zu kommen.

Die Kunst des Seitensprungs

Erschienen im März 1987 im ›Kursbuch‹ Nr. 87, das dem Thema Trennungen gewidmet war. Bestellter Text. Ein gutes Jahr zuvor hatte mich Michael Skasa, der als freier Mitarbeiter des Bayerischen Rundfunks schon etliche meiner Entrüstungen aus dem Monarchisten-Buch in seiner ›Sonntagsbeilage‹ gesendet hatte, aufgefordert, für seine Faschingssondersendung eine Originalentrüstung über das Fremdgehen zu schreiben; warum ich fremdginge oder nicht fremdginge oder Seitensprünge machte oder nicht machte – für was oder gegen was ich plädiere, das sei bei meiner Argumentationsweise sowieso nicht immer klar erkennbar, sagte er. Mein Versuch, dieses schlüpfrigste der Themen anzupacken, ohne mir die Finger schmierig zu machen, gelang so einigermaßen. Später nahm ich den Text unter dem Titel ›Warum ich trotzdem Seitensprünge mache‹ in meine Entrüstungsreihe auf; er gab dann dem zweiten Entrüstungsbändchen auch den Titel.

Die Radiofassung hatte Tilman Spengler vom ›Kursbuch‹ gehört. Die ›Kursbuch-Redaktion bereitete gerade das Thema »Trennungen« vor. Ob ich meine Seitensprung-Geschichte nicht etwas strecken und würzen könne? – Kurz zuvor hatte ich, angeregt von einer Bemerkung der scharfzüngigen Germanistin Hannelore Schlaffer über den nervtötenden gegenwärtigen Trennungsfimmel aufgeklärter Paare, eine andere Entrüstung gegen Trennungen geschrieben, in der ich das Zusammenleben trotz unüberbrückbarer Differenzen als die fortschrittlichere Umgangsform deklariert hatte.

Die vorhandenen Texte über Trennung und Seitensprung standen dem neuen Text im Weg. Es war alles gesagt. Ich hatte keine neuen Ansichten zu dem Thema. Die rettende Idee war schließlich, diese Ansichten in eine Geschichte mit Handlung einzugießen. An einem Wochenende war die Geschichte fertig. Das Verwandeln von essayistischen Gedanken in Fleisch und Blut war ein Vergnügen.

Zu diesem Zeitpunkt spukte mir die Abfassung des Romans über den diplomatischen Dienst schon im Kopf herum. Beim lustvollen Tippen der ›Kursbuch‹-Seitensprung-Geschichte hatte ich erstmals das sichere Gefühl, daß es ein großes Vergnügen werden würde, die Reportage über das Auswärtige Amt in einen Roman mit allen Verschlingungen der Liebe zu verwandeln.

Heute kommt es mir vor, als habe ich in dem Kursbuchtext eine entscheidende Sache nicht deutlich genug herausgestellt: daß nämlich, weil Liebe ein Wahn ist, bei Seitensprüngen immer auf mildernde Umstände zu plädieren ist, da bei einem anständigen Wahn bekanntlich zwischen Realität und Einbildung nicht mehr unterschieden werden kann; daß also vielleicht nicht klare Aussprache die Rettung aus dem Dilemma bedeutet, sondern die völlige Verwirrung; kurz: daß man die herkömmlichen Schlichtungsversuche der Analytiker und Partner-Therapeuten versuchshalber auf den Kopf stellen sollte, um die Lösung nicht im mehr oder weniger zerknirschten Geständnis zu suchen, nicht im exakten Bescheidwissenwollen über die Zahl der liebesgegnerischen Orgasmen, sondern im völligen Nichtmehrbescheidwissen und Nichtmehrbescheidwissenwollen. Also nicht: war Harry neulich bei Eva? Wenn ja: haben sie gevögelt? Wenn ja: im Stehen, Sitzen oder Liegen, wie lang, mit oder ohne Pariser? – Nicht: um wieviel tausendmal zärtlicherverständnisvoller als Harry ist Claras Liebhaber? Sondern: es muß im großen Durcheinander der Liebe völlig egal sein, ob Harry vorgestern bei Eva war oder sein wollte, ob sie miteinander vögelten oder vögeln wollten oder nicht wollten, und wer wen wie stark begehrte und liebte – das alles sind Fragen, die, wenn sie schon überhaupt noch gestellt werden müssen, nur noch mit den Lachanfällen von Wahnsinnigen beantwortet werden können, weil eben die Liebe ein Wahn ist.

Harry und Clara tauchen vier Jahre vorher in der Kinderkriege-Geschichte ›Der Mechanismus der Vermehrung‹ auf, wo die Problematik des Seitensprungs schon zart angedeutet ist, wenn auch noch von den Kleinkinderumtrieben überdeckt.

Beim Korrekturlesen konnte ich es nicht lassen, Harrys in der Badewanne entwickelte Roman-Theorie von der Nutzbarkeit der Romane für das Leben um eine Seite zu verlängern. Und zwar lasse ich ihn ehrlich gesagt das zu Ende denken, was ich den englisch-indischen Dichter David Elphinstone in einem anderen Buch (›Sinecure‹ München 1989, dort Supplement Nr. 11) in einem offenen Brief an Klaus Theweleit zu denken und zu schreiben anfangen ließ. – Heute wäre mir nach einem Schluß mit einer weicheren Pointe zumute; etwa so:

> Weil Harry fürchtete, etwas Verkünderisches im Blick zu haben, sah er Clara nicht ins Gesicht, sondern ließ seinen Blick auf den beschlagenen Badewannenarmaturen liegen. »Man muß sich vertrauen können«, sagte Clara, und Harry tauchte mit dem Kopf unter das Wasser. Das hätte er vor Eva nicht getan. Eva sollte nicht sehen, wie flach sein Hinterkopf war. Der Begriff »Vertrauen« mußte schleunigst neu definiert werden, fand Harry mit seinem warmen Wasserkopf. 1987 durfte das nicht mehr heißen, daß man einander jeden Schritt und jede Regelung eilfertig zu eröffnen habe. Das war es doch, was so grausam verletzte und zum Lügen führte. Man mußte sich Reviere überlassen. Man mußte es ohne Ängstlichkeit bei Ahnungen lassen und damit fertig werden, daß eben dies übelstes 19. Jahrhundert war. Es gab keine Freiheit. Ob eheliche Liebe oder freie Liebe: beides gedieh nur im Reservat. Seltsame Unterwassererkenntnis. Reservat. Auch nur ein neues Wort für einen alten Hut. – Harry schraubte seinen Körper in der Wanne herum und preßte seinen Nasenrücken gegen Claras Schoß.

Weil für diesen Schluß im Hauptteil kein Platz mehr ist, spare ich mir die Zeilen auf für den Roman, den ich Harry und seinen Frauen zuliebe versuchen will.

Nachtrag 1993: Weil alle Texte so bleiben sollten, wie sie in den ›Modernen Zeiten‹ standen, bleibt auch diese Passage im Kommentarteil wie gehabt. Ich habe sie natürlich nicht, wie vorlaut verkündet, in den Roman ›Im diplomatischen Dienst‹ eingeschleust. Ich hatte sie vergessen. Im übrigen hat der Harry im diplomatischen Dienst im Gegensatz zu seinem Autor einen wohlgeformten Hinterkopf sowie dichte und dunkle Haare: Er braucht sich also beim Auftauchen aus dem Wasser nicht vor seiner Badewannengenossin zu genieren, die im Roman auch nicht Clara, sondern Helene heißt. Harry Unterwassererkenntnis, daß man sich Reviere überlassen sollte, leuchtet mir heute mehr denn je ein, und ich werde sie im dritten Band der Duckwitz-Trilogie zu einem Friedensangebot von Harry ausbauen, mit dem er versuchen könnte, seine ihm weggelaufenen Frauen wieder zurückzugewinnen.

Was Harry, der in dieser Geschichte kein Diplomat, sondern offenbar so etwas ähnliches wie sein Autor ist, abgesehen von seiner Reservat- und Reviertheorie am Ende der Geschichte sonst noch verkündet, habe ich mit Erstaunen gelesen. Er schlägt exakt das vor, was ich im ›Diplomatischen Dienst‹ und im ›Schönen Leben‹ auch versucht habe: die quälenden Probleme der Polygamie in der Fiktion so leicht darzustellen, daß sie auch in Wirklichkeit etwas leichter werden. Auch der dritte Duckwitz-Roman wird sich um dieses eine Thema drehen: Was passiert, wenn das passiert, was schon mal passieren kann: wenn man mehr als eine Person liebt. Auch am Ende des 20. Jahrhunderts noch immer ein erstaunlich lösungsbedürftiges Problem. »Schreib du diesen Roman bitte nicht«, sagt Clara am Ende der Geschichte, die von mir als Grundlagentext gedacht war und die tatsächlich seit ihrer Erstveröffentlichung von allen möglichen Seitenspringern und Seitenspringerinnen zur Legitimation ihrer Abwege benutzt wurde, wie ich nicht ganz ohne Schrecken erfuhr, die aber trotz ihrer lindernden Wirkung noch kein Patentrezept für die Auswüchse der Liebe bietet. Deswegen konnte Claras Badewannenbitte nicht erhört werden, im Gegenteil, Clara mußte in eine Roman-Helene verwandelt werden und Eva in Ines, und es mußten gleich zwei Romane geschrieben werden, und da die noch nicht genug geholfen haben, wird es keine Ruhe geben, ehe in dem dritten Roman geschrieben steht, wie Harry seine unförmige Liebe einigermaßen auf die Reihe kriegt. Noch etwas Geduld, Clara und Eva, Ines und Helene.

Wenn nicht schon ein Buch von mir das Wort »Seitensprung« im Titel führte (›Warum ich trotzdem Seitensprünge mache‹), hätten wir das vorliegende gerne nach dieser Geschichte ›Die Kunst des Seitensprungs‹ genannt. Denn der Mensch ist leider so beschaffen, daß er bei diesem Reizwort eher die Ohren spitzt und die Geldbörse zum Spontankauf zückt, als wenn es um ›Das Drama des gewissen Etwas‹ geht.

Das Drama des gewissen Etwas

Erschienen im Februar 1985 im ›Kursbuch‹ Nr. 79, das dem Thema »Der gute Geschmack« gewidmet war. Auf der Buchmesse 1984 hatte ich von den ›Kursbuch‹-Leuten von der geplanten Nummer gehört, es war mir meine adelige Verwandtschaft eingefallen, und ich hatte unverbindlich einen Beitrag über den schlechten Geschmack des deutschen Adels zugesagt, also jener Kaste, die doch zuallererst Geschmack zu haben sich rühmt.

Beim Schreiben geriet dieser Aspekt dann zunehmend in den Hintergrund, und die Geschmacksprobleme der sogenannten 68er Generation in den ironischen Vordergrund. Dem Spaß, den Ingrid Karsunke und Karl Markus Michel an dem Text hatten und auch großzügig kundtaten, ist es zu verdanken, daß ich Möglichkeit und Lust bekam, in die Korrekturfahnen noch ein paar weitere Späße einzubauen. Gepriesen sei die Redaktion des ›Kursbuch‹, wo das Verfertigen eines Textes vom Anfang bis zum Schluß das reine Vergnügen ist. Apropos Schluß: daß es der erzählenden Hauptfigur am Schluß einfällt, noch barfüßig zu sein, ist Karl Markus Michel in letzter Sekunde eingefallen; daß der verspeiste Lebkuchen nach »altem Rezept« gebacken ist, ist ebenfalls sein tückischer Einfall.

Der Text war im ›Kursbuch‹ als erster Beitrag plaziert. Nicht zuletzt diese Tatsache dürfte es gewesen sein, die ihm zu einiger Aufmerksamkeit verhalf. Der ›Stern‹ druckte ein paar Passagen als ›Zitat der Woche‹ nach, und ich selbst nahm mir die Freiheit, in meiner Entrüstung ›Warum ich nicht immer bissig sein will‹

auf diesen Geschmackstext einzugehen. Es kam zu lukrativen Folgeaufträgen. Verschiedene Redaktionen bestellten sich unter Berufung auf diesen Text weitere speziellere Geschmacksurteile, zum Beispiel über Autos, über Kleidermode, über Architektur und angeblich neue Körperlichkeit. Ich kam mir vor wie der Geschmackspapst der Saison.

Die witzigste Anfrage kam nicht von einem Verlag oder einer Redaktion, sondern von einer berühmten Düsseldorfer Werbeagentur, mit Namen Lüders, wie ich mich zu erinnern glaube: Man sei mit mir und meinem Text der Meinung, daß die gegenwärtige Werbung das allerletzte sei! Als Publizist könne ich doch nicht besonders gut verdienen?! Falls ich Lust bekäme, als Texter für eine wirklich exklusive Werbeagentur zu arbeiten, könne man sich ja mal beschnuppern!

Um weiteren eventuellen Vereinnahmungsversuchen von seiten exklusiver Werbeagenturen zu entgehen, ergänze ich die Anzeigenverunglimpfungspassage meiner Geschichte wie folgt:

> Halt! Nach all den billigen Verführungsversuchen, die der armselig verbildeten Volkseele das Geld aus der Tasche ziehen sollen, stoßen wir unvermittelt auf eine geradezu künstlerische Doppelseite: Edles Schwarzweiß, und der Bildaufbau suggeriert eine Filmszene aus der Zeit der großen Regisseure; der Fotograf oder Bildarrangeur muß Fellini-, Antonioni- und Bergmann-Filme gesehen haben. Eine geradezu lustvoll dräuende Szenerie: hochherrschaftlicher Hauseingang, und lauter Katzenbeauties schleppen Waschbecken hinein, offenbar wird das Haus von prachtvollen Edelnutten bezogen; klare sadomasochistische Herrschaftsverhältnisse, es gibt eine Aufseherin mit einem Oberraubtierkatzenblick, die anderen tragen in lustvoller Folgsamkeit das noble sanitäre Porzellan nach innen. Drinnen stehen schweigsame Geilfrauen vor Spiegeln, in denen sie sich aber überirdischerweise nicht spiegeln. Sekundenlang überlegen wir uns als Vertreter des für so etwas nicht unanfälligen Typus Normalmann, ob wir uns der intendierten Zwangsvorstellung hingeben sollen: als einziger Mann in diesem Frauenhaus zwischen diesen Katzenblicken und Knackärschen und Langbeinen unser Äußerstes zu geben, um uns anschließend in einer Wanne von Villeroy und Boch, für die hier geworben wird, zu erfrischen und zu reinigen. Nach kurzer Prüfung entschließen wir uns, auch diese so

überaus bemühte Anzeige für geschmacklos zu halten. Diese Art Weibchen sagt uns doch nicht zu. Man sieht ihnen förmlich an, daß sie, würden sie eine Platte auflegen, todsicher eine Musik wählten und schätzten, die uns würgt. Man sieht der Reklame an, daß hier ein verkitschter Männertraum versucht, sich künstlerischer Blickwinkel zu bedienen. Symbolistisches, unverdautes Geraune kommt dabei heraus. Nein danke, wir waschen uns weiter in unseren alten Becken und baden weiter in unserer alten Wanne, und unsere durchaus geilen Vorstellungen machen wir uns lieber selbst und lassen sie nicht von einer latzhosenschicken Agentur bebildern.

Nachtrag 1993: Heute würde ich in ›Das Drama des gewissen Etwas‹ weniger diese forcierte Ideologiekritik an einem Werbefoto von Helmut Newton einbauen, sondern eher eine melancholische Passage über die Unübertragbarkeit des mühsam erworbenen Geschmacks auf die Nachkommen. Generationsdifferenzen sind oft Geschmacksdifferenzen. Selig die Zeit, wo die Kinder zwischen dem 8. und 10. Lebensjahr die Elvis-Presley-, die Beatles- und die Stones-Phase der Eltern nachleben und die Alten ein halbes Jahr lang in der trügerischen Hoffnung wiegen, das Gute, Wahre und Schöne setze sich eben doch durch. Dann kommt das Erwachen: die mühsam erzogenen Kinder tragen ausschließlich Bekleidungstücke von Herstellern, die die raffinierteste und aggressivste Werbung machen. Sie verkümmern regelrecht ohne das Tragen von Markenartikeln, also ohne das Befolgen idiotischer Werbebotschaften, gegen die der Vater in seiner Jugend einen heroischen Kampf geführt hat.

Musikalisch ist heute noch das Beste das, was ein miserabler Aufguß von dem ist, was vor 25 Jahren passabel war, Jimi Hendrix zum Beispiel. Nur eben schlechter. Die anderen 90 Prozent sind akustischer Aromaschaum. Aber sie hören es nicht! O unbeschreiblich darniederliegende Urteilskraft der Jugend! Das haben unsere Eltern auch gesagt. Im Gegensatz zu ihnen haben wir heute recht. Weil alle Eltern lügen, glaubt man uns nicht. Wir haben zu Beginn der 70er Jahre ausgestellte Hosen getragen. Wir haben darin furchtbar ausgesehen. Wem es nicht gelungen ist, alle Fotos aus der Zeit verschwinden zu lassen, der wird sich bei seinen Kindern kaum glaubwürdig in Geschmacksfragen durchsetzen können. Trostloses Menschengeschlecht. Offenbar müssen alle Fehler wiederholt werden. Jammervolle Aussichten.

Das letzte Gericht

Erschienen im Herbst 1988 in ›Die Rübe‹ Nr. 1. Es sollte ein möglichst antikulinarischer Text für das kulinarische Magazin werden, wie schon die auf den Duckwitz-Roman zugeschnittene Freßepisode für den Vorgänger der ›Rübe‹, den kulinarischen ›Raben‹ (Nr. 18), eine Antifreß- und Feinschmeckerverhöhnungsgeschichte sein sollte. Natürlich kommt bei Texten, die das Umfeld verspotten, in dem sie stehen, immer nur heraus, daß man sich über sie besonders amüsiert. Soviel Selbstverhöhnungskapazität hat nämlich jeder Feinschmecker, daß er eine kleine Attacke gegen seine Vorliebe gerne schluckt, vor allem wenn sie in würzige Ironie getaucht ist. Jeder bessere Autonarr hat auch Spaß daran, wenn man sich über den Autofetischismus lustig macht. Es ist ein Kreuz; es ist ein Kreis: Kritik ist nur erwünscht und nur erträglich, wenn sie witzig ist, und eben dann bewirkt sie nichts. Nur die Saunagänger sind scheinbar so verbockt, daß sie es nicht mögen, wenn man ihre Schwitzgier verlacht.

Die Idee für ›Das letzte Gericht‹ entwickelte sich aus einer Einladung der Autorin Birgit Kempker zu einer Anthologie, in der Männer beschreiben sollten, mit welchen selbstverfertigten Gerichten sie sich bei Liebeskummer trösten würden. Da ich im Zustand des Liebesleids, und auch in dem der Liebesfreude, immer nur trinken und nie essen will, sagte ich ab. Aus meiner Absage entstand die vorliegende Geschichte, zu der ›Die Rübe‹ in der Autorennotiz folgendes anmerkt: »Es wurde von den Herausgebern nichts unversucht gelassen, um zu entdecken, wer die Adressatin dieses anrührenden Briefdokuments sein könnte. Kein leichtes Geschäft, da der Autor als Kämpfer gegen die Offenheit, vor allem die ›Neue Offenheit‹ und ganz besonders gegen die ›Neue Deutsche Offenheit‹ bekannt ist. So war selbstverständlich nicht herauszubekommen, an welche Glückliche oder Unglückliche die Botschaft vor allem gerichtet ist.«

Im Erstdruck vergessen einzubringen hatte ich einen Einfall, den in den Text zu flechten ich auch jetzt wieder vergaß; er gehört in eine Vögelpause und wäre im zerwühlten Bett vom Verführer der erfolgreich Verführten zur Unterhaltung und zur erneuten Lustgewinnung vorzutragen. Statt dessen wurde der Einfall hinten in der ›Rübe‹ als Rezept nachgereicht, und so soll er auch an dieser Stelle als Rezept nachgereicht werden:

Knoblauch alla ducquesa
Knoblauch ist Mode, weil sein Geschmack an den Mittelmeerurlaub denken läßt, an ein langes Leben, an die ausgestorbene Gattung der Proletarier, der man sich verbunden fühlt, und daran schließlich, daß wir alle Gastarbeiter sind auf Erden.

Und einige Gerichte gibt es tatsächlich, denen ohne die biblische Zehe etwas fehlt.

Was aber tun, wenn die Knoblauchpresse, wie meistens, nicht auffindbar ist? Wir haben diesmal niemand anderen als Herzogin von Sevilla zu Gast, und es soll ihr munden. »Wo ist die Presse, wo ist die Presse?« murmeln wir verzweifelt und durchforsten vergeblich die Küche, während die Herzogin unser Suchen mit dem ihr eigenen unvergleichlichen Spott eine Weile beobachtet. Plötzlich hat sie genug. Ihr Stimme klingt wie eine alte andalusische Autohupe: »Basta de buscar, cretino!« Schluß mit dem Gesuche, du Tölpel! sagt sie, nimmt die Knoblauchzehe in den Mund, kaut kurz und heftig darauf herum und spuckt die gekaute Zehe in den Topf. *Alla ducquesa* nennen wir seitdem die Gerichte, die mit derart behandeltem Knoblauch gewürzt sind: Nach Art der Herzogin. Wobei es nicht immer eine Herzogin sein muß.

Keto aus Bogatá oder Evita aus Buenos Aires können es ebensogut. Auch der Koch oder die Köchin selbst dürfen den Knoblauch auf diese Art zerkleinern, die dem Essen erst seine letzte menschliche Rundung gibt. In jedem Fall ist darauf zu achten, daß die Mitessenden Zeuge des beherzten Vorgangs werden. Das erst schafft jene konspirative und intime Atmosphäre, die für das Essen noch wichtiger ist als sämtliche Gewürze.

Nachtrag 1993: Das dumme Fressen ist nach der schönen Liebe zum einträglichen Thema der Schreibkunst geworden. Allein in diesem Jahr habe ich mich breitschlagen lassen, drei Zeitschriftentexte über das Essen zu fabrizieren: 1. eine freundliche Erinnerung an das ungemütliche deutsche Graubrotfrühstück samt Absage an die neuerliche supermultikulturelle Frühstücksmode (›Cotta's kulinarischer Almanach auf das Jahr 1994‹, 240 Mark); 2. ein Loblied auf das ausgelassene Tafeln in Italien (Ex-DDR-Frauenzeitschrift ›Sibylle‹, Okt. 1993, 1300 Mark); und 3. eine Geschichte über das Futtern zu Weihnachten (›Der Feinschmecker‹, Dez. 1993, 3000 Mark). Die Redaktionen sind unersättlich. Dabei würde ich gerne einmal einen Text über die Freuden des Fastens schreiben.

Unbemerktes Feuerlegen

Erschienen 1984 in der September-Nummer von ›Westermanns Monatshefte‹, einige Wochen später dann noch einmal in der ›Basler Zeitung‹. Mir nach wie vor schleierhaft, wieso Markus Werners im Frühjahr 1984 (im Residenz Verlag; inzwischen auch im Taschenbuch bei dtv) erschienener kurzer Roman nicht zum Kultbuch frustrierter 40jähriger geworden ist.

Nachtrag 1993: Die nächsten drei Markus-Werner-Romane habe ich ebenso gut gefunden, wollte sie immer hymnisch rezensieren, kam aber nie dazu, weil die Selberschreiberei einem soviel Zeit stiehlt. Erst in diesem Jahre hatte ich Gelegenheit, für ein Magazin des Deutschen Taschenbuch Verlags meine Verehrung wieder einmal auszudrücken. Werners jüngster Roman ›Bis bald‹ und mehr noch die Werner-Fans wurden vom Rezensenten der ›Frankfurter Allgemeinen Zeitung‹ als einfältig belächelt. Das sehr Gute ist immer sehr einfach, und dumme Leser halten das für simpel.

Folgende kleine Eloge enthält einen Gedanken, der leider zur Zeit von derart vielen Kritikern derart vielen Autoren nachgesagt wird, daß er jegliche Überzeugungskraft verloren hat. Ich muß gestehen, daß ich seinerzeit ein von allen Seiten verrissenes Buch von Martin Walser (›Dorle und Wolf‹, 1987) mit dieser Bemerkung hochzuheben versuchte: Dies sei genau eines der Bücher, deren Fehlen von der Kritik immerfort beklagt werde. Mittlerweile kann man diesen Spruch überall in der kritikenzitierenden Verlagswerbung nachlesen. Ob Cees Nooteboom oder Tilman Spengler, Bodo Kirchhoff oder sonstwer, sie alle in Ehren, sie alle schreiben angeblich Bücher, deren Fehlen beklagt wurde. Nun habe ich den armen Werner dies zur Floskel gewordene Lob umgehängt. Nur ich selbst, der mutmaßliche Erfinder dieser werbewirksamen Wendung, lese in den Rezensionen meiner Bücher eine solche Bemerkung nicht. – Zurück zu Werner (dessen Bücher in den Regalen anständiger Buchhandlungen zu meinem Entzücken manchmal Schulter an Schulter mit den meinen stehen) und meiner kleinen Hymne für das dtv-Magazin im Juni 1993:

Mein Leben als Fan – Es gibt diese Augenblicke der Wahrheit. Themenwechsel beim Abendessen mit Gästen, und plötzlich steht die Frage im Raum: Werden eigentlich heute und hier noch Bücher geschrieben, die man lesen kann? Ziemlich grobe Frage, vor allem, wenn sie an jemanden gerichtet wird, der selbst schreibt. Trotzdem kommt sie nicht ohne Berechtigung. Die Antwort ist bekannt: Schulterzucken, dabei die Lippen zusammenpressen, die Backen leicht aufblasen, dann mit einem tonlosen »Pah« die Luft entweichen lassen. Dann Themenwechsel.

Diese nonverbale Artikulation ist für mich seit Jahren Vergangenheit. 1984 erschien ›Zündels Abgang‹ der erste Roman des damals 40jährigen Schweizer Autors Markus Werner. Seitdem gibt es vier Romane, einer besser als der andere, seitdem lautet meine Antwort geradezu monomanisch: Markus Werner.

Markus Werner ist längst kein Geheimtip mehr. Seine Bücher werden von Kritikern gewürdigt, natürlich nicht ekstatisch genug, findet der Fan. Der Autor steht im Lexikon, bekommt Preise, alles schön und gut, trotzdem packt den Fan gelegentlich der große Ekel: Welches Zeug wird da massenhaft gekauft, welcher geschleckte mittelalterliche Quark, welcher Mythennebel zigtausendfach geschluckt und inhaliert – und hier haben wir schöne klare Werner-Romane, die den Nerv unserer Zeit treffen, die wie jede große Literatur ganz einfach und für jeden verständlich sind.

Es ist genau die Literatur, deren Fehlen im deutschsprachigen

Raum seit Jahren oder Jahrzehnten beklagt wird. Hier ist alles, wonach der frustrierte Leser lechzt: Tempo, Witz und Plot. Aber Werners Romane gehören nicht zu den Tempowitzplot-Büchern, die jetzt, im (verspäteten) Gegenzug zu der (längst schon vergangenen) sogenannten Innerlichkeitsliteratur nach angloamerikanischem Vorbild hart und knackig gestrickt sind und neuerdings in jeder Saison gell von sich reden machen. Markus Werner verzichtet nämlich durchaus nicht auf eine anständige zentraleuropäische Empfindlichkeit.

»Beim Einkaufen sah er sich unter Schwangeren. Am liebsten hätte er zu jeder gesagt: Selber schuld.« Knapper, komischer und bezeichnender kann man ein Kapitel kaum beginnen. Es ist ein wunderbar gepflegter Spott, der die Hauptfiguren Markus Werners auszeichnet, und den diese elende Welt wahrlich verdient hat. Das Christentum hat die Spötter mies gemacht, erst in der Aufklärung kamen sie wieder zum Vorschein. Werners Romane stehen in bester Aufklärungstradition. Wie alle Aufklärer ist er misanthropisch, hypochondrisch und verliebt, selten zynisch, immer moralisch, und sympathischerweise richtet sich der Spott immer auch gegen sich selbst. Es herrscht ein gräßlicher Mangel an solchen bitterkomischen Büchern. Auf jeder zweiten Markus-Werner-Seite findet man die schönsten Erkenntnisse. Kaum nickt man glücklich, läßt der Autor seine skeptizistischen Figuren die praktischen Weisheiten schon wieder anzweifeln, daß es eine Lust ist. Hier gibt es Haltung und Stil-Tugenden, die in der Gegenwartsliteratur sonst kaum gepflegt werden. Ich kenne keinen Autor, der so geschickt um falsche Töne und große Worte einen Bogen macht.

Ich rezensiere hier nicht. Ich schwärme. Ich empfehle. Gerne würde ich befehlen: Lest das, Leute!

Wenn etwas hilft gegen das elende Leben, dann solche Bücher. Leider darf man ihren Inhalt nicht erzählen – man könnte wohl, denn sie gehören durchaus nicht zu den Romanen, deren Handlung in Reflexionen untergeht. Sie sind nicht nur klug und lapidar, sie bescheren einem nicht nur ganz beiläufig die schönsten Detailbeobachtungen, es sind nicht nur immer auch Liebesromane – sie sind auch spannend. Gierig liest man auf das Ende zu, wie bei einem Krimi. Die Titel übrigens, aber nur die, haben tatsächlich etwas Kriminalromanhaftes: ›Zündels Abgang‹, ›Froschnacht‹, ›Die kalte Schulter‹, ›Bis bald‹. Gierig wartet der Fan auf Nachschub. Schade übrigens, daß Markus Werner kein Deutscher ist!

Wie bitte?

Doch, ja! Neben ihrem ganz individuellen haben seine schweizerischen Figuren natürlich auch einen nationalen Selbsthaß. Solche Gestalten mögen wir. Oder ist hier jemand, der lieber Umgang mit Leuten hat, die stolz darauf sind, irgendeiner Nation oder Religion anzugehören? Der nationale Selbsthaß ist nichts typisch Deutsches, sondern ein unverzichtbares Element eines anständigen, kultivierten Bewußtseins. Die Schweizer kriegen von Markus Werner ihr Spezialfett reichlich ab, die Deutschen hätten es auch verdient.

Gernhardt und ich

Erschienen im Herbst 1987 in ›Der Rabe‹ Nr. 17, dort mit dem Untertitel ›Eine wahre Geschichte‹. Wahr ist sie noch immer und noch immer ist das Rätsel nicht gelöst. Unwahr ist, daß ich eine Erika-Schreibmaschine besitze, wie am Schluß der Geschichte behauptet. Ich besitze und benutze, neben einer uralten Urania, zwei Olympia-Maschinen, beste Nachkriegsware, aber das hätte nicht so farbig geklungen. Groma ist mittlerweile hinüber. Mein Sohn David war der Täter! Dafür habe ich eine dritte Olympia. Falls die anderen kaputtgehen. Nie will ich was Elektrisches. Computer schon gar nicht. – Geschrieben wurde die Geschichte im Sommer 1985 auf dem in der Geschichte vorkommenden Land. War ursprünglich nicht zur Veröffentlichung bestimmt, sondern als Mitteilung an Robert Gernhardt gedacht, der hoffentlich auch noch lange auf mechanischen Schreibmaschinen herumhackt.

Nachtrag 1993: Treue ist eine Untugend. Vor allem die Treue zu sich und selbst und seinen Prinzipien. In manchem bin ich mir gottseidank untreu geworden. Einmal habe ich geschrieben, daß jeder ein Schaf ist, der einen Bankautomaten benützt. Wenige Jahre später habe ich meine Aversion fahren lassen. Vielleicht bin ich ein Schaf geworden. Jedenfalls empfinde ich den

Geldautomaten seitdem nicht mehr als Zivilisationskatastrophe, sondern als Segnung der Industrienationen.

Was aber das Schreiben mit mechanischen Schreibmaschinen und die Ablehnung von Computern betrifft, bin ich stur geblieben. Nicht unbedingt aus Prinzip. Aber es läßt sich ein Prinzip daraus machen: nicht wegen der sogenannten Abstürze (viel zu schönes materielles Wort für diese) irgendwelcher Texte, die man nicht rechtzeitig sicherte. Das ist kein Argument dagegen. Ich verliere ja auch ständig meine Notizen. Einer der Vorteile des Literatendaseins ist, daß ich auch am Ende des 20. Jahrhunderts, wo keine Eisenbahnfahrkarte und kaum noch ein Pfund Kirschen ohne die Hilfe eines Computers gekauft werden kann, meine Tätigkeit ohne Stromkreis und Technik ausüben kann. Zur Not reichen ein Stift und die Rückseiten von einem Schwung Fotokopien, die nach einer Verwaltungsratssitzung weggeworfen wurden, um mir ein 300- oder vielleicht auch 3000-Mark-Honorar, und wenn ich Glück habe, damit gleichzeitig sogar ein Stück Literatur zu erschreiben. Ich muß nicht dauernd Passagen austauschen, was Autoren mit Computern an ihren Spielmaschinen so lieben. Ich streiche entweder den Absatz durch und schreibe ihn neu, und zwar dann besser und kürzer, weil mich das reine Abschreiben langweilt. Das heißt, der Text wird dichter, als wenn ich die Passage einfach nur mit Knopfdruck hin- und herschiebe und mich dabei freue wie ein Papi an der elektrischen Eisenbahn beim Rangieren von Zügen. Oder ich mache ein Kreuz an die Passage und eines dorthin, wohin sie versetzt werden soll, und schreibe dazu: Bitte von Seite sowieso eingerahmte Passage hierhin.

Denn ich liebe und bete die Computer abgöttisch an, die zum Eingeben meiner Texte in Verlagen und Redaktionen benutzt werden. Sie erlauben mir bis zur letzten Sekunde die schönsten und überflüssigsten Hinzufügungen.

Was meine defekte Groma-Schreibmaschine betrifft, hat sich ein Lichtblick ergeben: In irgendeinem ›Zeitmagazin‹ stand einmal ein Bericht darüber, wie Autoren schreiben. Schöne Bilder, wenig Text, wie das so ist heute. Unter anderem war Edgar Hilsenrath zu sehen, wie er nachdenklich eine, seine, meine alte Groma betippt. Mein Modell! Im Herbst 1991 traf ich Hilsenrath bei einem Literaturspektakel in Karlsruhe, wo 60 Autoren in einem Kino mit drei Sälen von Samstagmittag bis Sonntagfrüh nonstop lasen. Seine Groma sei nun auch kaputt, sagte er. Keine Ersatzteile. Er sprach von einem Schreibmaschinenmechaniker in Berlin, der vielleicht aus beiden kaputten Gromas eine heile machen könnte. Ein halbes Jahr später war Hilsenrath in München, um im Piper-Verlag seinen Roman abzugeben, in dem der schöne Satz vorkommt »Der Osten liegt dort, wo die Sonne aufgeht, auch wenn es zum letzten Mal ist«. Er erinnerte mich an unsere Abmachung, ich hob meine Groma aufs Fahrrad, und er schwebte damit vornehm nach Berlin. Dort ließ er seine oder meine Groma reparieren und tippt nun wieder munter darauf herum, wie ich hörte. Wir hatten ausgemacht, daß er sie mir vererbt. Sicher wird er mich überleben mit seiner Groma. Lieber Edgar, vergiß trotzdem nicht, ein Testament zu machen und mich als Erben der Groma einzusetzen! Ihr Anschlag war so selten schwungvoll. Ideal für Liebesgedichte, die ich schreiben will, wenn ich die 70 überschritten habe.

Gute alte Groma hin, 80-Pfennig-Kugelschreiber her – es mag ganz elegant und ausgestorben und nahezu antik sein, ohne die elektronische Hilfe zu arbeiten. Den schlabberigen Schreibblock auf den Knien fällt mir plötzlich ein, was mir eine unerbittliche wohlwollende Leserin neulich vorhielt, daß ich zu häufig mit dem Wort »wild« eine erotische Begegnung beschreibe. Peinlich. Glaube ich nicht. Würde gern den Vorwürfen nachgehen. Eher habe ich den Verdacht, daß ich aus lauter Ekel vor der allgemeinen Jasagerei das Wort »unerträglich« zu oft verwendet habe, und vor lauter Treueverachtung und Betrügerlob dürfte mir manches »perfide« und »infam« zuviel entglitten sein. Wie kriege ich das raus ohne Textverarbeitungsprogramm? Wer hilft suchen?

Kostümzwang

Angeregt im Februar/März 1987 von Michael Skasa für eine Faschings-Sendung des Bayerischen Rundfunks. Erschien im Druck 1989 in der Februar-Nummer der Zeitschrift ›Esquire‹.

Nachtrag 1993: Dieser Text bekommt heute im Herbst 1993, 6 ½ Jahre nach seiner Abfassung, vom Autor die Note 4–5.

Keine Themaverfehlung, aber so ein Thema darf man sich nicht aufschwatzen lassen. Über Faschingsbräuche spottet man nicht. Man wird reifer. Man muß sich über andere Unwesen erheben als über das Verkleiden. Was der kleinen Geschichte vor allem fehlt, ist die Selbstbezichtigung. Ich habe nämlich als Autor gut reden. Schreibend verkleide ich mich unentwegt. Als lässiger Betrüger, als charmanter Chaot, als verwegener Liebhaber, als übles Schwein, als bedeutende Persönlichkeit, als Hochgebildeter, als Lebensliebhaber, als Misanthrop, als Schwärmer, als Terrorist, als souveräner Hungerleider, als attraktiver Looser, als interessanter letzter Dreck, als Kostverächter – das ganze Jahr hindurch benütze ich Kostüme und habe meinen Spaß, wenn ich erkannt werde, und auch, wenn nicht. Ich verschöne und verunstalte mich, ich maskiere und schminke mich, mache mich groß oder klein, dick oder dünn, arm oder reich, dumm oder klug, sogar zur Frau kann ich mich machen. Deswegen werde ich mich fortan über das Verkleidungsbedürfnis der weniger privilegierten Nichtschriftsteller nicht mehr erheben, die sich nur einmal im Jahr eine kurze Zeit lang verwandeln und verstellen können. Das institutionalisierte Verkleiden ist nicht mein Fall, aber es entspringt dem Bedürfnis, ein paar Nächte lang ein anderer Mensch zu sein.

Lieber Charles!

Von der ›Schweizerischen Illustrierten‹ bestellter Text anläßlich des Besuchs des Thronfolgers und seiner Frau in der Bundesrepublik – wann war das denn – egal, Anfang 1988 vielleicht. Die Idee, auf mein eigenes Monarchisten-Buch einzugehen, stammte von der Redaktion; so keck wäre ich von mir aus nicht gewesen. Der Text wurde nicht gedruckt, aber königlich honoriert.

Nachtrag 1993: Der offene Brief an den englischen Thronfolger ist heute nur scheinbar von gestern, in Wirklichkeit ist er, wenn nicht vor brennender Akualität, so doch ein schönes Beispiel für die heilsamen Einflüsse der Literatur auf das Zeitgeschehen. Alle Zeichen sprechen dafür, daß Prinz Charles meinen 1989 in den ›Modernen Zeiten‹ erstmals veröffentlichten Rat seinerzeit nicht nur zur Kenntnis genommen, sondern auch beherzigt hat. Von da an zeigte Charles immer weniger Interesse für die albernen Rituale der Staatsbesuche. Das Aquarellieren beherrscht er mittlerweilen besser als das Inspizieren von Truppenteilen, für die Entpestung der Nordsee interessiert er sich mehr als für das Feuerleitsystem der neuen Panzergeneration. Bravo, Charles! Auch daß Du keine Lust mehr hast, den glücklichen Ehemann zu spielen, ist souverän. Wenn Du auf die Krone verzichtest, wäre das verständlich, aber schade. Wirkungsvoller, wenn Du Dich doch krönen lassen und dann einfach nicht um Deine königlichen Pflichten kümmern würdest. Im übrigen teile ich vollsolidarisch Deinen Haß auf moderne Architektur, möchte Dich nur bitten, jene neoklassizistisch-postmodernen Bauten nicht zu propagieren, die keine Spur besser sind. Was wir brauchen, ist ein totaler Baustop. Die nächsten 50 Jahre nur Altbausanierung. Erst dann wird der Leidensdruck der Architekten so groß, daß ihnen vielleicht wirklich etwas Neues und Ansehnliches einfällt. Spielst Du eigentlich noch Polo? Diesen groben Reitersport müßtest Du auch noch aufgeben, wenn Du mein Freund werden willst.